言葉のいらないラブソング

河邉 徹
KAWABE TORU

PHP研究所

言葉のいらないラブソング　目次

装　　丁：albireo
装丁写真：河邉 徹

プロローグ

「最後に、人生を変えた出会いについてお伺いしたいのですが……」

雑誌のライターからの問いかけに、アキは少し時間をかけて考える。

困ったな。

頭に浮かんだ女性がいるけれど、ここでその人の話はできない。

「僕は……」

頭を切り替えて、アキは同じくらい大切な、長髪のプロデューサーの話をすることにした。

納得するライターの顔を見て、これでよかったんだ、と思う。

「では、撮影に移らせていただきますので、少々お待ちください」

アキはお気に入りのシャツの襟《えり》を正して、椅子《いす》に座って待っていた。

誰にも話せなくたっていい。

人生を変えた出会いは、いつまで経《た》っても胸の中で、温かく煌《きら》めいているから。

一章

大切な日なのに、アキの頭はいつもの悩みに支配されていた。

薄暗いＮＨＫホールのステージ。肩にかけたギター、目の前のアンプ。甘ったるいスモークの残香。

右手に握りしめたピックは、じっとりと汗で濡《ぬ》れている。

どうしてこんな場所で、こんなことをしているのだろう。自分は本来、ここにいるべき人間ではないのに。

「おーい、アキくんよ」

顔を上げると、見慣れた長髪の男がベースを左手に持って立っていた。

「聞こえてるか?」

「……どうかしました?」

アキは平静を装って返事をした。顔色を窺《うかが》うように、祐介《ゆうすけ》がこちらの顔を覗《のぞ》き込んでいる。

陽気な声色とは対照的に、彼の落ち着いた佇《たたず》まいには、いい年月をしっかり重ねてきた貫禄《かんろく》が見える。後ろで結ばれた長い髪にも、経験豊かなミュージシャンの風格が漂っていた。

「さっきから何度も呼んでるぞーう。さすがのアキも、ファイナルで緊張してるんじゃないか？」

「いえ、全然そんなこと、ないです」

肩に食い込んだギターのストラップをずらしながら、アキは真面目な顔で言った。

「それならいいけどな。さっきマネージャーさんが探してたぞ」

祐介はそう言ってニカッと笑う。健康的な白い歯が口元から覗いた。

「はい。確認が終わったらすぐに行くようにします」

アキの返事を聞いて、彼はベースをスタンドに置いて楽屋の方へと歩いて行った。アキはステージ後方にあるアンプのツマミに触れ、指に挟《はさ》んだピックで静かにギターを鳴らす。一曲目の音に設定されたエレキギターから、クリーンなFの音が鳴り響く。確認といっても、リハーサルが終わってから本番までの空《あ》き時間に、アキはただ少しでも長くステージの上にいたいだけだった。この場所の空気に体を慣らしておくことで、本番での緊張を和《やわ》らげることができるからだ。

今日はシンガーソングライター福原亜樹《ふくはらあき》のツアーファイナルが、東京のＮＨＫホールで行われる日だった。全国六箇所のホールを回ってきたツアーのファイナルである。アンコールに多少の変更はあるにしろ、もう体に染《し》み付いたセットリストだ。これまで通り想いを込めて演奏すればいい。ただ最終日である今日は、収録用のカメラも入っているため、スタッフにも緊張が走る。

　アキはギターを置いて、マイクスタンドの前に立った。正面の客席は三階席まであり、あと二十分もすれば約三千人のファンがこの会場を埋め尽くす。そうなると、景色はさっきまでのリハーサルとはまったく別のものになる。もう何年も、百回以上それを経験しているはずだが、未《いま》だにステージの上に立った瞬間に湧《わ》き上がる、戸惑《とまど》いや興奮が綯《な》い交《ま》ぜになったあの感覚は抑えられない。

　ステージ後方には、街灯《がいとう》を模したセットが施《ほどこ》されていた。さらに奥にはレンガ柄の幕がかけられていて、手前に散りばめられた小さなＬＥＤライトが点《つ》くと、複数のビルが夕暮れの街に現れたように見える。洗練された都会の街並みをイメージさせる舞台セットは全《すべ》て、今回のツアーで持ち回っているものだ。今もステージの上では、照明スタッフや舞台監督が最終チェックのために慌ただしく動き回っている。

　アキはたっぷり時間をかけて客席全体を見渡し、一呼吸置いてからステージ下手《しもて》の袖《そで》へと歩き出した。衣装の革靴《かわぐつ》が舞台の上でコツコツと音を立てる。靴はスタイリストに何種類も持ってきてもらい、ステージを走っても足が痛くならないものを選んだ。

　暗い舞台袖を抜ければ、通路の壁一面が大きな鏡になっていて、そこに本番の衣装を着たアキが映る。今着ている緩《ゆる》いシルエットのモードな白のシャツには、正面にアシンメトリーな幾何学模様が刺繍《ししゅう》されている。アキはフィッティングの時に、演奏に支障が出ない形の服をこだわって選んだ。本番中に気になって集中力を奪われるような衣装は、絶対に着ないようにしている。特に楽器に触れる可能性のある、袖周りは入念にチェックをした。

そして、眼鏡《めがね》だ。アキはデビュー当時からずっと、薄い銀のフレームの丸眼鏡をかけている。個性的な形のそれは、アキのトレードマークのようなものだった。

楽屋に戻ると、現場マネージャーの藤田美智子《ふじたみちこ》が、椅子《いす》に座ってノートパソコンを開いていた。

「あ、アキさん、探してました。少しだけ最終確認をしてもいいですか？」

「はい、もちろんです」

美智子は、今年三十三歳の細身で背が高い女性だ。表情が少ないため、黙っているとたまに怒っているように見える。半年前に前任のマネージャーから引き継いで、後からアキの担当になった彼女は、年下のアキにも敬語で話す。頭が良く、仕事を整理する能力に長《た》けていた。まだともに過ごした時間は長くはないが、連絡事項も丁寧《ていねい》にこなすため外部のスタッフからも評判が良かった。

一方で美智子は会社員然としたところのある人だった。常に細かいところまで確認を怠《おこた》らないのは、自分の責任のある範囲で問題が起こることを避けるためだろう。ライブや音楽を良いものにすることより、とにかくミスなく物事を進めたいように見えることがある。

「どうぞ、こちらに座ってください」

美智子はアキを対面の椅子に促《うなが》し、セットリストを渡した。

「まずは告知事項の確認です。秋のニューアルバムのリリースと、そのツアーの発表です。タイミングはアンコールの一曲目の前。大丈夫ですか？」

彼女は真剣な表情を崩さず、必要なことを読み上げていく。アキは「はい」と返事をした。

「それから、今日はカメラも入っていますので、二つ目のMCでちょっとそのことに触れておくといいかもしれません。みんなの盛り上がりが映りますよ、などですね。でもこれは、その場の雰囲気に合わせてで大丈夫です」

「わかりました」

「告知事項は足元にカンペが貼《は》ってあります。わからなくなったら見てください。ちゃんとカメラに映らない角度にしてます。他は……逆に何かありますか？」

アキはもう一度、今日の告知事項が書かれた紙を見直す。

「大丈夫です」

彼女の言う通り、リハでカンペも問題なく見えていた。たとえ頭が真っ白になったとしても大丈夫だろう。

「リハーサルも問題なくいい音だったので、落ち着いていきましょう。では、また後で迎えに来ますね」

彼女は立ち上がって、楽屋の扉を開いた。そこでもう一度こちらを振り返る。

「ファイナル、頑張りましょう」

「ありがとうございます」

美智子は「失礼しました」と言って楽屋から出ていった。多分、彼女だって緊張しているのだ。たくさんの人が観《み》に来る大きな舞台に、マネージャーとしての責任を感じているに違いない。

一人になった楽屋で、アキは椅子に座ったまま一つ深呼吸をした。本番前には必ずこうして一人の時間を作ってもらうようにしている。本番までの時間の過ごし方はアーティストによって様々で、ギリギリまで誰かと話していたいタイプもいれば、瞑想《めいそう》するように一人で楽屋にこもるタイプもいる。アキはどちらかと言うと後者であったが、瞑想するわけではなく、ただひたすらライブの準備を集中して行いたかった。本番用のギターはすでにステージにあるため、同じモデルのギターを楽屋に置いてもらっている。曲順はもう体に染み込んでいるが、美智子が机の上に置いていったセットリストを眺《なが》めながら、アキは再度確認作業を始めた。

アキが本番直前まで確認を繰り返すのはいつものことだった。昔からそうで、特にデビュー当時は本番直前の舞台袖でさえ練習をしていた。緊張で指を震わせながら、少しでも良い演奏をするために。今はそこまでの緊張はせずにステージに立てるようになっているが、根本的な思いはその頃と変わらない。

（このくらいしないと、こんな自分はステージに立つ資格がない）

デビューして五年が経《た》った今も、そんな風に考えるくらい、アキはまだプロとしての自分に自信が持てないままだった。

福原亜樹は五年前、二十二歳の春にメジャーデビューを果たした。インディーズ時代のライブハウスでは、デビュー前にも拘《かか》わらず二百人ものファンを集める人気があった。複数の芸能事務所から声がかかり、鳴り物入りで音楽の世界に入った。

デビューの話が来た時、まだ神戸の実家で暮らす大学生だったアキは、自分の進むべき道について深く悩んだ。自分の音楽にまったく自信がなかったわけではない。すでに地元でファンを獲得していたこともあり、きっと自分の音楽が誰かに届くと信じて活動していた。だが、趣味から始まったこの道を本格的に仕事として進んでいくことは、幼い頃に漠然《ばくぜん》と抱いていた理想の未来から、大きく足を踏み外《はず》してしまう感覚があった。音楽の道は、運や才能に大きく左右される。自分にそれがあるのだろうか。冷静に考えて、そんな不安定な職業に就《つ》いて、生きていける胆力《たんりょく》を持った人間だろうか。

当時大学三年生だったアキにとって、自分の音楽が所謂《いわゆる》「オトナたち」に認められたという喜びは大きなものだったが、同時に怖さも感じていた。プロミュージシャンという、ずっと遠くにあった憧《あこが》れの世界に手が届きそうになった途端、その憧れを現実にすることに怖気《おじけ》付いている自分に気がついた。理由は単純明快で、人生を音楽に賭《か》ける覚悟が足りなかったのだ。もしデビューして東京に行き、そこで失敗すれば、そこから先はどうやって暮らしていくのだろう。夢を追った時間が将来の自分の枷《かせ》になる可能性もある。

音楽の道へ進むことに抵抗があった理由は、ただそれが不安定な仕事だからというだけではなかった。芸術と自分を結び付けるものが、人生の中で圧倒的に少なかったのだ。幼少期より音楽が身近にあったわけでもなく、初めてギターを持ったのは高校生の頃だった。プロミュージシャンとしては随分遅い。家族や親戚に芸術家が一人もいなかったことも、自信のない理由の一つだ。

アキの父はサラリーマンで、母は専業主婦だった。アキは父が家庭で仕事の愚痴《ぐち》を言っている姿を、一度も見たことがなかった。立派だと思う。文句一つ言わず、目立たなくとも社会の中で必要な役割を果たす姿に、アキは憧れさえ抱《いだ》いていた。そうした平凡な家庭で生まれ育った自分は、これからもきっと平凡な人生を送るのだろうとおぼろげながら思っていたし、理想はむしろそちらだった。アキは確かに音楽が好きだったが、それは遠く手が届かない世界という認識にすぎなかったのだ。

(だから、こんな自分の音楽が注目されたのは若いからであり、今はたまたまうまくいってるだけだろう)

地元でファンが増え始めた時も、そのくらいの少し冷めた気分だった。

そんな頃に、事務所からメジャーデビューという新たな人生の選択肢を提示されたことは、まさに青天の霹靂《へきれき》だった。

未来に対する迷いを抱いていた臆病《おくびょう》なアキの背中を押してくれたのは、大手芸能事務所「Henly」の存在だった。日本の音楽シーンを代表するアーティストが多く所属するその事務所が、アキを熱烈に音楽の世界に誘った。東京から取締役の人が直々《じきじき》に、数人のスタッフを連れて地元の三宮《さんのみや》まで、何度もライブを観に来てくれた。

――一緒に仕事をしよう。君の音楽は替えが利《き》かないから。

アキにはその言葉が嬉《うれ》しかった。地元のファンからもらっていたファンレターとはまた違う意味で、自分が認められた気がした。

そして大学卒業とともに、アキは勇気を振り絞《しぼ》って東京に出た。

事務所の力もあり、アキのデビューは華々《はなばな》しいものだった。二枚目のシングルはドラマの主題歌に起用され、アキの名前と歌声は世の中に広く届いた。自分の歌がテレビから流れてきた時、今全国でこの曲を聴いている人がたくさんいるという事実に、アキはこれまでにない喜びを感じていたが、それと同時に怖さも感じていた。

（こんな自分のままではいけない。もっと、頑張らなければ……）

目の前の机の上に置かれたセットリストには、アキがこの五年間で作ってきた曲たちが並べられている。アキはそれを最後まで見返して、指で銀縁《ぎんぶち》の眼鏡を押しあげた。

アキはこれまでの五年という月日の中で、本来の自分とは違う「福原亜樹」という人物を作り上げてきた。それは自信のなかったアキが、プロとしてステージに立つために必要なことだった。みんなが求めるアーティストに成り切るために、「福原亜樹」とはどんな人物であるべきなのかを試行錯誤《しこうさくご》してきたのだ。

そして出来上がった「福原亜樹」は、クールで言葉数は少なく、影のある人物だった。ステージの上での振る舞いは落ち着いた所作《しょさ》で、淡々と曲を演奏していく。歌う言葉はシンプルながら詩的な歌詞だ。私生活は明かさず、SNSでの活動も行わない。話している姿を見ることができるのは、ほとんどライブだけで、それも最低限の言葉しか話さない。そんなミステリアスな「福原亜樹」として、今日もこれからステージに立とうとしている。

今日はツアーファイナルであると同時に、デビュー五周年の記念ライブでもある。デビューしてから積み重ねてきたものの、集大成を見せる時だった。

今日のライブがうまくいけば、また次のステージへ向けて音楽を続けられるはずだ。

アキは汗の滲《にじ》んだ手でギターの弦《げん》を押さえ、本番のステージをイメージする。

うまくいきますように。

心の中でそう呟《つぶや》きながら、アキは集中してこれから演奏する曲の確認作業を続けた。

ライブをしている間は、時間の進む速度が何倍にも速くなったように感じる。アキは一瞬のように過ぎ去った時間を背にして、美智子に先導されながら楽屋に戻る通路を歩いていた。自分の鼓動の音がやけに大きく感じる。終演後はいつもそうだ。さっき浴びた大きな拍手が、汗で張り付いたシャツのように、体に余韻《よいん》を残していた。

（みんなの感想はどうだろうか）

ライブの後は、いつもその評価が気にかかる。ステージの上からではうまく判断できないものだ。ただ、自分の手応《てごた》えとしては悪くなかった。演奏にミスはなかったし、声もよく出てくれた。今回のツアーで積み重ねてきたものを、ちゃんと表現できたような気がする。

美智子に渡されたタオルで汗を拭《ふ》いた後、アキはバックステージで百人近くの関係者と挨拶《あいさつ》をした。ツアーには全国各地で関係者が来てくれるが、東京ばかりは桁違《けたちが》いの数である。普段からお世話になっているテレビ、ラジオ、音楽雑誌関係などの見知った顔がずらりと並ぶ。そうした媒体の人たちはみんな、今日のライブが良かったと直接アキに話してくれた。その言葉にアキの気持ちは随分と楽になった。

「では、打ち上げ会場に移動しましょう」

挨拶を終えると、すでに打ち上げ会場に移動しているスタッフを待たせないよう、美智子に急《せ》かされながらアキは急いで支度《したく》をした。楽屋に広げたいくつかの私物を片付け、白いシャツの衣装から私服の黒いバンドカラーのシャツに着替える。待機していたタクシーに美智子と乗り込み、打ち上げ会場へ移動した。

どんなに手応えがあっても、媒体の人に良く言われても、アキが安心し切れない理由は、この打ち上げにあった。

打ち上げは、恵比寿《えびす》にある小料理屋で行われていた。アキはタクシーに揺られていた。静かな緊張感を抱きながら、アキはタクシーに揺られていた。店に着いて奥へと案内される。靴を脱いで上がる座敷のスペースが貸し切りになっているようで、アキが顔を見せると、先に入っていたスタッフたちに大きな拍手で迎えられた。ツアースタッフ、事務所、レコード会社のスタッフを含む総勢三十人ほどの大人数が、四つの大きな横長のテーブルにそれぞれ座っていた。

こちらです、と促されるまま、アキは一足先に来ていたバンドメンバーと「Henly」のスタッフがいる、一番奥のテーブルの席に座る。アキが席につくと、隣で祐介が早く飲みたそうにグラスを手にしていた。

「祐介さん、お疲れ様です」

「お疲れ様。いやー、アキ、今日は良かったな。演奏してて泣きそうになったぞ。俺《おれ》あんまりライブで弾《ひ》いてて泣くこととかないけどな、今日ばっかりはもう、ダメだ。アキちゃん最高！飲もう！」

最後の一言が言いたかっただけなのでは、と思いながらも、ありがとうございます、とアキは言った。美味《おい》しい酒に目がないくだけた人だが、彼はミュージシャンなら誰もが知っている有名なベーシストであり、プロデューサー業もこなす根っからの音楽家だ。アキのデビュー曲を含む複数の作品にもプロデューサーとして参加していて、ライブの定番曲になっているものも多い。ちょうど次のアルバムも一緒にレコーディングしようと話を進めていた。祐介はアキにとって、プロの世界の音楽を一から教えてくれた師匠《ししょう》と言っても過言ではなかった。

全員にお酒が行き渡ったところで、レコード会社「Bela」の担当スタッフから乾杯の挨拶があった。そのスタッフの顔がすでに赤くなっているのは、アキが来る前から飲んでいたからだろう。

「今日は福原亜樹のデビュー五周年のツアーファイナルでした！　内容は観てもらった通り、最高のライブでした」

最高ならこれより上はないってことかー、などと野次《やじ》が飛んで、周囲から笑い声が漏《も》れる。

「福原亜樹はこれからももっともっと最高になっていきます。では、素晴らしい未来を願いまして、かんぱーい!!」

かんぱーい、と低い声が響いた後、グラスを合わせるために、みんなが座敷で入り乱れる。アキも自らビールを持って全ての席を回り、一通りの挨拶をして元の席に戻った。

アキの隣には祐介、そしてその向こうに同じくツアーを支えてくれたギター、鍵盤《けんばん》、ドラムのサポートメンバーが並ぶ。いずれも数々の一流アーティストのライブで演奏する、歴戦のサポートミュージシャンたちだ。ファイナルである今日はそこに四人のストリングスを加え、贅《ぜい》沢《たく》な編成での特別なライブだった。

「今日の最後のブロックから登場するストリングスはマジで上がったよー」

すでに三杯目のビールを飲みながら祐介は言う。少し離れた席にいるバイオリンの二人の女性が、ありがとうございまーす、と声を返した。

「やっぱりNHKホールは音がいいですよね」

「音が降ってくるって言うからな。ま、最近はイヤモニしてるからわからないんだけど」

「弦の音がクリアに鳴ってました。音のかぶりも減らせるように、音響チームが考えてくれてたみたいで」

アキは乾杯のために一口飲んだビールをテーブルの端《はし》に置いて、今はウーロン茶を飲んでいる。お酒はあまり好きな方ではない。できれば飲みたくないくらいだ。飲んでもすぐに顔が赤くなり、体調によっては気分が悪くなる。

しばらくバンドメンバーと話した後、アキはトイレに行くために席を立った。そして戻ってくる時に、少し離れた端の席に座っている一つのグループを確認した。そこにはさっき挨拶だけした事務所の取締役である、坂上《さかがみ》の姿がある。アキは一度深呼吸をし、覚悟を決め、まるで戦場へ向かうような気持ちでそのテーブルへ足を向けた。

「坂上さん、お疲れ様です」

アキは空いていた隣の席に座りながら、あらためて丁寧に明るく挨拶をした。

「お疲れさん」

坂上はシャンパンの入ったグラスを持って鷹揚《おうよう》に答えた。その席の周辺には坂上以外にも、事務所のお偉《えら》いさんたちが座っている。その席に座った瞬間から、どこか場の空気の重さを感じた。

「お前、歌上手《うま》くなったな」

坂上がにこりとして言った。この人がまさに「一緒に仕事をしよう」と言ってアキを東京に連れてきてくれた人だ。この業界での坂上の影響力は大きく、アキのセカンドシングルのドラマとのタイアップは、彼の力で決まったようなものだった。今でもアキの活動の方針を決めていく中心人物で、アキは彼に強い恩義があった。

背が高く肩幅のある坂上は、自然と人を圧するような覇気《はき》がある。年齢を感じさせない快活な話し方をし、隙《すき》のない目つきはまるで野生の獣《けもの》のようにぎらぎらしている。

「……ただ今日のライブ、最初から最後までお前の曲を聴いてて思ったことがあってな」

「はい」

坂上はスッと表情を険《けわ》しくした。アキはその変化に嫌な予感がした。

ライブの評価は、点数でつけられるような絶対的なものではない。しかしアキのいるチームは、彼が良いと言うかどうかで事務所内での評価が決まってしまうところがあった。アキの手のひらはじっとりと汗で濡れている。ライブの後も、ずっと不安を感じていた理由がこれだった。

「今日はこれまで出してきた福原亜樹の曲たちの、ベストみたいなライブだっただろ？　なんだろうな、曲は悪くないんだけど、歌詞の力が足りないように思うんだよな。いや、問題は歌詞だけじゃないと思うんだけど……」

坂上はそこで言葉を区切り、腕を組んで眉間《みけん》に皺《しわ》を寄せた。次に何を言うか頭の中で整理しているようだった。

「なんか、お前のライブは全体的に普通なんだよな。どこにでもあるような感じ。頑張ってるのはわかるけど、普通さが滲み出てるんだよな。歌詞もステージの上の姿も、引っかかりがない」

「そう……ですか」

アキは思わず目を伏せた。全体的に普通。普通さが滲み出てる。アキが積み重ねて成り切ったはずの「福原亜樹」は、どうやら偽物《にせもの》だと見抜かれているようだった。アキは今日のライブに、自分では手応えを感じていた。しかし、客席で観ていた坂上の感想は、手応えという言葉からは程遠い場所にあった。

「媒体の人に褒《ほ》められたりしたか？　ああいう人たちは自分の仕事がなくなるから、悪いことは言えないんだよな。だから真《ま》に受けたらダメだ。わかるよな？」

アキは「はい」とだけ言った。確かにさっき褒めてくれたメディアの人たちは、みんな本心ではなかった可能性もある。挨拶の場で本人にダメ出しをする人などいない。

「アキはこれから、もう一つステージを上げていくために何をしなきゃいけないか考える段階だな。お前ももう新人じゃない。今日もお客さんは八割くらい入ってたみたいだが、ソールドアウトしなかったんだろ？」

今回のツアーはホールツアーということだったが、実際ソールドアウトした会場は六箇所中二箇所だけだった。特に地方での集客は厳しい。前回は完売したＮＨＫホールも、今回は満員にできなかった。これまで以上どころか、これまで通りの状況を維持することも、徐々に厳しくなってきていることは感じていた。ホールツアーをしている福原亜樹は、まわりからは順《じゅん》風満帆《ぷうまんぱん》に見えているかもしれないが、実情はそれほど楽観的になれる状況ではなかった。

「ぶっちゃけな、ホールツアーして、この動員数じゃ売り上げ出てないんだよな。会場費、人件費、移動費。色々引いていくと大した額は残らない。それもわかるだろ？」

アキは頷《うなず》く。売り上げの話は詳《くわ》しく知らないが、美智子から漏れ聞くことはある。事務所もボランティアではないのだ。〝数字〟という形で結果が出ないと、評価はしてもらえない。

「このままじゃ、先はないな。いつまでも、最初のラッキーパンチの名残《なごり》で活動していくわけにもいかないだろ」

坂上の言葉は、抉《えぐ》るように核心をつく。福原亜樹の楽曲の中でヒット曲と呼べるものは、五年前のドラマの主題歌だけだった。そこからずっと華やかな成績を残せていない。今この規模でライブができているのも、様々な偶然が重なっただけであって、実力で摑《つか》み取ったものではないという感覚がアキの中にあった。この状況をずっと悔《くや》しく思っていたが、どんなに悔しいと思ってもヒット曲を作るのは容易《たやす》いことではない。才能や努力だけでなく、運も必要なのがこの世界だ。何をどうすればいいのかわからず、ただただ歯がゆい気持ちが募《つの》るばかりだった。

ガヤガヤと話し声が行き交う打ち上げの中で、アキは自分のまわりの半径一メートルくらいだけが、照明が落ちて真っ暗になっているみたいに感じた。

「アキ、今いくつなんだっけ？」

「二十八歳です」

「あー、もう若くはないよな。焦《あせ》らないとな」

残念そうな口調で坂上は言う。

デビュー当時の二十代前半の頃は、若いねと色んなところで言われた。だけどこの業界は次々と下の世代が入ってくる。二十代後半は、もう決して若いとは言えない。ただいるだけで、タイムリミットが迫ってくるような感覚だ。

「アキ、わかるか？　音楽シーンでは、唯一無二の存在じゃなくちゃいけないんだ。そうじゃないと、若いアーティストの方が新鮮だから、そっちの方がいいだろ？　どんなに素晴らしいライブでも、何度も同じものを見せられるとファンも飽きてくるよな。こんなもんかって一度でも思った人は、もう二度とお金払ってまでライブに来ないから」

坂上はこの大きな事務所に所属する何人ものアーティストをヒットさせ、結果を出してきた人だ。厳しいが、言っていることはいつも正しい。それ故《ゆえ》に、アキは辛《つら》い。

「わかるな？　表面上取り繕《つくろ》っても、普通じゃダメなんだよ。普通じゃ」

また、その言葉だった。アキはもう、言われなくても自覚していた。どんなに自分を演じ、取り繕っても、自分は平凡で、普通の人間であることを。それこそが、アキが長い間抱いている悩みの正体だった。

五年前に、アキは事務所のお膳《ぜん》立《だ》てもあって東京に出てきたものの、そこでさらに自信を失った。東京で出会ったアーティストたちは、誰もが光るものを持っていたからだ。この世界では、自分の過去のコンプレックスさえも武器になる。それがその人の歌や振る舞いとなり、生き様となり、ファンはそこに共感する。昔いじめられていた、家庭環境が複雑だった、路上で誰にも見向きもされずにライブを続けていた。そうした類《たぐ》いのものがアイデンティティとなる。

しかしアキには、ミュージシャンとしてのアイデンティティとなるような過去があまりに少なかった。学生時代から積み重ねてきた時間は多少あるかもしれないが、メディアで話せるようなキャッチーなストーリーはない。

この前イベントで一緒になった、同じ事務所の後輩であるWatersというバンドのメンバーと話す機会があったが、どうやら彼らはプライベートでかなり派手に遊んでいるらしい。メディアでは言えないような逸話《いつわ》がたくさんあると言っていた。仕事に対する姿勢もアキとは違う。彼らが色んな業界の飲み会に顔を出し、自分たちで営業までして様々なイベントに出演する機会を作っていることは、関係者の間では知られていた。ラジオのＤＪともすぐに連絡先を交換して関係を作り、露出する機会を増やしているらしい。一方、アキは飲み会など参加したこともなく、業界の人と連絡先の交換もほとんどしてこなかった。

アーティストたちのエピソードを聞く機会は、フェスや音楽イベントの打ち上げでも豊富にあったが、どれも自分には上手くできないと思うような話ばかりだった。酒も飲めないし、女遊びも、お金に困ったことも、誰かを殴《なぐ》ったことも、アキにはない。それは一般的には恵まれたことなのかもしれないが、ステージに立つ人間としては面白味に欠け、魅力的とは言えない。そうしたコンプレックスが、これまでアキが自分の性格とは対照的な、アーティスト「福原亜樹」を作り上げようとしてきた理由だった。

だが、ステージを観た坂上には、それすら偽物だと見抜かれていた。

持ってきたテーブルの上のウーロン茶は、氷が溶けて色が薄まっていた。坂上は黙っているアキを見つめて言った。

「お客さんはな、ライブに夢を観に来てるんだよ。貴重なお金と時間を使ってな。だから普通の人が下手《へた》な演技してステージに立ってたら、みんなお金返せってなるだろ？　お前はもっと根本から変わらないといけない。みんな、自分とは違うアーティストっていう存在がステージに立ってる姿を観たいんだよ」

アキは時間をかけて「福原亜樹」に成り切ったつもりだった。しかし根が普通の自分ではまだ足りない。坂上の言葉に、悔しいながらも説得力を感じていた。

「って言ってる俺の言葉にも、真面目に頷くだけなんだよな。お前はただのいい子ちゃんで、頭が固いから。ステージの上でも想像通りのことが起こるだけだ。存在に刺激が足りないんだよ」

坂上の言葉は、徐々に説教のような空気を帯びていく。端の席でよかった、とアキは思う。真ん中の席なら、打ち上げ全体の雰囲気を悪くしていた。

それからもアキは何を言われても、はい、と言って頷くことしかできない。いい子ちゃん。こんな自分のままでは、音楽は続けられない。

（どうすれば、普通から抜け出せるのだろう）

たくさんの人に届く音楽とは何か。その音楽を届けられる人は、どんな人か。

（……普通じゃないって、どういうことだろう）

アキにはそれを、うまく相談できる相手もいなかった。

始まるのが遅かったこともあるが、打ち上げは深夜まで続いた。終わって外に出ると、じめっとした空気とともに、微《かす》かな雨の匂《にお》いがした。わずかに地面が濡れている。短い時間だけ雨が降っていたのだろう。

まだ飲み足りないと言って次の店に行くスタッフもいたが、アキはもう、誰かと一緒にいたい気分ではなかった。そもそも、打ち上げの二次会に参加したことがない。夜遅くなると次の日に影響してしまうのがわかっているので、自分から行こうと思ったことはなかった。それにスタッフもお酒を飲まない人を、それもアーティストを、わざわざ二次会には誘わないだろう。

早く家に帰って一人になりたい。しかしそう思う一方で、このまま家に帰って坂上に言われた言葉と一人で向き合うのも怖かった。

どうすることもできず、数時間前までステージに立っていた人とは思えないような険しい顔で、アキは店の前の歩道に立ち尽くしていた。

「はい、アキさんこちらです」

そんなアキの様子に気づくこともなく、美智子はタクシーを止めた。

「美智子さん……僕は……」

「はい、どうぞ乗ってください。ライブお疲れ様でした。スケジュールはまた連絡しますね」

そう言って、彼女は押し込むようにアキをタクシーに乗せた。彼女も少し酔っているのか、いつもより口調が軽い。そのままスタッフに見送られながら、車は自宅のある三軒茶屋《さんげんぢゃや》方面へと走り出した。

アキは一人になった車内で、漏れるようなため息をついた。アキの自宅は三軒茶屋の辺りにあるマンションだ。深夜のこの時間なら、十五分ほどで着くだろう。

タクシーはいつも孤独の匂いがする。過ぎ去る窓の外の景色に目をやりながらアキは思った。車の振動の中で、自分の手応えと対照的な坂上の評価を思い出し、アキは再度深くため息をつく。悔しいが、坂上に言われたことは正しい。自分はこのままではそう遠くない未来に、音楽を続けられなくなる時がくるだろう。事務所が見ているのは自分の手応えなどではなく、〝数字〟だからだ。

それに、たとえどんなにファンに喜んでもらえているとしても、その喜びは永遠に続かない。実際にこれまでにも、出会って離れていったファンはたくさんいる。誰かに自分を好きでい続けてもらうには、頑張り続けるしかないのだ。この世界はまるで、終わりのないマラソンのようなもので、ただ走り続けるしかない。そして、走り続けることを許可されているだけでも恵まれているのだ。

「すみません……ここで降ろしていただけますか」

車が三宿《みしゅく》の交差点を少し越えたところで、アキは運転手に告げた。やはりこのまままっすぐ家に帰る気分ではなかった。どこにも行くあてはないが、せめて夜道を少し歩きたいと思った。

アキは料金を払ってタクシーを降りた。国道246号を三軒茶屋方面に向かってしばらく歩き、適当なところで路地に入る。一つ道を入るだけで、大きな道路が近くにあるとは思えないほど、辺りは静寂《せいじゃく》に包まれる。深夜なので、他に歩いている人の姿も見かけない。静かな住宅街は、自分の足音でさえ湿っているみたいだった。

変わりたい、とアキは思った。このままこの暗い道が不思議なトンネルに繋《つな》がっていて、その先で違う自分になれたらいいのに、と都合のいい想像をした。アキは暗闇《くらやみ》の中で、違う世界に行くための鍵《かぎ》を探していた。

もし酒に酔ってでもいれば、間違えて逆方向に進むなりして、このささやかな夜の探検は成功したかもしれない。しかし素面《しらふ》のアキは、数分も歩くとすぐに見慣れた道に出てしまった。こんなところも、結局自分は普通なのだ。どこかに行くこともできず、まともに家に帰ってしまう。

アキが自分に落胆《らくたん》しながら角を曲がったところで、得体《えたい》の知れない黒い塊《かたまり》が足元に転がっていた。危《あや》うく蹴飛《けと》ばしそうになったが、すんでのところで小さく跳《は》ねるようにしてそれを躱《かわ》した。

一瞬、黒いゴミ袋かと思ったが、よく見ると服だった。薄手のフード付きのスプリングコートであり、そこからデニムが伸びてスニーカーがあり、つまりそれは壁に寄りかかって寝ている人であった。土曜日の夜である。ここで酔い潰《つぶ》れたのだろうか。

「大丈夫ですか?」

とりあえずアキがそう声をかけると、その人は少し間《ま》を空けて頭を上げた。フードの隙間から茶色の長い髪が垂れた。どうやら女性らしい。眠そうな目をこちらに向けた。

「……大丈夫じゃないかも」

意外にもはっきりした声で女性は答えた。それからもう一度顔を伏せる。

これは、変な人だ。暖かくなると出てくるやつだ。心配な気持ちもあったが、それ以上にこんな場所で寝ている女性に関《かか》わってもいいことはないと、アキは瞬時に判断した。

「……危ないですから。気をつけてくださいね」

そう言いながら、アキはマンションの方へ歩き出した。受け答えができるようなので、きっと大丈夫だろう。

「あの……お腹《なか》が……」

「……え？」

後ろから声が聞こえた。言葉は聞き取れたが、反射的に訊《き》き返す形になってしまった。

「空腹感がすごくて……」

さっきよりもはっきりと女性は繰り返した。昨今、行き倒れなどあまり聞いたことがない。

「えっと……コンビニなら駅の方に行けばありますよ」

どうしたものか。会話をしてしまっていた。

「お金がないのです……」

お金がない。身だしなみも整った彼女が、実はパン一つ買うお金もないというのだろうか。

「……お腹が」

会話してしまった以上、アキはもう無視するわけにはいかなかった。家に何か食べ物はあると思うが、さすがに知らない人を入れるわけにもいかない。

どうしよう、コンビニで何か買ってきてあげるべきだろうか。

アキは彼女に何をしてあげるべきか考えた。こんな深夜にやっている店……駅の方に少し歩けばたくさんあるが。

「歩けますか？」

「……少しなら」

「じゃあ……何か食べますか？」

自分自身、どうしてこんな提案をしてしまったのだろうと思った。初めて会った、それも道端でお腹を空《す》かせている女性に、ご飯を勧めている。

「……焼き鳥」

「え？」

また訊き返してしまった。

「焼き鳥、食べたい」

単語を繋ぐようにして、彼女は言った。

ここから少し歩いて角を曲がったところに、小さな焼き鳥屋が一軒ある。風向きによってはここでもその匂いがすることもあるが、おそらく彼女はしばらく焼き鳥の匂いに晒《さら》されていたのだろう。

あそこは確か、明け方まで店を開けているはずだ。

「そこのお店に行きますか……？　立てます？」

「……はい」

彼女はのそのそと立ち上がった。Aラインの黒のスプリングコートが、本人よりも元気そうにふわりと膨《ふく》らむ。アキが歩き出すと、フラフラと眠そうな目で後ろをついてきた。野良猫みたいだ。

普段なら、確実に相手にしなかっただろう。しかしアキの心は、まっすぐ家に帰りたくないという気持ちと、これまでと違う自分になりたいという二つの気持ちがあった。心はまだ、違う世界に繋がる鍵を探している延長線上にあった。

しかしその結果、おかしなものを拾ってしまったのかもしれない。


やってきた焼き鳥屋は、六人ほどが座れるカウンター席と、壁際に小さなテーブル席が三つあるだけのこぢんまりとした店だった。

「いらっしゃい！」

頭に鉢巻《はちまき》をした大柄の店長らしき人が、大きな声で二人を歓迎してくれた。深夜なのに元気な店だ。

カウンターの手前の席に三人の男のグループがいて、アキは一番奥の壁際のテーブル席に座った。手書きのメニューが、アキのすぐ左手側の壁に数枚貼ってある。「今日のおすすめ！揚げ出し豆腐」と書いてある紙は、煙のせいかところどころ黄ばんでいる。いつ貼られた今日のおすすめだろうか。

アキはとりあえず焼き鳥やご飯など、お腹の膨れそうなものを注文した。自分も打ち上げであまり食べていなかったので、食べ物の匂いを嗅《か》ぐと胃袋が刺激された。

店長の手際がいいのか、注文した料理は驚くほどすぐに運ばれてきた。彼女は焼き鳥を、ひたすら美味しそうに食べた。こんなに美味しそうにご飯を食べる人は見たことがないな、とアキは思った。

お店に入っても無口で、質問には単語でしか答えない彼女だったが、食べ始めるとみるみるうちに元気になっていった。さっきまでの様子が嘘《うそ》のように、表情も豊かになっていく。

「ほんっとうにありがとうございます！」

彼女は大きな声で、涙を流さんばかりの勢いで言った。

「いや、いいですよ。僕も、人に何かを食べさせるという幸せについて、初めて思いを巡らせる機会になりました」

バクバクとご飯を食べる彼女を見ていると、アキも少しだけ気持ちが明るくなった。

新しい歌詞になるだろうか、と思った。初夏、行き倒れ、初対面、深夜、焼き鳥屋。残念ながら、あまり多くの人の共感を呼ぶキーワードの組み合わせではなさそうだった。

「そうだ、私まだ名前も言ってなかったですよね？　莉子《りこ》っていいます」

くっきりした二重《ふたえ》の目を大きく開いて、彼女は言った。二十代前半くらいだろうか。目鼻立ちが小ぶりな顔には、まだ幼さが残っている。色づき始めた淡い紫陽花《あじさい》みたいだと、アキは思った。

「莉子さん。よろしくね」

「あの、お名前訊いてもいいですか？　それか命の恩人さんって呼んでもいいですか？」

「それはやめてください。僕は……」

アキは二秒ほど迷って答えた。

「僕はハルっていいます」

初めて会った人に、自分の名前を教えるのは抵抗があった。別に有名人になったつもりはないが、ネットで検索されればすぐに写真やプロフィールは出てきてしまう。彼女が下の名前だけ名乗ったのは好都合だった。初対面の、しかも女性とツアーファイナル後に食事をしているなんて、ＳＮＳで拡散でもされたら大変だ。

「実は私、今日遅くまで仕事がこの近くであったんですが、お財布《さいふ》をその現場に忘れてきてしまったみたいなんです。だから今、お金を持ってなくて」

「ああ、お金がないってそういう意味だったんですね。財布がそこにあるのは確認できたんですか？」

「いえ、それがまだわからないんです。気づいて取りに戻ろうと思って、スマホで場所を調べながら戻ったんですが、途中でスマホも電池が切れてしまって。人に尋ねようにも遅いから人通りはないし、現場は今日初めて来た場所だったので、完全に迷子になってしまいました」

「それは……大ピンチでしたね」

なかなか不幸な子である。確かに今時、スマホがないと目的地まで辿《たど》り着くのは難しい。一度行ったことのある場所も、画面を見て歩くせいで目印を覚えることもなくなってしまう。

「はい、大ピンチだったんです。今日は朝からスタジオで撮影だったので、道が暗くなると景色もちょっと違ってて……。スマホなしじゃ見つけられません」

「撮影の仕事ってことはモデルさんとかですか？」

スタイルはモデルっぽくはないが、元気で愛嬌《あいきょう》のある顔をしている。アキはねぎまを一本皿から取って口に運んだ。よく気を遣《つか》って焼き鳥を串《くし》から外して食べる人もいるが、彼女がそうしなかったので、アキも気を遣わずにそのまま食べた。

「あ、いいえ、撮影されるのは私じゃないです。私は『John Smith』というブランドの服のプレスで働いてるんです。服を撮影とかで貸し出したりする仕事なんですよ」

「ああ、イギリスのブランドの服だよね」

財布や時計なども作っているブランドで、アキも知っていた。彼女のシックな服装に合点がいく。壁にかけてあるさっき着ていたスプリングコートは、地面に座っていたせいで裾《すそ》に砂がついているけれど。

「ブランド、知ってもらえてて嬉しいです。まだ日本ではそこまで有名なブランドじゃないんですが」

「僕も服見るの好きなんですよ」

アキは撮影やライブのために、用意してもらった衣装を着る機会があった。基本的にスタイリストが何種類も服を持ってきてくれて、その中からフィッティングして選ぶ。スタイリストたちは、大抵莉子のようなプレスの人から服を借りてくるのだ。

「ハルさんおしゃれですもんね。その黒のシャツ可愛いです。それに、その眼鏡はとっても知的に見えます」

彼女はアキの着ている服、そして顔に視線を移して言った。

「身長があってスタイルがいいですから、色んな服が似合いそうです。スーツなどのフォーマルなものから、オーバーサイズのプルオーバーとかも似合いそうですね。暖かい季節はセーターやスウェットなど……」

と、しばらく饒舌《じょうぜつ》に話してから、彼女はハッとして口を閉じた。

「すみません、余計なお世話ですね……」

「いえいえ、大丈夫ですよ。ありがとうございます」

アキは苦笑しながら、面白い人だな、と思った。彼女は服が好きなのだろう。

自分の服装については、アキにはこだわりがあった。中身が平凡な分、せめて外見だけでも福原亜樹らしく見えるようにと、考えて選んでいた。眼鏡もそうした思いでデビューの時からかけ始めたのだ。アキにとってファッションは、自分が福原亜樹になるための装置の一つだった。

「莉子さんもあのスプリングコート似合ってますね」

アキは莉子の服を褒め返した。裾の広がりが珍しくて可愛い形だ。砂がついてるけど、とは言わなかった。莉子は嬉しそうに「ありがとうございます」と言った。

「で、迷子になってスタジオに辿り着けなかったんですか？」

ああ、その話でしたね、と莉子は言った。

「それがですね、なんとなくの景色だけを頼りに一時間くらい闇雲《やみくも》に歩いたら、見つけたんです」

「おお、よかったです。あれ、じゃあ財布は？」

「それがもう遅かったので……私がスタジオに辿り着いた頃には、鍵が閉まってて誰もいませんでした。一時間も歩き回ったのに……」

「笑い話ですね」

「本人には笑い話じゃありません」

莉子は笑いながらそう言って、横に置いてあるウーロン茶をぐびっと飲んだ。氷がカランと弾《はず》むような音を立てる。

「スマホなしじゃ道がわからないので、駅まで戻ることもできません。というかお財布がないので、駅に行っても電車に乗ることもできないんですが……。それからまた闇雲に歩き回っていたらこんな時間になっちゃいました。昨日から仕事が立て込んでて、丸二日何も食べてなかったところにこの運動です。お腹空いたし足痛いし。で、疲れてさっきの場所で座ってたら、しばらく眠ってたみたいです」

滑舌《かつぜつ》よく彼女は説明した。話すだけで、人懐《ひとなつ》っこさが伝わってくる人だ。アキはその人懐っこさを羨《うらや》ましく思った。

「だから本当に感謝してます。あの、ここの代金は絶対に返しますからね」

「いいよお金なんて。奢《おご》るよ」

「いや、ダメですよ。本当に感謝してるんですから。返します」

莉子は頑《かたく》なに譲《ゆず》ろうとしなかった。まあいいやと思い、一度話題を戻すことにした。

「莉子さんの仕事は撮影の現場が多いんですか？　楽しそうな仕事ですね」

「撮影の頻度《ひんど》は時期によるんですが、そんなに多くはないですよ。それに私は基本的に毎日プレスルームで事務仕事してるので、ただの会社員です。撮影の日も含め、ほとんどは決まり切った毎日ですよ。普通の仕事です」

「それ、普通って言うんですかね？」

普通という言葉に反応したアキは、軽口のつもりでそう言った。

「……普通なはずなんです。私は……」

しかし莉子の反応はアキが想像していたものとは違い、まるで自分に言い聞かせるように呟くのだった。これまでの食べ物を前にした目の輝きは失われ、悲しそうな表情に変わった。

アキがなんと言っていいのかわからず少し黙っていると、ちょうど鶏ガラスープのラーメンが運ばれてきた。莉子はすかさず手を伸ばし、まるで機嫌を直したように嬉しそうな表情を浮かべた。器《うつわ》に取り分けないところを見ると、どうやら独り占めするらしい。

「あの、今お財布のない身で言うのは大変恐縮なんですが、一杯だけお酒飲んでもいいですか？」

「どうぞ。お酒も好きなんですか？」

アキは手前側にあったドリンクメニューを手渡した。

「ありがとうございます。ないと死ぬってわけじゃないんですが、あると嬉しいなって思います。ハルさんも飲みますか？」

付き合いで飲んでもいいかもしれない、と一瞬アキは迷ったが、自分のライブの打ち上げでさえ飲まなかったのに、ここで飲むのは整合性が取れない気がした。

「うーん。ごめん、今日はやめとく」

「普段あまり飲まないんですか?」

別段残念でもなさそうに、ドリンクメニューを眺めながら莉子は言った。

「まったく飲まないわけじゃないけど、あまり強くなくて」

「そうなんですね。すみませーん、ハイボール一つお願いします」

莉子は滑舌のいい、よく通る声で注文した。初夏、行き倒れ、初対面、深夜、焼き鳥屋、飲まない男、ハイボールを注文する女。時間が経てば経つほど、二人だけのストーリーになっていく。

「もしかして、引いてます?」

莉子はわずかに不安そうに言った。

「引いてないです」

「お金返すので引かないでください」

「お金は大丈夫ですよ」

「いえ、絶対返します。あそうだ、何か連絡先教えてください」

そう言って莉子はスマホを取り出した。

「あれ、つかない」

「電池切れてるんじゃないの?」

「そうでした……」

彼女はしゅんとした顔をした。

「じゃあ紙に電話番号書いてください」

くるっと表情を変え、今度はバッグからペンと小さなメモ帳を取り出し、一枚ページを破ってアキに渡した。メモ帳はメモをするのにはあまり適さないピンクの派手な色で、端には知らないアニメキャラがプリントされている。膨らんだスカートをはいた魔法使いのような可愛らしいキャラクターだ。アキはメモ帳のデザインに気を取られながらも、携帯の電話番号、そして横に「ハル」と書いて渡した。

「ありがとうございます」

壁にかかった時計を見ると、時刻はもう五時を回っている。アキはさすがに眠気を感じていた。そう言えば昨日はライブをしていたのだ。体も疲れている。

「あ、もうそろそろ始発が出てるかもしれません」

彼女はアキが時計を見たのに気がついたようで、そう言った。

「家は近いの？　帰れる？」

「赤坂《あかさか》なので、遠くはないです」

赤坂。アキは何年か前に聞いた「港区女子」という言葉を思い出した。しかも赤坂とは珍しい。そんなところに住んでいる人と出会ったのは、彼女が初めてかもしれない。ともかく、赤坂なら表参道《おもてさんどう》で乗り換えてすぐに帰れるはずだ。

「じゃあ、そろそろ出よっか」

アキはお金を払い、二人は店を出た。鉢巻をした店長は「またどうぞ！」と明け方でも元気に言った。

空は昇ってきたばかりの太陽の光で明るくなっていた。アキが彼女に帰りの電車代を渡すと、絶対返しますからね、と莉子はもう一度言った。

「この道をひたすらまっすぐ行くと２４６に出るから、あとはとにかく右に進めば駅に着くよ。駅まで送ろうか？」

アキは長い一本道を指差した。雨に濡れていた地面はすでに乾いていて、その痕跡《こんせき》はなくなっていた。

「大丈夫です。これ以上迷惑はかけられませんので」

キリッとした凛々《りり》しい顔で莉子は言った。表情の豊かな子だな、とアキは思う。

「楽しい時間でした。今日は本当にありがとうございました！」

深々とお辞儀をして、莉子は足早に駅の方へと歩いていった。一度振り返って手を振ってから、彼女は明け方の住宅街に消えていった。

無地の遮光《しゃこう》カーテンの隙間から、強い光が差し込んでいた。アキがこの部屋で暮らし始めて二年になる。光の角度で、自分が昼まで眠っていたことがわかった。時計を見ると十二時半を回っている。あれから家に帰って、シャワーを浴びてすぐに寝たが、体が少し重い。アキは昼まで寝て起きた時の、この感覚が嫌いだった。

枕元に置いてあるスマホを手に取ると、知らない番号からメッセージが届いていた。

[莉子です！　茅野《かやの》莉子です。ハルさん、今家に無事着きました！　朝まで付き合ってくださってありがとうございました。またお礼させてください。来週空いてる日はありますか？]

りこ、と頭の中で唱えながら、深夜にあった出来事を思い出す。

アキはスマホでカレンダーのアプリを開いて、自分のスケジュールを確認した。ログインして見る共有式のカレンダーに、いつも美智子がスケジュールを書き込んでくれている。

昼の時間帯には打ち合わせや雑誌のインタビューが入っている日もあったが、しばらくの間は曲の制作期間なので、自分の自由に時間を使える。極端に言えば、曲と歌詞さえ期限までに書けるなら何をして過ごしていてもいいのだ。

アキはメッセージを打つ。

[いえいえ、こちらこそ楽しい時間をありがとうございました。来週は……]

そこまで打って手を止めた。昨日は確かに、普段話さないタイプの女性と二人で話して、刺激のある楽しい夜だった。彼女は変わった人だ。それなのに、いや、それだからなのか、彼女に興味を抱いている自分がいた。

しかしアキは、また会いたいという気持ちと、まだよく知らない女性とまた会ってもいいのだろうかという気持ちの間で揺れ動いていた。メジャーデビューして人前に立つようになってから、アキは女性関係に殊更《ことさら》気を遣うようになった。自分の行動が、誰かに迷惑をかけることになってはいけない。

昨日一緒にご飯を食べたことは、様々な偶然が重なった結果だから許せたことだった。だけどもう一度会うとなると、今度は自分の意思で会うことになる。

〈普通じゃダメなんだよ〉

躊躇《ためら》っている頭の中に、昨日坂上に言われた言葉が響く。

〈お前はただのいい子ちゃんで、頭が固いから〉

今になって、また悔しさが胸の中で膨らんでくる。

〈存在に刺激が足りないんだよ〉

普通じゃないとはどういうことなのか。誰にも相談できない悩みを抱えたアキの頭に、一つのアイデアが思い浮かんだ。昨日出会った彼女は路上で寝てしまうくらいの、自分とは対極にあるような人だ。そんな彼女と関わり、仲良くなっていくことは、もしかすると自分が根本から変わるきっかけになるのではないだろうか。

思えばこれまで自分は、自分と違う雰囲気を持つ人との関わりを避けてきたところがある。女性関係のことは特にそうだ。

あんな女性と偶然出会える機会など、きっともうないだろう。彼女の変わったところを、今の自分は参考にするべきではないだろうか。

いや、とアキは思い直す。これではまるで彼女を利用するみたいだ。アキは利己的な発想をした自分を少し反省する。……しかし、今はそんなことを言っていられる状況ではないことも確かだった。

これも努力の一つ……。

そう言い聞かせながら、アキは緊張した手つきでメッセージを打つ。

［来週、夜は結構空いてますよ］

打ったメッセージを、指に力を込めて送信した。

それからアキは、コーヒーを淹《い》れるためにキッチンへと向かう。アキの家は四階建ての小さなマンションの一室だった。部屋の間取りは１ＬＤＫで、両隣に別の部屋がない形にマンションが造られている。深夜に多少楽器を弾いて音を出すこともあるが、今まで一度も苦情がきたことはなかった。賃貸だが比較的築年数の浅い物件なので、建物の防音がしっかりしているのだろう。リビングは作業部屋にもなっていて、部屋の奥には作曲のためのパソコンや楽器がまとめて並べられている。

今日は集中して作詞作業をしようと思った。リビングのソファに座り、テーブルの上にマグカップにいっぱいのコーヒーを置いて、専用のノートを広げる。アキが作詞をする時のいつもの態勢だ。

ツアーファイナルで発表したアルバムについては、曲は出揃《でそろ》ってはいたが、歌詞とアレンジはその半数がまだ手をつけられていなかった。

今、福原亜樹として世の中に出ている曲数は約五十曲だ。五年でそのペースなので、平均すると年に十曲はリリースしている。それが他のアーティストと比べて早いのか遅いのかはわからないが、この五年間、ずっと必死に走り続けてきたという実感はある。「福原亜樹」として、夢を描き、愛を描き、誰かの幸せを願う歌を、これまで積み重ねてきた。

アキはテーブルの上のコーヒーを一口飲んで、ペンを持って作詞ノートと向き合った。

白紙のページに何か書き込もうとした時、アキは急に目眩《めまい》がしたように、目に映る景色が遠くなるのを感じた。

またこの感覚だ、と思う。いつもふとした時に苛《さいな》まれる。

どうして自分はこんなことをしているのだろう。

アキはテーブルに肘《ひじ》をつき、右手で目頭《めがしら》を押さえた。自分から乖離《かいり》した何かが、今この場所で生きているような、強い違和感に襲われていた。

今回はそれと同時に、何度も忘れようとした一つの言葉が浮かび上がってきた。


——向いてないと思うよ。ミュージシャン。


場所は、池袋《いけぶくろ》の西武《せいぶ》池袋線の改札口だった。もう一年も前のことだ。その頃アキには四年間付き合っていた彼女がいた。

沙耶《さや》のことを、今も時々思い出す。

彼女と出会ったのは、ライブ後の関係者挨拶の時だった。音楽仲間の女性のシンガーソングライターが、親友として彼女をライブ会場に連れてきていた。黒髪を後ろで束《たば》ねた、眉目《びもく》の整った大人しい印象の女性だった。

沙耶はアキと同い年の、小学校の教師だった。東京で出会った二人だが、偶然にも高校までは同じ神戸で暮らしていたことが判明した。同じ店の名前がわかる。同じ公園の名前がわかる。人が溢《あふ》れる東京の街で出会った二人にとって、育った街を知る互いの存在が心強く思えた。偶然の出会いに盛り上がり、会話を重ねていくと、アキは彼女が自分と同じ空気を纏《まと》っていることを感じた。

沙耶は埼玉の実家で暮らしていた。正式な挨拶というわけではないが、カジュアルな形で彼女の家族と会ったこともある。その時に感じた家庭の雰囲気も、自分のものと似ている空気があるようで、アキを懐かしい気持ちにさせた。きっと育ってきた環境が近かったこともあったのだろう。他人とは思えないほどに、一緒にいることが楽だった。自分たちがもしトランプのカードなら、柄違いの同じ数字だ。神経衰弱でペアになれるような、同じ種類の人間だった。教師とミュージシャン。職業の種類はまったく違ったが、互いの仕事に対する尊敬の念もあり、根本的なところで価値観が合った。沙耶は、アキの曲が好きだと言ってくれた。沙耶に褒めてもらえるのが嬉しくて、アキもできた音楽をすぐ彼女に聴かせていた。

〈一緒にいると、安心するね〉

沙耶は言った。安心という言葉は、二人の関係にとても似合っている言葉だとアキも思った。

そんな風に順調な交際を続けてきた二人だったが、付き合って三年が過ぎた頃から、少しずつ未来へ抱く価値観にズレが生まれ始めていた。

未来へ抱く価値観。この場合、それは結婚に対する価値観であった。

仕事柄結婚への意識が低い、というのが言い訳であることを、アキもわかっていた。しかし女性ファンが多いことも事実で、結婚をすることで仕事にマイナスの影響が出る可能性はあった。そしてそれ以上に、誰かと一緒に暮らすということを、その時のアキはリアルに想像できずにいたのだ。毎日自由に曲作りをしたり、楽器を弾いたりという生活ができなくなってしまうかもしれないと思うと、なかなか前向きに考えることができない。

経済的な理由もあった。ミュージシャンはいつ収入がなくなってもおかしくない種類の仕事である。少なくとももう少し、これから数年は安泰《あんたい》だろう、と思えるくらいにはなりたい。

総合して考えて、まだ今じゃない。まだ、何も成し遂《と》げていない。そんな思いが、未来の約束を先延ばしにさせた。

〈今月は毎週末に友達の結婚式があるの〉

沙耶の小さな不満は、やがて二人の間に溝《みぞ》を作り出していった。

〈親戚と会ったら、いつなの、って毎回訊かれるのよね〉

沙耶を大切に思っていたアキは、真面目に結婚に向き合っていなかったわけではない。したくないわけでもなかった。ただ真面目故に、今はその時期ではないと考えていた。

〈アキも言ってたよね。結婚はしたいって〉

先延ばしにして申し訳ないという気持ちと、早く納得のいく自分にならなければという気持ちは、日々アキにプレッシャーを与えていた。気持ちばかり焦るが、状況はついてこない。曲も思うように作れなくなっていた。

〈ねぇ、いつまで我慢すればいいの？〉

「我慢」という言葉は、アキに重くのしかかった。「愛」は、四年かけて「我慢」へと緩やかに変わっていったらしい。そう思うと、アキの中にこれ以上彼女を引き止めるより、自分じゃない他の人の元に行ってもらった方が、お互いにとって幸せなのではという想いも生まれた。

しかし長く付き合った二人にとって、頭ではそうわかっていても、離れるのは容易いことではなかった。ライトを消すように、ロウソクの火を消すように、愛は簡単にＯＮからＯＦＦへ切り替えることはできない。

一緒に出かけた思い出、歩いた道、見た景色、話した言葉、過ごした時間。振り返ると、いくつも重ねた二人の思い出は、確かな存在感を持って高く聳《そび》えていた。もし別れてしまえば、もうこれ以上重ねられることのない、しかし崩すこともできなくなったその思い出と一緒に、これから先の人生をどうやって生きていけばいいのだろうか。

喧嘩《けんか》などほとんどすることもなく、長く付き合った二人だった。別れ話をする時も、お互いに落ち着いた言葉を交わすことができた。だけど、最後に彼女を駅まで送っていった時に、別れ際に言われた言葉は、アキの心にいつまでも残り続けるものになった。

「向いてないと思うよ。ミュージシャン」

それがこちらを傷つけようとして言った言葉なら、まだよかった。そう言った沙耶は、本当に心配そうな顔をしていたのだった。

「あなたは真面目で、普通だから」

一番近くにいてくれた人でさえ、そう思うのだ。多分、本当にそうなのだろう。

中途半端に器用な自分は、アーティスト「福原亜樹」という偶像を演じ、彼が言いそうなことを言い、彼が歌いそうなことを歌うことでその場を凌《しの》いできた。クールで影のある、少しミステリアスな福原亜樹。ああ、らしいね。彼っぽいね。そんな風にみんなが思うものを目指して音楽の世界で生きてきた。

（自分は……偽物だな）

こんな自分は、本当にこの世界にいていいのだろうか。事務所からチャンスをもらい、デビューすることはできた。優しいファンの応援があったから、今日まで活動してこられた。だけど坂上や沙耶の言葉を合わせて考えると、自分はやはりこの世界に向いていないのかもしれない。

そんな悩みを抱きながら、コーヒーに口をつけたところで、スマホの画面が光った。

［今起きました……。明後日《あさって》の夜とかどうですか？］

二章

ベッドの上でメッセージを送ってから、昨日のことを思い出し、私はバカだ、と茅野莉子《かやのりこ》は思った。

後悔したのは、明け方家に帰って、シャワーも浴びず着の身着のままでベッドに突っ込んだことではない。それは酔って帰った時に必ずしてしまうことなので、平常運転だ。そうではなく、さすがに今回は路上で寝るという自分の体《てい》たらくに自責の念に駆《か》られていた。こんな自分ではダメだといつも後から思うばかりで、事が起こっている時はまるで他人の体のように何もできない。

どうして、と莉子は思う。どうして私はまともに生きることができないのだろう。

ベッドから起き上がった莉子は、散らかった机の上から手帳を取り出し、ページをめくる。「やめるべきことリスト」と書かれた項目の下に、ペンを取って「路上で寝る」と書き込んだ。数ヶ月前から、自分のやめるべき行動を文字で書くようにしていた。書いておかないと、きっといつまでも繰り返すと思ったからだ。

昔からそうで、莉子は自分の欲求を抑える弁が時々バカになってしまうのだと思う。

莉子は子どもの頃に学校で反省文を書かされた時のように、今回の出来事の原因を辿《たど》っていった。あんなことになったのは、スタジオに財布《さいふ》を忘れたことが原因だ。だけど財布を忘れたのは、スタジオでの撮影中に、また自分が失言をしてしまったことへの焦《あせ》りがあったからだ。

莉子は緊張すると、その場で言うべきではないようなことを口走ってしまう傾向があった。まわりの空気がおかしくなってから、やっと自分の失言に気がつく。そしてそうした一つの失敗が、まるで連なった鎖《くさり》のように次の失敗に結び付いていく。自分の人生自体が、その鎖の連結から抜け出せなくなってしまっているみたいだった。

だけどそんな状況の中でも、今回の彼のように手を差し伸べてくれる人は度々《たびたび》現れた。そして親切にしてくれる人の多くが男性で、その理由が自分が女性であり、悪くない容姿をしているからだという自覚もあった。

外見については、そんな風に産んでくれた両親に感謝しなければと思う。一方で、育った環境については間違っても感謝できない。感謝どころか、これまでの人生で何度自分の生まれた家庭を恨《うら》んだことだろうか。

とりあえず莉子は、二十四時間以上着ていた服を脱ぎ捨て、シャワーを浴びることにした。赤坂《あかさか》の一人暮らしのマンションは狭かったが、新築なので設備は良い。浴室には乾燥機までついている。ただ家賃は、広さとの割合を考えると驚くほど高いのだが。

頭から心地いい温度のシャワーを浴びていると、洗面台に置いていたスマホが嫌な音で鳴った。音はいつも同じはずなのに、なぜか鳴り方で誰からの電話かわかるような気がする。無視するると、さらに面倒なことになることはわかっているので、莉子は濡《ぬ》れた体のまま手を伸ばして電話を取った。

「莉子ちゃん、今月分のお金、まだ入っとらんみたいじゃけど……」

耳元に、母の低い声が響いた。

「ごめん遅くなって。この後すぐ振り込むようにするね」

「うん、お願い。ごめんね、仕事も忙しいのに」

用件だけを言うと、母からの電話はすぐに切れた。

莉子は水滴のついたスマホを置いて、ため息をつく。バスルームは、嫌な記憶が嫌な現実に追い討ちをかけてくる。

莉子の育ってきた家庭は、幸せと呼ばれるものとは対極にあった。その大きな原因は、父の酒癖《さけぐせ》の悪さだった。普段から無口で、何を考えているのかわからない人だったが、酒に酔うと物に当たる悪い癖があった。一番多く犠牲になったのは、食卓に並ぶ食器たちだった。形あるものを壊すという、取り返しのつかない行動をとることで、父は自分の力を誇示したかったのかもしれない。莉子が中学生になる頃には、酔って母を殴《なぐ》る、蹴《け》るなどの暴力を振るう日もあり、莉子がその暴力の矛先《ほこさき》になることもあった。いつも父が酒を飲み始めると、地獄の時間が始まるのだと覚悟した。

大人になって母から聞いたことだが、父は外ではそうした凶暴さをおくびにも出さない、とても静かな男だったらしい。父は昔、経済的な事情で大学に行くことが叶《かな》わず、まわりと比べて早く社会に出た。そんな自分の学歴に、いつまでもコンプレックスを抱《かか》えていたらしかった。二十代、三十代を過ぎてもそのコンプレックスを抱《いだ》き続け、会社の同僚《どうりょう》に学歴で負けている自分は、仕事以外のところでも頑張らなければ対等にはなれないと思い込んでいた。だから誰よりも早く会社に来て掃除をし、雑用と呼ばれる仕事をいの一番にこなした。

結果、そうした姿勢が組織の中では評価され、気がつけば彼は、会社の中でも重要な役職を与えられるまでになっていた。本人にとっては、ただ劣等感を解消するためであり、まっすぐな動機ではなかったのだが。

そうした他人の目に過敏で臆病《おくびょう》な心は、長い年月をかけて心に大きな歪《ゆが》みを生み出した。酒を飲むと人格が豹変《ひょうへん》してしまうようになり、家庭の狭い空間で牙《きば》を剝《む》いた。

事件が起きたのは莉子が高校生の頃だった。学校から帰ってきて、家族三人で食事をしている時に父は酒を飲み始め、いつものように徐々に言動が横暴になっていた。テレビの中の出来事にまで汚《きたな》い言葉で文句を言っていた。こうなるとどうにもならないことをわかっていた莉子は、食事を早めに終えて、できるだけ関《かか》わらないように席を立った。

「なんじゃその態度は」

父は莉子の冷めた態度が気に入らなかったようだ。しかし声をかけられても、莉子は相手にしなかった。時間が経《た》って、酔いが覚めればどうせ収まると思っていたのだ。

風呂に入ろうと思い、莉子は湯船にお湯をはった。服を脱いでバスルームに入って扉を閉めたところで、嫌な足音が響いた。

「バカにした態度がイラつくんじゃ」

すぐ近くで怒声が響いた。半透明の樹脂パネルの扉に、真っ黒な父の影が映っていた。

莉子は反射的に手で扉を押さえた。普段から鍵《かぎ》をかける習慣はなかった。咄嗟《とっさ》にかけようとしたが、気が動転してどこをどうすればいいのかわからない。

「お前は誰のおかげで暮らせとると思っとるんじゃ」

扉は無理やり開かれ、入ってきた父は莉子の肩に摑《つか》みかかった。勢いのまま押し倒され、莉子は裸のまま強《したた》かに壁に背中を打ち付けた。

「俺《おれ》がおらんと生きていけんくせに」

生暖かくて酒臭《さけくさ》い息が顔にかかる。焦点《しょうてん》の合わない真っ赤に充血した目は、同じ人間とは思えない狂気に満ちていた。莉子は人生で初めて、本物の恐怖というものを知った。肺から空気が強制的に漏《も》れていく。抵抗しようと暴れたが、恐ろしい力でびくともしない。莉子は気がつけば泣きながら「ごめんなさい」と繰り返していた。音を聞いて台所から駆け付けた母は、涙を流しながら必死に父を止めようとした。

それから、どうやってその騒ぎが収まったのか記憶が曖昧《あいまい》だった。だけどその出来事がきっかけとなり、後日母は父に離婚届を突き付けた。父はその申し出を拒否せず、離婚は成立した。

母から離婚が決まったと伝えられた莉子は、父が一人でこれからどんな風に暮らしていくのかを考えると、心配はあった。だけどその時の莉子にとっては、今の暮らしから抜け出せるという喜びの方がずっと大きかった。

これで酒に酔った父に怯《おび》える暮らしは終わる……はずだったが、実際の暮らしには、莉子が期待したような変化は訪れなかった。離婚は成立したが、それはただの書類上の出来事にすぎなかったのだ。驚くべきことに、家族の誰も家を出ていくことはなく、父とは他人として一緒に暮らすという生活が始まっただけだった。

「私たちが二人で出ていっても、暮らしていけんじゃろ?」

母は莉子に、真面目な顔でそう言った。まるで離婚したことも忘れてしまったみたいに。

これは、母が抱えていた問題が理由だった。彼女はこれまでの人生で一度も働いたことがなく、父がいないと生活さえできない人間だった。他人に依存しないと生きていくことのできない母は、勢いで離婚はしたものの、現実に家を出て新しい暮らしを始めるようなことはしなかった。今さら彼女の生家のある田舎の町に戻ることも嫌がり、辛くとも惰性で問題をうやむやにすることを望んだのだ。

莉子の目には、それは母が娘の身よりも、自分の暮らしを守ろうとしたように見えた。

「女はね、我慢せんといけんの」

その頃母は度々莉子にそう言った。莉子は、自分は絶対にこんな大人になるものかと思った。パートナーに依存して、自分の好きなように生きられないなんて、そんな虚《むな》しいことがあるだろうか。

高校を卒業した莉子が、生まれ育った街を出て東京に来たのは、過去から切り離された場所で、新しい自分になりたかったからだ。だけど現実的に、自分の過去を完全に切り離すことなどできない。東京に来て莉子の暮らしがなんとかなり始めた頃、それまでずっと連絡をとっていなかった母から連絡がくるようになった。

「お父さんがもっとお酒飲むようになって、ほとんどお金使っちゃって……。莉子ちゃん、少しだけお願いできんかな」

用件はお金の無心だった。

莉子自身もお金のことに疎《うと》く、このくらいならいいか、と思って送り始めたのがいけなかった。毎月決まった額を送るようになってから、数年が経つ。高い家賃の支払いと合わさって、莉子の自由に使えるお金は毎月ほとんど残らなかった。しっかり働いているはずなのに。

自分の育った家庭環境を思うと、莉子は時々、自分は人として必要なものが欠けているのではないかと不安になる。与えられるべきだったピースを持たずに、どこまで行っても何かを欠損したまま生きている感覚があった。人との関係にも、夢を持てない。どうせ誰かと暮らしても、最終的に自分の両親のようになるのだから、と。

そんな過去が原因かどうかはわからないが、学生の頃から「莉子ちゃんは変わってるよね」と言われ、集団の中で嫌な目立ち方をして孤立することが多かった。それは東京に来てからも同じで、「茅野さんは変わってるよね」と呼び方が変わっただけだった。自分と近い関係になった人でさえ、自分の暮らしや判断を「おかしい」と言う。人が当たり前にしていることをできない自分は、どこまで行っても普通にはなれない。もっと普通になりたいのに。普通の人生を送りたいのに。

バスルームから出て、タオルを頭からかぶる。スッキリしたところでもう一度スマホを見ると、新しい通知がきていた。少し警戒しながら見てみると、今度は彼からの返事だった。「明後日《あさって》の夜、大丈夫です」と書いてある。

昨日出会った彼は優しい人だった。まだ一度しか会っていないけれど、彼は自分が憧《あこが》れているものを、全《すべ》て持っているような人だった。自分とは違い、満たされた環境で育てられたのだろうと莉子は思う。

しかしそんな彼のことで、莉子は一つだけ引っかかるところがあった。彼はあんなに真面目そうな目をしているのに、どこか嘘《うそ》の香りがしたのだ。その小さな不自然さが、莉子の中で、毛先で絡《から》まってしまった前髪のように気がかりだった。

二日後、彼と約束をした日、莉子はいつも通り朝から仕事に向かった。

青山《あおやま》一丁目駅の近く、青山通り沿いに「John Smith」のプレスルームはあった。カードキーを当てて一階のフロアに入ると、広い部屋の一面に、今季と来季の服のサンプルが全て並べられている。ハンガーにかけられたシャツやカーディガン、畳《たた》まれて棚の上に置かれているTシャツやデニム。服がたくさんある場所特有の匂《にお》いを嗅《か》ぐと、なぜかホッとする。莉子の仕事は基本的に、ここにやってくるファッション業界の人に服を貸すことや、撮影に立ち会うことだ。ついこの前までは来季の服の撮影で連日忙しかったが、やっとそれも落ち着いていた。

ここで働き始めたのは二年前だ。ずっと服が好きだった莉子は、ファッションに関わる仕事をしたいと思っていた。中でも「John Smith」は昔から好きなブランドの一つで、莉子は前職を辞めてから、すぐに中途採用の面接を受けに行った。

その時に莉子を評価してくれたのが、今の上司の木村《きむら》だった。木村はプレスだけでなく、ブランドのプロデューサーとしての立場も兼ねているやり手の男だった。莉子は彼の下で撮影現場に出かけたり、デザイナーと会ったりする中で、アパレルに関わる様々なことを学んだ。

ここでの仕事は性《しょう》に合っていると自分で思う。莉子は過去に、アパレル店員として接客をする仕事をしていた時期もあったが、その時はうまくいかなかった。自分の意見をすぐに言ってしまう莉子は、客の気持ちを察して商品を勧めることができない。何度も客を苛立《いらだ》たせてしまい、アパレル店員に向いていないのだと自覚した時、莉子は自分の苦手なことの多さに辟易《へきえき》した。

今のプレスでの仕事は、スタイリストや業界の人に服を貸す業務なので、その頃とはまた違う。自分の意見を直接モデルに言う機会はなく、もし莉子が変なことを言ってしまっても、木村がフォローしてくれる。それに、特にデータの入力などの事務的な仕事は、まわりに影響されずに自分のペースでこなすことができる。それも、服に囲まれた場所で。

階段を上がって二階の扉を開くと、事務仕事用のオフィス空間がある。四つデスクがあるだけの小さな部屋だった。今日もここで服の管理のために、データをパソコンに打ち込む予定だった。

「茅野さん、おはようございます」

オフィスに入ると、元気に挨拶《あいさつ》したのは二つ年下の朝倉優香《あさくらゆうか》だった。デスクに座って作業をしている彼女は、莉子の一年前に入社しているので、年下の先輩ということになる。栗色の髪で、小柄で華奢《きゃしゃ》な彼女は、いつも体のラインが出るタイトな服を着ている。

「おはよう。こんな時間に珍しいね」

今の時間、会議でもない限りここに社員はあまり集まらない。大抵みんな、撮影や打ち合わせなど、外での仕事が多い。

「雑誌の原稿チェックに追われてるんです。この前チェック漏れで怒られたので、もうミスするわけにいかないいんですよねー」

彼女はいつも力の抜けた敬語で話す。莉子が年上の後輩だからかもしれない。朝倉は自分と同じで、あまり仕事の要領が良いとは言えないところがあった。莉子はそんな彼女が同僚として近くにいることを、むしろ嬉《うれ》しく思っていた。仕事ができる人ばかりでは、社会はストレスだらけになってうまくいかないのだと思う。

適当に会話を交わし、莉子は自分のデスクに座った。ノートパソコンに向かい、ひたすらデータを入力していく。

十分ほど経つと、オフィスの扉が開いて木村が入ってきた。今年四十歳になるという彼は、寡黙《かもく》でダンディーな雰囲気を纏《まと》っている。長身でスタイルが良く、着ている服はいつもセンスがあって、いい具合のチャラさも兼ね備えている。今日はハイブランドのジャケットと短パンのセットアップを着ていた。

「木村さん、おはようございます」

「莉子ちゃんおはよう。朝倉さんも」

「あれ、木村さん今日から出張って言ってませんでしたっけ？」

朝倉が木村に訊《き》いた。

「出張は明日からだよ。いない間よろしくね」

彼はロンドンの本社に一週間出張すると言っていた。だから莉子は、今日のうちに確認しておかなければならないことがあった。

「明日の十四時から来られる方たちは、木村さんの仕事関係の人ですよね」

「そうそう、Watersってバンドの子たち。服借りに来るから、色々ケアしてあげてね」

「あ、私Watersめっちゃ好きです。その時間会社にいるかなぁ」

朝倉が会話に入ってくる。どうやら好きなバンドだったらしい。

「彼ら、以前も来てましたよね。『John Smith』がミュージシャンに直接服を貸すって珍しくないですか?」

「俺の個人的な友達なんだ。マネージャーと一緒に来てくれるみたいだよ。結構人気みたいなんだけど、わざわざうちのブランドを選んでくれるって嬉しいよね。彼らの音楽とうちのブランドは相性がいい気がしてるんだ」

木村はファッションやカルチャーの話になると饒舌《じょうぜつ》になる。好きなことにまっすぐ向かっていくその姿勢は、男性的な魅力があると莉子は思っていた。

「フィッティングは一階でするんですよね?」

「うん、前もそうだったんだ。俺が立ち会えないことは伝えてるから大丈夫だよ。まぁ、よかったら仲良くしてあげてね」

莉子がその場でスマホで検索してみると、すぐに画像とともに彼らの情報が出てきた。バンドメンバーは自分と歳《とし》も近いようだった。いくつかあがっている過去の写真を見ると、好青年という印象の四人組だ。音楽の世界に疎いので、曲は聴いたことがなかった。

「ああ、あと前言ってた日本のオリジナル商品の話、向こうでもう一度提案してみるよ。莉子ちゃんのアドバイス通りね」

「アドバイスなんて、とんでもないです」

「John Smith」はイギリスのブランドだが、その看板を背負って、日本人の感性に合った日本オリジナルのラインを作ろうという話が数年前から出ていた。しかしその案件は、熱意を持って進める人がおらず長い間頓挫《とんざ》していた。そこに莉子が、こんな服を作りたいと繰り返し意見を言ったので、木村が本社にもう一度話そうとしてくれている。

莉子は洗練された「John Smith」のデザインも好きだが、もっと親しみやすく手に取りやすいものを作ることで、顧客の幅が広がるのではと思っていた。日本人のデザイナーとも意見を交わし合い、これまでにない服を作っていく。そんなこと、想像しただけで楽しそうだと思った。

「みんながやりがいを持って仕事した方が、日本のオフィスも楽しいと思うんだよね。ま、どうなるかわからないけど話してくるよ。もし実現したら、莉子ちゃん忙しくなるよ」

「ありがとうございます。私にできることがあれば是非やらせていただきます」

木村はいつもこうして莉子のことを気にかけてくれる。こんな上司の下で仕事ができて、自分は感謝すべきだと思う。

「私、ここで仕事させてもらえてすっごく幸せです。こんな素敵な仕事があるなんて知らなかったです」

莉子が思いをそのまま言葉にすると、三人だけのオフィスが一瞬静まり返った。

「……あはは、それはよかった。そんなこと言ってもらえて嬉しいな」

木村は少し照れながらも、困ったような口調で言った。

「あ……すみません」

思ったことをすぐ口にする。莉子の「やめるべきことリスト」の一番上に書かれているものだ。莉子は自分が嫌になりながら、パソコンに向かい元の作業に戻った。たとえ良いことであっても、すぐ言葉にするのは良い方向に働かない場合がある。その区別を、莉子は上手くできない。

今日は仕事が終わったら、彼と赤坂で会う予定だった。楽しみに思いながらも、莉子は少し自分の言動に気をつけなければいけないと思った。


渋谷《しぶや》から明治通りを恵比寿《えびす》の方角へしばらく歩くと見えてくる、大型ビルの中の三つのフロアが「Henly」の事務所だった。その一室で、アキはいくつかの音楽雑誌の取材を受けていた。時代の流れで以前より音楽雑誌は減ってしまったが、代わりにＷｅｂの媒体は増えている。デビュー五周年の記念ツアーだったということで、アキはデビューからの心境の変化、ツアーで使った機材、制作中のアルバムのことなどを順番に話した。これまでにも散々インタビューは受けてきているので、この種の仕事は慣れていた。記事を書いてくれるライターの人たちも、長い付き合いの人が多い。

いくつもの質問に答え、その日に予定していた最後のメディアのインタビューが終わった。アキはスタッフに挨拶し、事務所のフロアからエレベーターで一階に降りる。これから赤坂に向かうのだ。

アキがビルの入り口にある車寄せの横を通った時、そこに若い男がスマホを見つめて立っていた。明るい茶髪で、ギャルソンの派手なシャツを着ている。彼はアキに気がついて顔を上げた。

「あ、久しぶりす」

彼はわずかに首を傾けてそう言った。耳からぶら下がった重そうなシルバーのピアスが鈍く光っている。後輩のアーティストであるWatersのボーカルTAKUMAだった。Watersのことはデビュー当時から知っている。その頃は地方から出てきたばかりで、まだ垢抜《あかぬ》けない雰囲気だった。それから曲がSNSでバズったこともあって、彼らは瞬《また》く間に人気アーティストになっていた。以前イベントで一緒になって話したこともあるので、挨拶くらいはする仲だった。

「久しぶり。打ち合わせだったの？」

話しかけられたアキは、少し戸惑《とまど》いながら言った。

「さっき終わったところで、家に帰ります。打ち合わせだったんですか？」

「取材だったよ。この前ツアーが終わったばかりで」

「へぇ、ツアーとかやってたんですね」

風に乗って、強いシトラスの香水の匂いがした。普通の話をしていても彼の佇《たたず》まいはオーラがある。もうデビューした頃のような野暮《やぼ》ったい雰囲気はなかった。

彼は自分の見せ方がすごく上手い人だとアキは思う。飲み会でもＳＮＳでも、どんどん先輩アーティストと繋《つな》がり、そこからライブの共演まで決めてしまう。ＳＮＳさえやっていないアキには、到底上手くできないことばかりだ。

「ここ、なかなかタクシー来ないから、呼んだ方がいいかもです。って知ってますよね」

彼は道路の方を見ながら言った。

「いや……僕は」

アキは、仕事の行き帰りでタクシーを使わせてもらったことはなかった。この前のように打ち上げで遅くなり、電車がない場合くらいだ。

「ＴＡＫＵＭＡくんは、タクシー呼んだ……」

尋ねようとした時に、目の前に車が停まった。トヨタの黒のヴェルファイアだった。

「じゃあお先に失礼しますね。お疲れ様です」

彼は慣れた調子で、やってきた車に乗り込んだ。どうやらマネージャーの送迎待ちだったらしい。

彼を乗せた車は、軽《かろ》やかに明治通りを走り去った。アキはその車が見えなくなるまで待ってから、歩道を歩き出した。

先輩の自分は、送迎どころかタクシーさえも使わせてもらっていない。まさか彼もそんな風には思っていないだろう。売れると、事務所の待遇はあからさまに違う。

自分は彼よりも努力を怠《おこた》ったのだろうか？　いや、きっと彼は、普通の努力しかできなかった自分には辿り着けない場所に立っているのだ。その大きな差が、今現実的な結果として目の前に現れていた。


二十時に赤坂で莉子と会う約束だった。

アキは地下鉄の千代田《ちよだ》線に揺られながら、やはり自分は彼女を利用してでも変わらなくてはいけないのだ、と切実に思った。今日は彼女のことをよく観察しよう。彼女の変わっている部分を見つけて、勉強しなければいけない。

そして同時に気をつけなければいけないのが、自分はまだ「福原亜樹《ふくはらあき》」というミュージシャンであることを彼女に明かしていないことだ。「福原亜樹」と切り離された場所で女性と会う機会など、これまでになかった。アキはトラブルを避けるためにも、まだ秘密を守ろうと心に誓っていた。

待ち合わせ場所の、赤坂駅の一ツ木《ひとつぎ》通り方面改札口にアキが行くと、莉子は先に来ていた。

「ごめん待たせた？」

「いえ、今来たところです。今日はお返しに私がご馳走《ちそう》しますからね」

そう言って莉子が連れていってくれた店は、駅から赤坂見附《みつけ》駅の方へ歩いた場所にある和食の店だった。入り口までにちょっとした石畳と庭があり、店の構えから、若い人が気軽に入れる店ではないことがわかる。暖簾《のれん》をくぐり引き戸を開けて入ると、小豆《あずき》色の割烹着《かっぽうぎ》を着た女性が迎えてくれた。カウンターとテーブルの席があり、カウンターの向こうでは大将が一人で料理をしている。二人はテーブルの席に座った。それぞれテーブルの間が広くとられていて、こぢんまりした店内だが過ごしやすい雰囲気だ。

「赤坂まで呼び出しちゃってすみません」

「全然大丈夫。でも赤坂に住んでる人と出会ったのは初めてかも。この辺り、すごく高級なイメージがあるから」

アキは幼い頃に家族と遊んだ「モノポリージャパン」というボードゲームで、赤坂の土地代が異様に高かったことを思い出した。

「こだわりはないんですが、不動産屋の人に勧められて、気がつけば住んでました」

なぜか諦《あきら》めたような口調で彼女は言った。

「そうなんだ。家賃だって高いんじゃないの？」

「高いですね。あ、とりあえず飲み物ですね。今日は飲みますか？」

莉子は話を逸《そ》らすように、素早く飲み物のメニューを広げた。アキは手に取ってそれを眺《なが》める。

「うーん、まず最初はウーロン茶にしようかな」

「じゃあ私は梅酒飲みます」

こっちが飲もうが飲むまいが、自分が飲みたいものを飲む。こういうところが彼女らしいところだな、とアキは思う。それと同時に、今まで出会ってきた女性は自分に気を遣《つか》っていたのだろうかと心配になる。

「私、多分引くくらい食べられますよ」

「それ、知ってるかも」

二人は食べ物のメニューを見て、男女二人にしては多めの料理を注文した。

「今日は撮影はなかったの？」

「今日は青山のプレスルームで事務仕事をしてました。会社員活動です」

音楽活動、みたいに莉子は言った。彼女はなぜか、自分のことを会社員と言いたがる傾向がある。

「ハルさんはお仕事何してるんですか？　そう言えばこの前聞いてなかったですよね」

アキにはこの二日間、仕事のことを訊かれたらこう答えよう、と準備してきたものがあった。

「んー、普通の仕事してるよ」

「普通の仕事って何ですか？」

「サラリーマンです」

「どんな仕事ですか？」

さらに追及された時は、これにしようと思っていた。

「えっと、……ＩＴ系っていうのかな。パソコンをカタカタしてます」

「すごい。かっこいいですね。私そういうの全然わかんないです」

日々、作曲作業でパソコンをカタカタしていることは間違いないので、後半は嘘ではない、と思う。ともかく、仕事の内容はごまかせたようだ。

「平日は毎日出勤してるんですか？」

そうきたか。……と思いながらも、アキは無理やり笑顔を作って答える。

「会社にも行くけど、在宅でできる仕事も多いんだ。だから家にいることが多いかも」

「そうなんですね！　家で仕事ができるのっていいですねー。私もファッション関係で、そういう仕事があればいいのにって思います」

これ以上嘘が増えてしまう前に、アキは話題を変えようと思った。

「それにしても、いい雰囲気の店だね。よく来るの？」

「いいえ、前に一度来たことがあるだけです」

「そうなんだ。かなり高級そうなお店だけど……もしかしてアパレルは景気いいの？」

ちょっと小声で、失礼な言い方をしないように気をつけながら、アキは尋ねた。お返しに私がご馳走します、と言われていたが、逆に彼女の財布事情に気を遣っていた。

「全然そんなことないです。ここは雰囲気によらず、価格は意外と良心的なお店なんですよ。それより知ってますか？　一人暮らしの二十代女性の貧困が問題になっているらしいですよ。貧困女子です」

そう言って莉子は梅酒を口に含んだ。アキもウーロン茶に手を伸ばす。どうやら「港区女子」な彼女は「貧困女子」でもあるらしい。だけど本当に貧困女子なら、赤坂に住めないのではと思う。

「貧困かぁ。それはゆゆしき事態だね」

「お給料は高くないんですが、食べるのが好きな私は、何ヶ月かに一回くらいはこういう美味《おい》しいお店に来たくなるんです」

「じゃあその、何ヶ月かに一回に呼んでもらえたわけだ。光栄です」

アキがそう言うと、莉子も「こちらこそ」と笑顔で言った。

「でも貧困って言っても、私はもう二十代が終わるので、また少し事情が違いますが……」

意外なセリフに、アキはウーロン茶を噴き出しそうになった。

「え、いくつなの？」

「今年二十九の年です。ハルさんは？」

「今年二十八の年です……」

「え、年下？」

「みたいですね」

「急に敬語になってるじゃん」

「莉子さんも急にタメ口になってますよ」

「……」

「……」

少し間《ま》を空《あ》けて、二人はお腹《なか》を抱えて笑った。意図せず息の合ったシュールなやり取りになってしまった。

「もう、お互いタメ口にしようよ」

アキは提案した。それにしても、彼女は随分若く見える。

「そうね。名前も呼び捨てでいいよね。にしても年下は意外だったなぁ。ハルはなんでそんなにしっかりしてるの？　仕事柄？」

「そんなにしっかりしてないよ。莉子がしっかりしてなさすぎなんじゃないかな」

　呼び捨てにしてみる。結構しっくりくる。

「世田谷《せたがや》の住宅街で空腹の末、路上で眠りについてるのは、多分ここ十年で莉子だけだと思う」

「えー。じゃあその十年前には誰がいたのかな？」

「多分猫とかだよ。最近は猫でも、人が通るところで寝てるのは見かけないよ」

「私は猫ちゃん以下なのねぇ。でも聞いて、あそこまでお腹空《す》いたのは久しぶりだったんだよ」

　莉子はテーブルの上に並べられたお刺身《さしみ》を口に運ぶ。焼き鳥も似合うけど、魚も似合う。猫だ。

「ね、今日は一杯くらい飲もうよ。私がご馳走するんだからさ」

「ほんとに弱いからダメだって……」

　なんだか関係が逆転した気分だった。くだけた話し方をされると、急にペースを握られる。敬語のおかげで、これまで随分守られていたみたいだ。

「ハルの出身はどこなの？」

「神戸だよ」

「関西なんだ。神戸って景色良さそうだよね。イメージだけど」

「海も山も近いから、景色はいいと思うよ。交通のアクセスもいい」

ツアーでも、ほとんどのアーティストが大阪公演にするところを、アキは神戸公演にしてもらっていた。地元なのでアキの家族もライブを観《み》に来てくれる。その時はホテルに泊まらず、実家に帰るようにしていた。

「莉子の出身は？」

「広島だよ」

「同じ西側だね」

とアキは言いながら、莉子の言葉には訛《なま》りがないなと思う。広島はアキもツアーで何度も訪れている場所だ。いつも現地で会うイベンターの人は、普通に話していてもかなり方言が出る印象だ。「じゃけぇ」とよく言うからというだけの理由で、「ジャケさん」なんてあだ名で呼ばれている人もいた。

アキがそんなことを考えている間、莉子はじーっとアキの服を上から下まで眺めていた。

「今日着てる服、珍しい種類のボーダーだね。可愛い」

アキはイエローとネイビーのボーダーが正面に施《ほどこ》された、長袖《ながそで》のTシャツを着ていた。袖のところにボタンが付いていて、シャツのようなデザインになっている。そのユニークさに惹《ひ》かれて買ったのだった。

「ありがとう。莉子も、可愛いワンピース着てるね。それは『John Smith』のやつなの？」

莉子の着ているオフホワイトのワンピースは、肩部分がシアー素材になっていて涼しそうだ。腰のところがキュッと締まっていて、シルエットが綺麗《きれい》だった。形は新しい一方で、生地は馴染《なじ》んでいて古着のような質感だった。

「うふふ。これは大切な人からもらった服なの。実はかなり前の服なんだけど、すごく気に入ってて」

「莉子は本当に服が好きなんだね。今の仕事は長いの？」

「もう二年になるかな」

「その前は何してたの？」

アキが聞くと、莉子は少し迷ったように間を置いた。答えにくい質問をしてしまったのだろうか。彼女はグラスを手に取り、残り少なくなった梅酒を飲みほして、割烹着の女性におかわりを注文した。

「……私実は、前まで声優の仕事してたの」

想像を超えた、とても意外な職業だった。アキは驚いて一瞬言葉に詰まったが、あまり驚くのも悪い気がして、それを見せないように言った。

「すごいね。なんで声優になろうと思ったの？」

「こんな言い方すると変に思われるかもしれないけど、成り行きというか……」

「成り行きでなれる職業じゃないでしょ。普通はそのために東京に来るって人が多いような仕事じゃないかな？」

「そうだよね、ちゃんと説明する。まず私が東京に来たのは、とにかく地元を出ることが目的だった。その時に自分は何になりたいんだろうって考えたら、やっぱり服に関係することがいいなって思って。ずっと服が好きだったから。それで、東京で服飾の専門学校に通うことにしたの。必死にバイトしながらね」

「東京で暮らすって大変だもんね」

「うん。そもそも最初は家もなかった」

「え、家も決めずに東京に来たってこと？」

「そう、友達の家に住まわせてもらってたの。自分で家賃を払えるような状況じゃなかったし。少ししてからその友達が見つけてくれた新しい家で、ルームシェアするようになったよ。家賃を半分ずつ払ってね。これ、話し出すと長いんだけど大丈夫？」

「大丈夫、聞きたいよ」とアキは言った。

「専門学校に通ってたってことは、莉子はデザイナーになりたかったの？」

「本当はそうだった。でも卒業してすぐにデザイナーになれる自信がなかったから、まずはアパレルの店員さんの経験を積もうと思ったの。それで、好きだったブランドのところに就職した」

「『John Smith』とは違うところ？」

「うん、違うブランド。だけど接客の仕事が合わなかったの。私、思ったことすぐ言っちゃうから。お客さんが欲しいかどうかより、似合うかどうかをはっきり言っちゃって、たくさん怒られた。それでこれ以上迷惑かけられないと思って、その仕事は辞めることにした」

莉子がうまく接客できていないところを、アキはなんだか想像できる気がした。

「それでこれからどうしようって思ってた時に、飲み屋で知り合った声優のマネージャーをしてる人から、声質が声優に向いてるって言われたの。私、自分が何かに向いてるって言われたことがなかったから、すごく嬉しかった。考えてみれば、昔から音読とか得意だったなって思って」

「それが理由で声優になろうと思ったんだ？」

アキが驚いて尋ねると、莉子は「うん」と力強く言った。

「それからそのマネージャーのツテで養成所に所属して、声優としての仕事をするようになったの。その人のバックアップもあって、幸運にもオーディションも受かったりして。少しずつ声優として活動できるようになっていった」

「それってすごくラッキーじゃない？」

「そうね、運が良かったの」

そんな運任せな生き方は、アキには考えられなかった。アキの場合はタイミングよく、大きな事務所に声をかけられて、説得されたから今この仕事をできているだけだ。そうでなければどんなにファンがいても、音楽の道を選ぶことなく普通に就職していただろう。

「ハルはアニメとか観る？　深夜にやってるやつとか」

「うーん、あんまり観ないかな。小さい頃は観てたと思うけど」

「私、意外と売れっ子だったんだよ」

「そうなんだ。……もしかして有名人？」

「ふふ。自分で言うのもなんだけど、アニメファンはそこそこ知ってる人はいるはず」

「ちゃんと仕事もあったのに、どうして辞めちゃったの？」

普通、仕事がうまくいってる時は辞める理由なんてなさそうなものだ。

「一言で説明するのは難しいんだけど……」

「事務所となんかあったとか？　……いや、そういう話、よく聞くなと思って」

アキも仕事柄、わかってあげられることもあると思ったが、今の自分の設定はサラリーマンである。共感しすぎるのも不自然だ。

「事務所というより、自分の問題かな。……あんまり才能なかったから」

「売れっ子なのに？」

「うーん、なんて言ったらいいのかな」

莉子は顎《あご》に手を当てて、難しい顔をして考えている。

「私、気がつけば途中からアイドルグループみたいなのをやらされてたの」

「それが嫌だったんだ？」

彼女は確かにアイドルとして人気が出そうなルックスをしている。丸みのある目や薄い唇は、綺麗というより可愛い顔をしていて、ファンもできそうだ。

「マネージャーに提案されて、最初は頑張ろうと思ったんだ。恩もあったから。でも、合わなかった。さっきも言ったけど、私ってなんでも思ったこと言っちゃうところがあって、あんまり器用に演技し続けられるタイプじゃないの。みんなの求める自分になんて、絶対なれない」

ミンナノモトメルジブンニナンテ、ゼッタイナレナイ。

彼女の言う一つ一つの言葉は、今のアキには鋭利な刃物のように深く突き刺さっていく。

「それに声優ってね、自分の演じてるキャラと自分の間に、結構溝《みぞ》があったりするものなんだ。私、可愛い感じのキャラを演じることが多かったんだけど、実際の私はそんなキャラじゃないんだよね。でもファンの人は、そのアニメのキャラっぽいところを、声優本人にも求めちゃったりして……イメージと違うって幻滅させちゃったり」

声優には声優の悩みがあるんだな、とアキは思う。

「あと基本的に声の仕事だから、アイドルみたいな仕事してる声優も、みんながみんな実際に可愛いわけじゃないし。勘違《かんちが》いしてる子もいるっていうか」

可愛い顔をして、ズバズバ言う。どうやら、思ったことがすぐ言葉に出るのは本当らしい。こんなことをカメラの前で言ったら、今の時代即炎上だ。

「家族は応援してくれてたの?」

「ずっと連絡とってなかったんだけど、テレビで自分の声が使われ始めた頃から、連絡がくるようになった」

「そりゃあ喜ぶよね」

「喜んではいたんだけど……」

莉子が何かを言いにくそうにしたので、アキは首を傾《かし》げた。

「いや、あのね、うちは関係がちょっと変なの。まず、お父さんとお母さんは離婚してて、でもなぜか一緒に住んでて」

彼女は少し声を低くして言った。

「離婚はしてるけど、一緒に住んでる」

「うん、変でしょ? まぁ、お父さんは最低だけど、それに依存してるお母さんもどうかと思うし」

「複雑な状況なんだね」

アキはどこまで訊いていいのかわからず、一言そう言った。

「そうなの。特に中高生の頃は毎日大変だったし、子どもなりにすごく気を遣ってたことを覚えてる。私、幸せな家庭って知らないんだよね。だからきっと私は、将来そんな家庭を作れないんだと思う。だって知らないことを実現するって難しいでしょ？」

「そうならないように、って逆に思えることもあるんじゃないの？」

「どうかな」と莉子はテーブルに視線を落として言った。「もちろん家庭のせいだけじゃなくて、私自身の問題も大きいの。まわりの人は当たり前にできることなのに、私だけ上手くできないこともあって。苦手なことが多いというか……」

話しながら、莉子の声は段々小さくなっていった。

「ともかく、そんな環境だったから、私は普通の家庭っていいなって思う。普通のことを普通にできるってそれだけですごいことなんだよね。私は普通に憧れる」

ワタシハフツウニアコガレル。

それは知らなかった言語のように、アキの耳に響いた。

「莉子の家族の関係は、今も大変なの？」

「私はもうずっと家に帰ってないから関係ないけど、お母さんは時々大変みたい。お父さんはもう定年で退職して、家にいる時間が長いんだって。酒癖は相変わらず悪いみたいで」

莉子はそう、遠い場所を眺めながら言った。

「ハルの家族は仲良いの？」

「莉子の話の後で気が引けるけど、仲良しだと思う」

「っぽいね。なんか、話しててわかる」

その感想は、今のアキには複雑だった。

「莉子は辛かったんだね」

「辛かった。でも私、昔のことはほとんど忘れちゃった。私の特技は忘れること。どんな嫌なことがあっても、お酒飲んで寝たらほとんど覚えてないんだ」

「それは便利だね」

「ハルはなんでも覚えてそう。嫌だったこと並べて、眺めてそう」

「そんな趣味ないよ。やめて」

アキが否定すると、莉子は楽しそうに笑った。

「私はね、楽しく生きてたいなって思うの」

こぼれるように言った彼女のその言葉には、裏も表もなく、さっきまであった憂《うれ》いさえも感じられなかった。

「家族も色々あったし、前の仕事でも色々あったけどさ、誰かを恨んだりするより、自分に正直に、楽しいこととして生きていたいなって思うの」

澄《す》んだ目で彼女は言った。自分もいつか、自分を騙《だま》すことなく、こんな風に思える日がくるだろうか。

「……その生き方いいね。賛成」

心からそう思いながら、アキは言った。

「ハルも、自分に正直に生きてね」

嘘をついていることがバレているんじゃないかと思って、アキはドキッとした。

（敵《かな》わないなぁ……）

こんな人、今まで出会ったことがない。きっと自分たちは神経衰弱でいうと、ハートのエースとスペードのキングくらい違うのだろう。絶対に正解にならない組み合わせだ。

食事をしながら、二人の話題はファッションに移り、好きなブランドの名前を互いに挙げ合った。アキも服のことは詳《くわ》しい方だと思っていたが、さすがに莉子の方が詳しい。「John Smith」では仕事だけじゃなく、ファッションをカルチャーという側面から勉強させてもらえる時間があるらしく、彼女はそこで先輩から学んだことを教えてくれた。

莉子は四杯のお酒を飲み、アキは二杯のウーロン茶を飲んだところで、彼女は明日は朝が早いらしく、日付が変わる前に二人は解散した。


莉子は彼を赤坂駅まで見送った。明日は「John Smith」の雑誌の撮影があるため、朝は早い。それをわかっていながらも、莉子はまっすぐ家に帰るのが寂しいような気持ちになっていた。

〈真紀子《まきこ》さんに会いたいな……〉

そう思った莉子は、やってきたタクシーを手を上げて止める。タクシーの中で電話をしたのは、莉子が上京した頃から顔馴染みの、麻布《あざぶ》にあるバーだ。看板も出していないその店は「Closed」という名前の通り、一見《いちげん》さんは入ることのできない隠れたバーだ。

電話で店が開いていることを確認した後、タクシーの中で、莉子はさっき自分が彼に言ったことを思い出していた。

〈私の特技は忘れること。どんな嫌なことがあっても、お酒飲んで寝たらほとんど覚えてないんだ〉

自分は酔っ払うと、調子に乗って自分を大きく見せる癖がある。本当は忘れられない過去や、考え出すと抜け出せない堂々巡りの問題もあるのに。

自分はただ、それらを忘れるためにお酒を飲んでいる気がする。つまり、酔っ払うことで厄《やっ》介《かい》な物事を先送りにしているだけなのだ。

〈私はね、楽しく生きてたいなって思うの〉

思いを語った瞬間、莉子はまた変なことを言ってしまったかもしれないと思った。だけど彼は意外にも、そんな自分の言葉に深く賛成してくれているみたいだった。

莉子はシートの上で手帳を開いて「やめるべきことリスト」を眺める。そこにはここ数ヶ月の中で書き出していった、自分の欠点がずらりと並んでいた。今日は「酔っ払って大きなことを言う」は失敗したけれど、財布は忘れていないし、路上で寝てもいない。

五分ほどでタクシーは停まった。車を降りてすぐ目の前のビルへと歩く。知らなければただの壁だと思って通り過ぎるような、なんの装飾もない扉の横にあるインターホンを押して、莉子は店に入った。

「お、来た。早かったね」

薄明かりの店内はタバコの匂いがした。カウンターの中に立っている女性が真紀子だ。

真紀子はこのバーのマスターで、莉子が大好きなかっこいい女性だった。飾らない雰囲気なのに綺麗というのは、莉子が最も憧れる女性像だ。三十代後半の彼女は、バランスの整った上品な顔つきにスラッとしたスタイルで、大抵の服は着こなすことができる。多分、同い年で学校で出会っていたら、自分みたいなタイプはすごく嫌われていたのではないかと勝手に思う。

「莉子、いいことあったみたいね」

莉子がカウンター席に座ると、真紀子は言った。

「わかるんですか？」

「わかるよ、何年あんたのこと見てると思ってんの。なんか食べる？」

「オムライス食べたいです」

「小さいのにしとくね」

真紀子はそう言ってから、莉子にハイボールを差し出した。いつもここで飲んでいるものだ。

上京したてで暮らすためのお金もなかった頃に、莉子は知り合いに誘われて初めてここに来た。まだ垢抜けない雰囲気だった莉子のことを真紀子は気に入ってくれて、よくここでご飯を食べさせてもらっていた。真紀子が作る料理は絶品だった。お代もうんと安くしてくれた。真紀子自身も昔お金がなくて苦しい経験をしたらしく、同じような女性の力になりたいからだと言っていた。あと、莉子がいることで客寄せになるからだとも。どちらが本当の理由かはわからないが、自分がこの店の売り上げの役に立つなら、莉子も気持ちが楽だった。

「あれ？　その服、随分前に私があげたやつじゃない？」

真紀子がカウンターの向こうから、莉子の着ている服に気づいて言った。

「そうですよ。今日はちょっと気合い入れたい日だったんです」

「気合い入れたい日に私があげた服着るの、変だよ」

真紀子は笑って言った。

「変じゃないです。それに、単純に気に入ってるんですよ」

莉子は真紀子にお世話になってばかりだ。東京に出てきたばかりの頃、莉子は服の勉強をしているのに、お金がなくて同じ服ばかりを繰り返し着ていた。真紀子はそんな莉子を見かねて、昔着ていた服をたくさんくれたのだ。デザインのトレンドは同じものが繰り返される。真紀子がくれたコートやジャケットやワンピースは、今の時代に着ても十分におしゃれなものだった。

服は見た目が変わるだけじゃない。気持ちにも変化を与えてくれるものだ。莉子は真紀子がくれた服のおかげで、辛い時期も頑張ることができた。

「それで、いい人と出会ったの？」

真紀子は手際よく料理をしながら言う。

「んー、まだ秘密です」

「何その感じ。珍しいね」

　これまでも、莉子は真紀子に恋愛相談をしたことがあった。彼女はいつも親身になって的確なアドバイスをしてくれる。だけど莉子は、今回はまだ彼のことを話そうとは思わなかった。まだ、彼に彼女がいるかどうかもわからない段階なのだ。

「莉子ちゃん、こっちおいでよ」

　声がしたのはテーブル席の方だった。店内にはカウンター席以外に二つのテーブルがあり、それぞれにソファが備え付けられている。そこに座っている四人の男たちは、全員ここで知り合った人たちだった。夜の遅い時間帯にここに来ると、必ずこうして見知った仲の客がいて、自分のことを可愛がってくれる。

「料理そっちに持っていくから、行ってあげな」

　真紀子が言った。もう少しゆっくり真紀子と話したかったなと思いながらも、莉子は自分のハイボールを持ってそちらへ移動する。

　今日いたのは飲料会社の人、おもちゃ会社の人、貿易会社の人、キャリアウーマンのヒモという多種多様な四人だった。こうしてまったく違う業種の人が垣根《かきね》なく話せる場というのは、バーという空間以外にないかもしれない。

「それ、何？」

「懐《なつ》かしいだろう？　モノポリーだよ」

　テーブルに広げられたボードゲームを見て莉子が尋ねると、おもちゃ会社の男が言った。彼はよく、見たこともないマニアックなボードゲームをこのバーに持ち込んでくるのだった。今日のモノポリーというゲームは名前は聞いたことがあったので、きっと有名なゲームなのだと思う。

「莉子ちゃんもやるか？」

「いいの？　やるやる」

莉子は男たちと同じソファに座り、ボードを覗《のぞ》き込む。

「おー、じゃあ今まだ始まったところだから、一回リセットして一からにしようぜ」

ヒモの男が言った。

「お前、破産しそうだから言ってるんだろ」

貿易会社の男が横槍《よこやり》を入れる。

「違うって、莉子ちゃんと一緒に始めた方が楽しいだろ」

「人生は簡単にリセットできないんだぞー」

この男は少し前に、自分の海外への連絡ミスで、会社に数百万円の損害を出したらしい。だからこそ、遊びでもこのセリフに説得力がある。

「まぁまぁ、いいじゃん。もう一回やってみよって」

飲料会社の男が仲裁《ちゆうさい》し、莉子のためにゲームは一からになった。

順番にサイコロを転がし、ゲームは進められていく。莉子は丁寧《ていねい》にルールを説明してもらうが、なかなか複雑で難しい。とりあえず、すごろくをして陣地を取っていくゲームかな、と理解した。

「マスが日本の地名でできてるんだね」

「そうそう、色んなバージョンがあるけど、これは日本の地名を使ったやつなんだ。莉子ちゃんの住んでる赤坂もあるよ」

おもちゃ会社の男が指差した後半のマスの中に、「赤坂」という地名があった。その後に並んでいたのは「銀座《ぎんざ》」だった。

「莉子ちゃん、最近どうなの？」

ヒモの男が、電子タバコを吸いながら言った。最近どうなの、という言葉の意味が、ここでは男女関係のことを意味することを莉子はわかっていた。

「うーん、今はまだ秘密」

「お、新しい彼氏の登場か？　みんな莉子ちゃんのことを心配してるんだぞ」

「ありがとう。私が四十歳まで結婚できなかったら貰《もら》ってくれるんだっけ？」

「うん、貰ってあげるからいつでも言ってよ」

と言う飲料会社の男はまだ新婚ホヤホヤである。お調子者め、と莉子は思った。

「まぁでも、前の人とは別れて正解だったんじゃないの？」

そう言ったのは、オムライスを運んできた真紀子だった。彼女がテーブルの上に置いた小さなオムライスは、チキンライスがふわふわ卵に包まれている、味も食感も完璧《かんぺき》なやつだ。

「美味しそう！　ありがとう」

さっきたくさん食べてきたはずなのに、また食欲が湧《わ》いてきていた。莉子はスプーンを持ってオムライスを口にする。

「聞いた感じ、前の男は変なやつだったもんな」

ヒモの男が言った。

莉子は以前付き合っていた元カレのことを、このバーで酒の肴《さかな》として話していた。別れた元カレは、声優時代に出会った広告代理店の男で、莉子よりも十歳ほど年上だった。彼は莉子とどこかに出かける時は、必ず車で送迎してくれ、美味しいご飯をご馳走してくれた。一緒にいる時は、何から何までしてくれる人だった。ちょうど長くルームシェアしていた友達が地元に帰ってしまうタイミングで、莉子は彼に誘われて、しばらくの間一緒に暮らした。

相性がいい、と莉子は思った。莉子にとって彼は、子どもの頃に自分が与えてもらえなかったものを与えてくれる人だった。だけど、そんな風に与えられるだけの恋愛はずっとは続かない。尽くしてくれていた彼は、心の中では莉子からの見返りを求め、人知れずストレスをため込んでいたようだった。

〈なんで普通になれないんだよ〉

莉子がいつものようにこのバーで飲んで帰った時に、元カレは言った。

〈どうせ、年上の男たちにチヤホヤされて喜んでるんだろ？〉

彼は自分がバーに行くことをよく思っていなかった。以前莉子が、このバーで常連客とよく話していると言った時から、バーの話をすると機嫌が悪くなるようになった。年上の男性と、一緒に楽しく飲んでいるのが気に入らないらしい。

〈俺がこんなにしてやってるのに、なんで裏切るようなことばかりするわけ？〉

これだけしてやっているのだから、自分の言うことに従えという論調だった。

いくらパートナーのためとはいえ、自分の好きなことができなくなる関係なんて不毛だと莉子は思う。それは莉子が自分の母親を見て得た教訓の一つだった。自分に正直に生きなければ、どこかで後悔する。莉子がそう説明すると、彼はその場では黙った。

そうした小さな諍《いさか》いを繰り返し、別れるきっかけになったのは、ある時莉子が家に捨て猫を連れて帰ってきたことだった。

〈お前は頭がおかしい。お前の思いつきで、こっちは生活が無茶苦茶になるんだぞ〉

一緒に暮らしている家に、勝手に捨て猫を拾ってきたのは確かに悪かったかもしれない。でも、可愛かったし、かわいそうだと莉子は思ったのだ。

彼はあまりに腹が立ったらしく、莉子の頰《ほお》を強く叩《たた》いた。彼は暴力を振るってしまった自分自身にも戸惑っているようだった。それからバツが悪そうに、猫が入った箱を持って外へと出ていった。

その後二人で話し合い、別れた方が互いのためだという結論に至った。

この一連の出来事は、莉子が自分はまともに男性と付き合うことができないのだと自信を失《な》くした出来事でもあった。思い返してみると、自分の恋愛はいつもこんな調子で、最終的に必ず相手を苛《いら》つかせてしまう。

「上司の木村さんとはどうなの？　あの、優しくてダンディーという噂《うわさ》の」

飲料会社の人が、ハイボールを口に含みながら言った。

「相変わらず優しくてダンディーだよ。でも会社の上司だからねぇ。酔っ払った私の言葉を本気にしないでって」

以前職場の木村がイケてるという話をしたら、それ以来ずっとそれがどんな男なのか、このバーでも話のネタになってしまっている。

「木村さんは明日からロンドンに出張なの」

「ロンドン？　さすがおしゃれだねー」

真紀子が空になったオムライスの皿を下げながら言った。ごちそうさまです、と莉子は言った。

「ああ、もうダメだ。この地域独占しやがって！」

貿易会社の男が悔《くや》しそうな声を出した。ヒモの男が、自分の陣地に止まったコマを見てほくそ笑《え》んでいる。モノポリーでは自分が独占しているマスに他のプレイヤーが止まると、たくさんのお金をその人からもらえるルールだ。さっきはこのヒモの男が破産寸前だったのに、立場が逆転していた。ゲームってわからないな、と莉子は思う。莉子は時々、人生もこうしてゲームのように、リセットして一からやり直すことができたらいいのにと思う。

「はい、次莉子ちゃんの番だよ」

「ありがと」

サイコロを二つ受け取って、ボードに向かって投げる。六が二つも出た。

「十二も進める！」

「しかもゾロ目が出たから、もう一回サイコロを振れるんだよ」

「へ？　そんなルールもあるんだ。私だけめっちゃ進んじゃうよ。お先にー」

莉子は自分のコマを進めていく。貿易会社の男が、ここだよ、と止まるマスを教えてくれた。真紀子がおかわりのハイボールを、またテーブルの上に運んできてくれる。

このバーは、莉子にとってとにかく居心地が良かった。

結局私は、こんな風になりたくないと思っていた母と一緒なのでは、と莉子は思う。自分の力で生きられず、まわりの人に助けてもらってやっと生きていける。そのために、愛される場所を探し続けている。

だけどこんな状況は、きっといつまでも続かないのだと莉子は思う。みんなそれぞれに家庭や生活があり、いつまでも自分に優しさを向け続けてくれるわけではないからだ。そんなことを考えると、莉子は急にどうしようもなく不安に駆られる。

莉子はさっきまで一緒にいた、ハルのまっすぐな眼差《まなざ》しを思い出す。彼はこれまで、どんな人生を歩んできて、どんなことを考えているのだろう。莉子はふと、彼に色々と質問してみたくなった。

アキは生活のほとんどの時間をアルバム制作に費やしていた。できた楽曲データをプロデューサーの祐介《ゆうすけ》に送り、ブラッシュアップされたアレンジの提案を受け取る。作業は基本的に、いつもデータのやり取りで行われた。その後細かいところをスタジオに入って詰めていく。

今回一緒に作業する新曲は、ミディアムテンポでセブンスの響きがキーとなる曲だ。アキはデモを作る時に、仮で全ての楽器を打ち込むようにしている。この曲に関してはすでにストリングスまで打ち込んでいて、後からレコーディングで生の音を録音する予定だ。こだわればこだわるほどアレンジは複雑になってしまいがちだが、歌を引き立たせることに祐介はピカイチのセンスを持っていた。

曲のアレンジ作業と並行して、アキは作詞作業もしていた。最も時間がかかるのはテーマを見つけることだ。どれだけ時間をかけて考えても、方向性すら決められない時もある。この日は夕方まで作詞、そして夜は祐介のスタジオに行って、一緒に作業をするスケジュールだった。

福原亜樹はどんなことを歌うだろう。アキは自宅のリビングで、マグカップにいっぱいのコーヒーを飲みながら考える。もっと、突き抜けた歌詞を書かなければいけない。みんなに夢を見せられるような、福原亜樹らしい歌詞を。

〈自分に正直に生きてね〉

考えている頭に、ふと莉子に言われた言葉がよぎる。

〈私は普通に憧れる〉

特にここ数年、アキは普通である自分に強いコンプレックスを持ちながら生きていた。まわりに言われてきただけでなく、自分でも認めざるを得ない感覚だった。自分が育ってきた平凡な過去の積み重ねや、パッとしない今の自分への自信のなさが、心に重りとなってのしかかっている。

(なのに、普通に憧れる人がいるなんて……)

茅野莉子という名前を、アキは一度ネットで検索してみた。彼女が自分で結構有名だと言っていたことが気になったのだ。彼女のWikipediaはすぐに見つかった。誕生日や身長などが書いてある下に、「元声優」と書いてあった。「出演」という項目をタップすると、ずらりと下まで彼女が出演したアニメやゲームのタイトルが記されている。そうしたジャンルに疎いアキでさえ、聞いたことのある名前のアニメもあった。いくつかの作品で主要なキャラクターを演じていたようだった。

アキは検索結果にもう一度画面を戻し、今度はその下の「まとめニュース」と書かれているところをタップした。「茅野莉子、電撃引退!」という見出しがあり、その記事の中には様々な憶測《おくそく》が書かれていた。引退の理由は結婚した、妊娠《にんしん》した、不倫《ふりん》した、など言いたい放題である。一方でファンからは「とても残念です……」などと、彼女の引退を嘆《なげ》く声も多い。たくさんの人が話題にしていたようで、彼女の人気ぶりが窺《うかが》える。

(本当に有名な人だったんだ)

そんな風に人に夢を与える仕事をしていても、彼女は自分らしさを抑えることなく自由でいた。そして声優を辞めた自分の過去を、誇らしそうに話してくれた。決して過去の栄光に浸《ひた》るような様子もなく。

まだ出会ったばかりの莉子の存在が、アキの頭の中からなかなか離れてくれない。自分は彼女とどうなっていきたいのだろう。こんな状態で作った曲や歌詞が、美しく響くのだろうかと不安に思う。

いくら集中しようとしても雑念が湧き上がってくるので、アキはこの日早めに作詞作業をやめて、祐介のスタジオに向かった。

祐介の所有するスタジオは、代々木上原《よよぎうえはら》にある防音マンションの一室だ。ドラムなどの生音が大きい楽器の演奏はできないが、歌やギターの録音はできる。彼はデモ音源を作る作業を、全てここで行っていた。

アキはデビュー当時から、度々この部屋で祐介と一緒に作業をしてきた。データのやり取りだけで済むことも多いが、一緒に会って考えることで生まれてくるものもある。アキはここで仕事という枠を越えて、プロの音楽の組み立て方を教えてもらってきた。

持ってきたデータを祐介が取り込んでいる間、アキはぼんやり考え事をしていた。そして読み込み中の画面を眺めながら、ふと思いついたことが口からこぼれ出た。

「祐介さん、良い音楽って何なんですかね？」

「お、なんかイメージと違ったか？　新しいアレンジのパターンも作ろうか」

祐介は優しい表情で言った。

「いえ、すみません、そういう意味ではないです。祐介さんの書いてくれた弦《げん》のアンサンブルは今回もすごく好きです。この弦のメロディ単体で商品化したいくらいに。でも僕が言ってるのは、音楽による感動のメカニズムを知りたいということです」

「メカニズム？」

祐介はわずかに首を傾げた。

「どうして人は、セブンスを切なく感じるんでしょうか。ただの音の組み合わせが、こんなにも気持ちに影響してしまうのは不思議です。言葉もそうですよね。どうして好きという言葉の響きが、悲しく響くことがあるんだろうって思うんです」

「ああ、そういう話か。理論で語れる理由もたくさんあるけどなぁ。だいたいプロデューサーなんて仕事を長くやってると、そこそこうまくいく方法なんて大体わかってくるんだよな。昔に流行《はや》った曲とか、往年の名曲とかをたくさん知ってて、あの曲に近づけるとまとまるだろうなー、とか」

「公式みたいなものを使って、正解に近づけるということですね」

「そう。でもな、いつもそれが有効ってわけでもないんだよな。そこが音楽の面白いところなんだよ。なんでもうまく説明できるようになってくると、つまんないんだよ。カノン進行にしちゃえー、切なくセブンス置いちゃえー、売れそうだからサビ始まりにしちゃえー。アキだって歌詞書いててあるだろ？　Ａメロ情景描写しちゃえー、Ｂメロ繋いじゃえー、サビで愛しちゃえー。みたいな」

「そんな気持ちでやってないですよ」

　アキは即座に否定したが、テクニックを学べば学ぶほど、本当の気持ちから遠ざかっていく現象はよくわかる。

「公式通りやっても、新しいものができるはずがない。だけど公式を知ってることは悪くないんだよ。そこから外《はず》すことができるからな。凡庸《ぼんよう》なプロデューサーはアーティストに公式を押し付けるんだよ。このコード進行が正解だ、こういう流れの歌詞を書くのが正解だ、ってな。

正解なんてあるわけないのに。俺みたいな天才プロデューサーはそんなことしない。ガハハ」

　祐介は豪快に笑ってみせた。冗談っぽく言っているが事実だと思う。祐介がたくさんのミュージシャンから信頼される理由だ。

「でもそういうことに悩むっていうのは、アキ、いいところにいるぞ。成長の坂を確実に上っているところだ。そしてその理由が何かも、俺は知ってる」

「え、何ですか?」

　アキは尋ねた。祐介はニヤリとして話し出す。

「なぁアキ、音楽に感動したことあるよな?」

「もちろんですよ。だからこの世界にいます」

「確かアキは、オアシスとか好きだったよな」

「はい」

　アキはもともと、中学生の頃に聴いたボブ・ディランのフォークミュージックに夢中になった。それからラジオから流れてきたオアシスの音楽に憧れ、高校生の頃に自分でギターを弾いて曲を作るようになった。さらにマーヴィン・ゲイ、プリンスと様々なジャンルの音楽を好んで聴くようになり、その表現を吸収した。

「いい音楽ってのは、まるで階段を一つ上るみたいに、人生を一つ上の場所に上げてくれる。その音楽と出会った後は、これまで見えなかったことが見えるようになり、物事の本質に近づくことができる。わかるだろ?」

「わかります」

「これ、何かに似てるんだよ。今アキはそこに立ってる」

「何のことですか？」

もったいぶるように、祐介は言った。

「つまり、恋だよ。好きな人ができたってことだ」

祐介はアキの目をまっすぐ見て言った。まさに胸の内を言い当てられた気持ちだった。

「どんな人と出会ったんだ？　おじさんに話してみそ。芸能人相手でも週刊誌に売らないから」

「いえ、好きな人ができたのは図星《ずぼし》なんですが、まだ人に話すような段階ではないんです。どうやら、好きになっても困ったことになりそうな性格の持ち主でして……」

「確か、前付き合ってたのは大人しそうな子だったよな。今回は違うのか？」

当時彼女はライブに来ていたので、祐介はアキの前の彼女のことを知っている。どんないきさつがあって別れたかまでも。

「なんか、未知の生命体って感じですね。自分とは正反対で」

「宇宙人かー。俺も付き合ったことないな。美人なら一度宇宙人でも付き合ってみたいものだな」

「綺麗な地球人の奥さんがいる人が、そんなこと言わないでください」

祐介は二十代前半で結婚したと聞いていた。一度奥さんをライブに連れてきてくれたこともある。優しそうで品のある人だった。

「ともかくな……きっとその子にもまだ、アキの目に映ってない部分があるはずなんだよ。それが見えてないから、宇宙人みたいに見えるだけで」

　アキは路上にうずくまっていた莉子の姿を思い出す。きっと自分の知らない背景が彼女にはあるのだろう。

「なぁ、その人は美智子《みちこ》さんとかスタッフじゃないんだろ？」

「スタッフは、絶対ないです。もちろん美智子さんも」

「なら、仕事の時に会ったりしないわけだ。学校とか職場の恋愛とは違って、わざわざ会わなきゃいけない人と会って関係を深めていくっていうのは、本当はとても難しいことだと思うんだよ。わざわざ約束して会わないといけないんだぞ。面倒くせぇ。それができてるなら、その時点で互いに互いを近づけ合う……運命みたいなものかな。それがある者同士ってことだ」

　そういう考え方もあるかと思いながらアキは頷く。確かに、約束しなければ自然と会うような状況にはない。

「ま、全部含めていい経験になるぞ。アキは色んなことをどんどん経験しろ。まだ若いんだからな。やらない後悔より、やってする後悔の方がいい」

「そうですね……」

　祐介の言う通りだと思った。もし彼女のような人とうまく恋愛ができれば、祐介が言うようにいい経験になるだろう。そして自分が根本から変わるきっかけになるはずだ。

　しかしまだ自分の本当の職業も、名前さえも明かしていないアキは、莉子に対して嘘ばかりついているこの状況に罪悪感を覚えていた。

　うーんと考え込んで、ふとパソコンの画面に目をやると、データはとっくに取り込まれていた。

「今日は恋愛相談しに来たんじゃないんでした！　リズムパターン変えたいんで、一緒に考えてください。ありきたりじゃないものにしたいんです」

話に夢中で、パソコンの画面は止まったままだった。

「ああ、そうだったな」

椅子《いす》を近づけ、祐介は微笑《ほほえ》みながら画面を覗く。手早くデータを整理し、把握していく。

祐介は音楽に関わる作業をする時は、どんな時も楽しそうだ。本当に音楽が好きなんだろうなと思う。アキもその姿勢も見習いたいと思っているが、彼のようにここまで音楽を愛せるだろうかとも思う。

以前祐介と、音楽にのめり込んだきっかけの話をしたことがある。彼は幼い頃にピアノを習い始め、中学生になるとビートルズやレッド・ツェッペリンなど海外のバンドを中心に聴くようになり、高校と大学で音楽を専攻した。人生の早い段階で、音楽で生きていくという覚悟を決めた人だ。

そんな彼に比べ、自分はまだ音楽と自分を結びつけるものが少ないような気がしてしまうのだ。これほどの本物の音楽家が近くにいると、より強くそう思ってしまう。

劣等感を感じながらも、アキは自分の意見を出し、それを祐介が解釈し、様々な音色を重ねていく。その作業は深夜まで続いた。

この前赤坂で会った日から、莉子とのラインのやり取りは毎日続いていた。サラリーマンとアパレル社員としてのやり取りだった。アキはあの日自分でついた嘘を、いつまでも守り通さなければいけなかった。

ただのサラリーマンとしての自分。それも実体のない、大きな空洞《くうどう》のような自分。その場を取り繕《つくろ》うだけならよかったかもしれない。ただ、相手に自分を知ってほしくなった今は、どうしようもない状況だった。

人の魅力というものは、その人が歩んできた過去や、これから歩もうとしている未来から滲《にじ》み出てくるものなのだと、アキは気づかされていた。「ただのサラリーマン」なんて人も存在しないだろう。誰にだってその人にしかない過去や未来がある。

「趣味とかある？　仕事終わってよく行く場所とかー」

莉子からのラインは、度々質問文で送られてきた。アキのことを知りたいという気持ちが伝わってくる。その気持ちに応《こた》えたくて、アキも自分のことを知ってもらうために返事を考える。だけど肝心《かんじん》なことをごまかしたままでは、当たり障《さわ》りのない答えしか書くことができない。

「今までに、なんか成し遂《と》げたなーって思うこととかある？」

自分からこれまで作ってきた音楽を切り離してしまえば、何が残るのだろう。ミュージシャンではない一人の男としては、何の魅力もない。

自分のアイデンティティは、福原亜樹としてのものばかりなのだと、嘘をついたことをきっかけにアキは思い知らされたのだった。

「ハルって、悩むこととかあるの？」

莉子に話したいことがたくさんあった。このままの関係ではいけない。もっとありのままの自分で彼女と話したい。そのために、自分のことを正直に伝えなくては。そんな思いが、時間が経つにつれ大きく膨《ふく》らんでいった。

そしてアキは、ここ最近で初めてこちらから疑問文を送った。

「今日の夜、忙しい？」


その日莉子は、奥沢《おくさわ》にあるスタジオで撮影をしているらしかった。スケジュール通りに進んでいるようで、仕事が終わったら三軒茶屋《さんげんぢゃや》でご飯を食べようと提案してくれた。

莉子はあっさりしたものが食べたいと言ったので、三角地帯にある、美味しいおでんを出す和食屋で会う約束をした。

アキが店に入ると、テーブル席で莉子は先に待っていた。小さな店内には三つのテーブル席とカウンターがあって、年配の夫婦らしい二人組と、スーツを着た男性たち三人組が他のテーブル席に座っていた。

なぜか急に、アキの胸の中にライブ前にも似た緊張が湧き上がってくる。

「早いね。待たせた？」

「大丈夫。仕事が少し早く終わったの」

莉子は薄手のロングのカーディガンに、青いキャップをかぶっている。スポーツミックスが流行《はや》りだと、この前話していたことを思い出した。

「こっちまで来させてごめんね」

「全然いいよ、バスですぐだった。会うのはちょっと久しぶりだよね。仕事忙しかった？」

「うん、ちょっとだけ。莉子も忙しかった？」

少しの会話が、アキの固くなった心を和《やわ》らげていく。一言二言話すだけで、ライブならもう三曲演奏してMCが終わったくらいに、距離が縮まっている。

「そうね、今週はロケもあって普段よりは忙しかったかな」

壁に設置された暖色の灯《あか》りが、莉子の顔にうっすら影を作っている。

アキは、少しだけ勇気を出して言った。

「今日は僕もお酒を飲もうと思ってる」

「え、飲めるの？」

「かなり弱いんだけど」

「だよね。まぁいいじゃない。気持ち悪くなったら面倒見てあげるから、飲め飲めー。潰《つぶ》れたらさすがに放って帰るけどね」

莉子は楽しそうに、ちょっと冗談でもなさそうに言った。

ツアーファイナルの打ち上げでさえ飲まなかったアキだが、今日はお酒の力でも借りないと話せないことがあった。

アキはウーロンハイを、莉子はハイボールを注文した。運ばれてきたおでんとアルコールを口にしながら、アキはしばらく莉子の仕事の話を聞いていた。「John Smith」の服は、基本的にイギリスのデザイナーが作ったものを日本でも売っているらしいが、日本人の感性に合った日本オリジナルのデザインの服を新しく作って売ろうという話が出ていて、それをイギリスにある本社と交渉しているそうだ。「John Smith」らしさを残しながらのオリジナル、というところがやはり難しいらしい。その企画は莉子の熱意で進んでいるらしく、彼女は責任を感じているようだ。

「莉子、すごい仕事してるね。うまくいくといいな」

「企画書なんて作ったの初めてだったんだけど、ちゃんとやりたいことを形にするのは楽しいなって思った。上司が英語ができるから、その人に訳してもらって、今はまだやり取りしてるところ。だから、実現するかどうかはわからないんだけど」

話しながら、莉子は二杯目のハイボールを注文する。アキのウーロンハイはまだ三分の一ほどしか減っていないが、すでに頬は熱を持っている。

「私、おでんなんて久しぶりに食べたな。家庭の味って感じで美味しい。家庭の味なんて知らないけど」

「なんで？　広島なら家庭オリジナルのお好み焼きとかなかったの？」

「広島のことバカにしてるでしょ？」

莉子は笑いながら言った。

「私の実家では、ちょっと手間のかかるものは、買ってきたものじゃないと出てこなかったんだよね。お母さん、当時はお父さんのこと好きだったから、家庭とお父さんへの愛情で板挟みになっちゃって病《や》んでたんだ。だからあまり料理をする元気もなかったんだと思う。そりゃ、好きな人が酒飲んで家族に暴力振るったりして、さらに抱え込んじゃう性格ならそうなるよね」

「大変な家庭だったんだね」

「ハルは料理とかするの？　家でオリジナル神戸牛育ててるとか」

「神戸のこと馬鹿にしてるでしょ？」

アキは笑いながら言った。莉子は大きなお皿に入った大根を取り皿に移して、舌を出している。

「神戸牛は食べる機会ないけど、もう一人暮らしも長いし、簡単な料理ならできるよ。音楽はキッチンから生まれた、なんて言う人もいるくらいだからね。何かを作り出すという意味で、料理は嫌いじゃないかも」

「そうなんだ。音楽好きなの？」

「え、そんなこと言った？」

完全に、サラリーマンの設定を忘れて話していた。

「今音楽の話しなかった？」

「したかも」

「酔ってるの？」

「そうかも」

いよいよ、本格的に酔っ払っているらしい。

「まだ半分も飲んでないじゃん。ほんとに弱いんだね」

「ごめん」

「謝らなくていいよ。でも無理しないで」

「いや、実は、今日は莉子に謝らないといけないことがあるんだ」

そう、今日は伝えることがあった。酩酊《めいてい》してしまう前に、ちゃんと言わなければいけない。

「なになに？」

莉子はなぜかニヤニヤしている。

「……嘘を、ついていました」

そう言われても、彼女は表情を変えずにいる。

「何を？」

アキは、腹を括《くく》って言葉にした。

「職業の話。サラリーマンって言ってたのは、嘘でした」

「本当は？」

「本当はミュージシャンなんです」

やっと言えた。でも莉子の反応は想像していたものとは違った。

「えーそうなんだ。すごい。歌うの？」

驚くというより、今の状況にワクワクしている、という顔をしていた。

「歌ってます」

「かっこいい」

「そしてもう一つあります」

酔っ払った頭のまま、アキはえい、と勇気を出して言う。

「本当はハルって名前じゃないんです」

「あ、それはそうだと思った。ハルっぽくないよ。どちらかと言うとアキだよ」

「え？」

「え？」

互いに訊き返し合った。

「……なんで知ってるの」

「え、もしかして、本当にアキって名前なの？」

「うん」

「うそ！　私すごくない？　アキの方がしっくりくるよ。アキ」

「あれ、そんな感じなの？」

彼女はむしろ、自分の予想が当たったことに興奮しているように見えた。

「怒らないの？」

「うーん。実は僕、猫なんです、って言われるくらいのことを想像してたから。そのハードルは越えなかったかな」

なんだそれ。この人おかしい。

「それにしてもアキさん、あなた、嘘つきですねー」

莉子は人差し指をアキに向け、ぐるぐる回しながら言った。責めるような口調ではなく、からかっているようだった。

「そんなつもりじゃなかったんだけどさ」

「なんで嘘ついてたの？」

「色々あるんだ。あれはライブの後だったし」

女性といるところを人に見られるのがよくないと思ったと、アキは素直に説明した。

「そっか、ミュージシャンも人前に立つ仕事だもんね。ＳＮＳとかであれこれ言われると困るし。私もそういう仕事だったから、理解はあるよ。誰にも言わないから安心して」

「……ごめん、ありがとう」

目が合った莉子は、少しだけ顔が赤くなっているようだった。さすがに少しお酒が回っているらしい。

「そうかー。でもやっぱりそんなイメージなかったなぁ。名前はしっくりくるけど、ミュージシャンって感じじゃないよね。公務員の方がしっくりくる」

「……やっぱりそうかな」

そう言うアキの心に苦いものが込み上げた。莉子から見ても、やはり自分はアーティストらしいオーラがないらしい。

「え、いいところだと思うけど。気にしてるの？」

悪気のない様子で莉子は尋ねた。

アキは自分が抱いてきたこの感覚を、どう言葉にしていいかわからなかった。人に話したこともない。きっと言い訳がましくなってしまうと思いながら、アキはゆっくりと話し出した。

「この世界にいるとさ、みんな自分より才能がある気がしてくるんだ。他のミュージシャンと一緒にいてもあまり話が合わなかったりして、やっぱりみんな変わってるんだ。でもその変わってるところが、その人の魅力になってるんだってこともわかる。そういう人はステージを観てても、惹《ひ》き付けられるようなその人独特のものがあるし。それに引き換え、自分はあまりそういうところがないから……普通の人だなって。ただ普通に曲を作って演奏しているだけだ。普通の人は何をやっても、この世界では見向きもしてもらえない」

うまく言えるだろうか。そう思って口を開いたが、言葉はするすると口からこぼれ出た。

「それに、僕は音楽が好きで、そこそこいい曲が書けていい歌を歌えると思ってた。だけど、もっと上手くできる人はこの世界にたくさんいるって東京に来て思い知った。こういう仕事は、一部の生まれ持った才能のある本物の人にだけ許されたものなんだろうね。僕はそういう人たちの中に入って、同じようにできるフリをしてるだけの偽物《にせもの》なんだ。でも……そう思う一方で、自分にまったく自信がないわけじゃなくて……楽しんでくれているファンの方のこととか思うと、きっと間違ってないって思うこともあったり……。ごめん、何言ってるんだろね」

最後はうまく言葉にできなくなり、アキの声は尻すぼみになる。

「……偽物だなんて、思わないよ」

莉子は、少しだけ機嫌が悪そうにも見えた。

「普通なミュージシャンなんて最高だと思う。そんなのなりたくてもなれない人ばかりだよ。私は音楽のことはよくわからないけど、普通のことをちゃんとできる人って、どこかで必ず報われるようにできてると思う。真摯《しんし》に頑張ってる姿、見てる人は見てるから。ちゃんと、そんなアキだから成し遂げられることがあるはずだよ」

アキは今言われたばかりの莉子の言葉を、もう一度頭の中で繰り返す。こんな風に言われるとは思っていなかった。莉子のほんの少しの言葉で、心の奥の誰にも触れられない場所に、小さな灯りが灯《とも》ったようだった。

「それに、そんな変なところにコンプレックス抱えてるところも含めてアキなんだから。あれ、ちょっと年上のお姉さんできた？　え、涙目になってない？」

「……なってません」

少し、こみ上げてくるものがあったのは否定できないけれど。莉子はアキの顔を覗き込んで、急に吹き出して子どものようにケラケラと笑い始めた。全然年上らしくない。

「でもそんなこと……全然普通じゃない莉子に言われても説得力ないよ」

アキは弱々しい声で、強がってそう言った。

「ねぇ、やっぱり私、普通じゃないって思う？」

「変だよ。路上で寝るし、本能のままに生きてるって感じ」

「そんなこと言って、アキもそんな路上で寝てた見ず知らずの女とご飯に行くくせにー」

「そ、それは、助けてあげるつもりだっただけで、誘ってきたのは莉子じゃないか！」

アキはなぜかたどたどしい口調で弁解していた。

「ふーん。女遊びとかしてるんじゃないの？　ほら、ミュージシャンの不倫ってちょっと前に流行ったじゃん」

莉子は少し皮肉っぽく言った。

「そんなのしないよ。付き合ってた人とは一年前に別れたし」

「へぇ、そうなんだ。別れちゃったんだね」

そう言う莉子は、どこか嬉しそうにも見えた。

「莉子は、付き合ってる人はいないの？」

「いないよ。私も別れたから」

そうなんだ、と冷静に返しながら、アキはなんだか安心したような気持ちになっていた。

アキは自分でも酔っている自覚はあったが、ちゃんと言いたいことを伝えられたという満足感があった。お酒を飲んで話すのはいいことかもしれない。昔からお酒を飲む時は、それが義務のように感じるシチュエーションばかりだった。自分の意思で踏み出すことができれば、苦手だと思っていたことも楽しくなる。

二人はそれから、顔を赤く染めながらたくさんのことを語り合った。アキもこれでちゃんと自分のことを話せる。育った街のこと、作ってきた音楽のこと、ステージで着る衣装のこと。楽しい時間はライブの時間のように一瞬で過ぎていく。

お腹も満たされ、そろそろ行こうか、と言って二人は店から出た。店の軒先で、アキは夏の湿った生ぬるい空気に包み込まれながら伸びをした。後から出てきた莉子がそれを真似《まね》する。人の気配を感じてか、野良猫が細い路地からこちらを見ていた。

酔った勢い。それでもいい。

「ねぇ」

「なに？」

少しだけ間を空ける。その間が、特別な意味を持ちすぎないくらいの間を。

「……僕は、莉子のことが好きだと思います」

それは告白としては、幾分不自然な仕方だったと思う。だけどこれがアキの心の中にある、全てのニュアンスを含んだ言葉だった。こんなにも違うのに、この人に惹かれている。好きという気持ちは、スペードのキングとハートのエースでさえも、正解にしてしまう力があるらしい。

「私も、アキのことが好きだと思います」

その言葉の真意は、ただアキの真似をしただけなのか、同じ気持ちだったからなのか、アキにはわからない。ただその響きは、どんな綺麗なメロディより、コード進行より、アキの心に染《し》み渡った。

I think I love you.　それは無責任な言葉のようで、詩的な響きだった。ネイティヴの人にとっては、どんなニュアンスになるのだろうか。でもきっと、同じような気持ちで、同じようなタイミングで使うのかもしれない。

頭の中では、なぜかビリー・ジョエルの「Just The Way You Are」が流れていた。歌詞も素敵だが、今はフィル・ウッズのアルトサックスの音が心地よい。

三軒茶屋の細い裏道は人通りがなく静かだった。辺りの空気を確かめて、アキは隣にいる莉子の方を向いて、優しい力でそっと抱きしめた。彼女は腕の中で、ちょっとだけ笑っているようだった。

「ねぇ莉子」

「なに」

「今頭の中で、すごくいい音楽が流れてる」

「へぇ」

「莉子も頭の中で、いいムードの音楽流してみてよ」

「そんなレパートリーないよ。アニソンでもいい？」

「いいよ」

「じゃあ好きなアニメのオープニング曲にする」

そう言って、彼女は陽気なメロディを鼻歌で奏《かな》で出した。まったくムードはなかった。

アキが力を抜いて彼女から離れようとした途端、唇に何かが重なった。

時間が止まったように感じた。

それは、長いキスだった。

どちらからも、なかなか離れようとはしなかった。

「……ね、もう一杯くらい飲もうよ」

離れて、莉子はそう言った。いいよ、とアキは言う。

「アキの家近いんじゃないの？　家で飲もうよ」

莉子はそう言った。うーん、とアキはどちらともつかない言葉を返す。

「何、ダメなの？」

「いや、どうしよう」

アキが言うと、莉子は「何が？」と不思議そうに言った。

アキの頭の中には色んな言葉が浮かび上がっていた。その中から、最も適切だと思う言葉を選んで言った。

「莉子さん、僕と付き合ってくれますか？」

アキは言ってから、唐突《とうとつ》だったかもしれないと思い、恥ずかしさが一気に込み上げてきた。

「アキくん、あなた真面目すぎ」

「真面目って今関係あるの？　どういうこと？」

戸惑うアキを見つめて、莉子は微笑んだ。

「ん……いいよってことだよ」

いいよってことだよ。どうやらアキの申し出は受け入れてもらえたらしい。

「じゃあ僕らは今、彼氏彼女になったってこと？」

「そうだね。私はあなたの彼女で、あなたは私の彼氏」

莉子はその言葉の響きを楽しむように言った。

「そっか。よかった」

アキは酔った頭でそれだけ言ってから、軽い足取りで歩き出した。

久しぶりにアルコールに酔って、気持ち悪くなるかと思ったけど、それからもずっと楽しい気持ちのままだった。おそらくアルコールが理由ではないのだろうと思う。

莉子と付き合うことになった。彼氏彼女になった。とても嬉しい。嬉しさが頭の中で細胞分裂して、どんどん増殖しているみたいだった。だけどその嬉しいという感情には、「安心」というものはほとんど含まれていなかった。

彼女は多分、本来ならアキの苦手なタイプだ。自分の人生の中で、交わることのない種類の人だ。

それなのに、どうしてこんなにこの人が魅力的に見えるんだろう。アキは自分でもそれがわからない。彼女が自由に生きているからだろうか。

莉子は道もわからないはずなのに、なぜか軽い足取りでアキを追い越して歩いている。後ろで一つにくくった髪が、青いキャップから飛び出して、右へ左へ、揺れる。

その自由の翼を、少しだけ分けてもらえるだろうか、とアキは思った。


キスをした。ロマンチックに言えば、莉子は彼から引力のようなものを感じた。

彼のそばにいると、不思議と自分らしくいられる気がする。何かから解放された瞬間が、ずっと続いているような感覚だ。

だから、この人と付き合ってみたいと思った。アキの告白の言葉に、莉子は久しぶりに、はっきりと胸がときめくのを感じた。きっとこれは、いつものように、ただその場の感情に任せた結果ではないはずだ。

アキと夜を過ごした次の日、仕事をしている時も莉子は心が満たされていた。彼氏彼女。すごく眩《まぶ》しい言葉の響きだと思った。これから毎日楽しい日々が永久に保証されているような、そんな気分だった。

夕方になり、珍しく早く仕事を終えた莉子は、なんだかまっすぐ家に帰る気持ちになれなかった。

(よし、今日は真紀子さんのところに行って、美味しいご飯を食べさせてもらおう。それがいい)

そう思って、仕事を終えてパソコンを閉じた時だった。

「あ、茅野さん今から帰るんですか?」

向かいのデスクに座っている朝倉に声をかけられて、莉子は顔を上げた。

「私ももう帰ろうかなと思うんですよね。一緒に帰りましょうよ」

「え、うん」

なんだこれ。新しいパターンだ。これまで意識していたわけではないが、仕事場以外の場所で彼女と話したことがなかった。朝倉はノートパソコンをすぐにたたみ、テキパキと荷物をカバンに入れている。

二人でオフィスの電気を消して、会社を出る。夕暮れの青山通りを、並んで駅に向かって歩き出した。

「わ、今気づきました。茅野さんそのキャップ、今季のスーパーリアムのじゃないですか」

「そうだよ」

「男の人からもらったんですか？」

「違うよ、奮発して買ったの」

青いキャップ。今年特に人気の、ストリートブランドのものだ。帽子なら比較的安く、年中使えるだろうと思って買ったのだった。

「いいですよね。私給料安いから、全然そういうの買えない」

「いや、給料変わらないでしょ」

「そうですかねー。茅野さんおしゃれだし、絶対モテますよね」

「そんなことないよ。朝倉さんの方がモテると思う」

お世辞ではなく、朝倉の容姿は可愛いと思う。小動物っぽい目や小さな唇。華奢な体型。守りたいと思う男性も多いだろう。朝倉は「全然です」と謙遜《けんそん》の姿勢を見せた。

「二人で帰るって状況、珍しいですよね」

自分でその状況を作り出しておいて、なぜそんなことを言うのだろう。莉子は不可解な気持ちだった。

「そうだ、ご飯行きませんか？」

なるほど、そういうつもりだったのかと莉子は思った。人とご飯を食べるのは好きだし、お酒を飲むのも好きだ。でも今日は、いつものバーに行こうと思っていたところだったのだ。

「ん……と」

莉子はスマホで時間を確認する。まったく乗り気ではなかった。

「二年も一緒に働いてるのに、まだ一度も行ったことないですよね」

そう言われると、確かに一度くらいご飯に行くのは普通のことなのかもしれないと思い始めた。

「……うん。どっか、その辺の店入ろっか」

莉子はそう言って、いくつかの店を思い浮かべる。駅前の牛丼屋《ぎゅうどんや》でもよかったが、それでは露骨に嫌がってる感じが見えてしまうだろう。歩いていくと、通り沿いにあるビルの三階にイタリアンの店があったので、二人でそこに入ることにした。

エレベーターで上がって中に入ると、都合よくテーブル席が空いていたので、二人で向かい合って座った。あまり広くない店内には、自分たち以外に一組の若いカップルがいるだけだった。

「あ、この音楽Watersですよ」

天井に視線を送りながら、朝倉が言う。莉子は流れている音楽に耳を傾けた。確かに、彼らが以前フィッティングに来る前にYouTubeで聴いた曲だった。

「朝倉さん、好きって言ってたよね」

「はい。なので前会えた時、すごくテンション上がりました。かっこいいんですよ」

ロックなサウンドに乗りやすいリズムで、確かにかっこいいと思う。でも莉子はボーカルの声が好きにはなれなかった。ちょっと粘り気のある声は自分に酔っているみたいで、長くは聴いていられない。

「朝倉さん、福原亜樹ってアーティスト知ってる？」

「んー、名前聞いたことあるような。曲聴いたらわかるかもです。どうしたんですか？」

「いや、なんか、この前友達に勧められて」

今時の音楽が好きな子にも、彼は知られていないようだった。

二人で置いてあるメニューを覗き込む。それぞれ好きなパスタを選んで、注文する。

注文してから、莉子はふと気づいたことがあり、カバンの中を確かめた。

「やば。お財布会社に忘れてきたみたい。取りに戻っていい？」

コンビニに飲み物だけ買いに行った時に、戻ってきてデスクに置いたのだった。

「大丈夫ですよ。私出しておきます。食べ終わってから、会社に確認しに行きましょうよ」

「ん……お金後で返すね。ごめん」

「茅野さんって、結構抜けてるところありますよね」

「え、そうかな？」

「前もスタジオに財布忘れたことあったじゃないですか」

「ああ、あったね」

アキと出会った日のことだ。

「電車とかも、よく間違えません？」

「間違える」

「私、茅野さんのそういうところ、自分と似てるなって思うんです」

「そうなの？」

莉子は尋ねた。

「多分私たち、普通の人より注意力散漫《さんまん》なんですよ。そういう、特性って言うんですかね。何か一つ新しいことが入ってきたら、それまで夢中だったことを忘れちゃったりするんです。そういうことってありませんか？」

「んー……どうだろ」

と言葉を濁しながら、莉子にはしっかり心当たりはあった。いや、心当たりどころではない。前の仕事を辞めた一つの理由が、そうしたところにあったのだ。

ちゃんと正しい方向の電車に乗ったり、知らない場所に決められた時間に行くことが、莉子は苦手だった。声優の仕事は毎日違う場所へ、違う時間に行く必要がある。調子のいい時は大丈夫なのだが、できない時が続くこともあった。何度もまわりに迷惑をかけたし、怠惰《たいだ》だと強く怒られたこともある。

「他にも、思ったことをすぐ口にしちゃったりしませんか？　ほら、少し前のスタジオでの撮影現場でもありましたよね。モデルさんの前で『照明が当たるとこんなに肌が綺麗に見えるんですね』って言ってたの、正直ウケました」

アキと出会った日の撮影のことで、その時のことを莉子はよく覚えていた。本当にそう思ったから言ったのだ。ただそれが「照明がないと大したことない」と捉《とら》える人がいるなんて、莉子は想像もしなかった。

注文したパスタが運ばれてきた。無愛想な店員が皿を二つ置いて、テーブルの隅《すみ》に伝票を置く。朝倉は気にせず続きを話し始めた。

「だから恋愛だって、まともな男と出会わないいんですよね」

「恋愛も関係あるの？」

「相手の男が、みんなちょっとおかしくなるんですよ。思い通りにいかないからって、暴力振るうようになったり。男の人は、今までそんなことしたことなかった、って言うんですけど。あ、フォーク取ってください」

自分の手元に置かれていたカトラリーケースに気づいて、そこからフォークを渡した。朝倉は、フォークをくるくる回し、パスタを食べ始める。

「茅野さんも、男運悪かったりしません？」

「……んー、わかんない」

朝倉の話は、気味が悪いくらい自分の経験と似ていたが、莉子は認めるのが嫌だった。一緒にされたくなかったからだ。

「ないならいいですけど。私みたいな人は、人に好きだと言われても、それに応えたらいけないんだと思うんですよね。相手にとって迷惑だから。付き合っちゃダメなんですよ」

莉子は相槌《あいづち》の代わりに、無言で頷いた。

「でもなんとなく、茅野さん可愛いですし、男の人を利用してそうですよね。実際ここで働くようになったのも、木村さんに女性として気に入られたからでしたし」

「……え？」

「あ、すみません。悪気はないんです。思ったこと言っちゃう仲間として、許してください」

朝倉は平然と、本当に悪気がなさそうに言った。莉子は呆気《あっけ》に取られて、何も言い返すことができない。

確かに自分は今、木村の厚意があって仕事ができている。でもそれは、別に女性として気に入られているからとかではないはずだ。

「もしお金持ちの業界のプロデューサーみたいな人がいたら、私にも紹介してくださいね。茅野さん顔広そうですし」

「……うん。興味ありそうな人がいたら紹介するね」

もしかすると、これも本気で思って言っているのかもしれない。前職のことを知っている人は、自分と仲良くすると面白いことがあるんじゃないかと思っていることがある。何もないのに。

彼女はきっと、人と違う、変わっている自分が好きなのだ。悪びれない様子。歯に衣《きぬ》着せぬ言葉。自分が変わりたいと思っているのではなく、個性のある自分をもっと見てほしいと思っている。莉子はそこが自分とは違うと思う。

だけどその他の部分は、元カレのことを思い返してみても、自分が朝倉と似ているのは確かだった。

相手にとって迷惑だから。

優しいアキにとっても、いつかそうなってしまうのだろうか。

莉子はやっと、フォークを取ってパスタを食べ始める。人と一緒に食べるご飯が美味しいと思えないのは、珍しいことだった。

三章

八月になれば、季節は夏真っ盛りだった。テレビは行列のできるかき氷店を特集し、ラジオからはお決まりのサマーソングが流れ、ファッション雑誌にはなぜか秋服が掲載された。

アキのスマホの中のカレンダーは、連日レコーディング作業で埋まっていた。プリプロ、オケREC、歌録り、ミックス。そうした言葉が画面の中の一ヶ月のほとんどを占めていた。

莉子《りこ》はあれから、タイミングを見てよくアキの家に来るようになった。泊まって、そのまま仕事に行く日もあった。

誰かが自分の家に来るということは、アキにとって一人で過ごす時間が減ることになる。つまり、これまで日々集中して行ってきた作業の時間が減ってしまうということだ。しかしそんなマイナスの部分を吹き飛ばせるほど、アキの心にはプラスの効果が働いていた。

（なんだろう、この気持ち）

自分のことなのに上手《うま》く説明できない。同じ景色がこれまでよりも輝いて見え、なぜか明日がくることが楽しみだと思えた。もっといい曲を作って、ミュージシャンとして誇れる自分になりたい。そんな意欲が自然と溢《あふ》れ出た。三十手前にもなって、まだ恋愛でこんな弾《はず》んだ気持ちになっている自分が自分で可笑《おか》しかった。

彼女が家に来るようになってから、玄関に燃えないゴミとして、何種類かのお酒の瓶《びん》や缶がたまっていくようになった。お酒を飲まないアキにとって、今までに見たこともない光景だった。莉子は度々《たびたび》、一緒に飲もうと言って適当なグラスを出して飲み始めるが、アキはほとんど飲まないので、結局は彼女一人で飲んでしまう。

「アキの曲聴かせてよ」

アルコールの匂《にお》いを漂《ただよ》わせながら莉子はそう言った。自分の家に酒に酔った人がいるのも、これまでにない珍しい状況だと思った。アキはノートパソコンを開いて、動画サイトに上がっているいくつかの福原亜樹《ふくはらあき》のミュージックビデオを観《み》せた。

「わー、別人みたいだね。かっこいい」

衣装を着て、照明の中ギターを弾《ひ》いて歌うアキを観て、莉子は感心したように言った。

「いいね。アキの歌、好きだよ」

アキは素直に嬉《うれ》しかった。好きという言葉の響きを眩《まぶ》しくも思った。

それから莉子はCDラックに入っていたアキのライブDVDを目ざとく見つけ、これ一緒に観よ、と言って持ってきた。昨年行われたツアーのファイナルがDVD化されたもので、この時も会場はNHKホールだった。さすがに全部を観ると長いので、アキは飛ばし飛ばし、彼女が聴きやすそうな曲を選んで観てもらった。

「うーん、かっこいいけど、なんかアキ怖いね」

莉子は、およそライブＤＶＤを観た感想とは思えないことを言った。

「怖いって何？」

「なんか普段のアキと全然違うから。この人目つき怖くない？」

自分ではそれがかっこいいと思い、そういう顔つきで演奏していたが、言われてみるとそうかもしれない。本人に、こんなにはっきり言ってくれる人はこれまでにいなかった。

莉子はそれからアキが映るシーンよりも、人でいっぱいの客席がカメラに映る度、「人気者だねー、すごい」と甚《いた》く感心していた。最後まで観終わると、お客さんと一緒に拍手をした。

「今度は私のも観てよ」

莉子はそう言って、アキのパソコンをいじると、見たことのある絵のアニメの動画が再生された。『魔法ガールむぎねぎ』というタイトルは、アニメにそれほど詳《くわ》しくないアキでさえ知っていた。むぎちゃんとねぎちゃんの二人の魔法使いの物語らしいが、そのむぎちゃんの声を莉子が演じていた。アニメの中のむぎちゃんの声は、まさか同じ人だとは思えないほどに、莉子の普段の声とは違っている。まさにアニメキャラクター、という感じの可愛い声だった。

「これ本当に莉子が話してるの？」

と尋ねると、

「本当だよ〜、むぎのこと、信じてくれないの〜？」

と、莉子はむぎちゃんとまったく同じ声で言った。プロってすごい。アキは素直に彼女の技術に感動していた。

他にどんな仕事をしてきたのかと尋ねたが、莉子はそのアニメ以外は観せようとしなかった。特に、アイドルのような活動をしていた時のコンサート動画を観られるのを、彼女は嫌がった。「フェアリー・プラネット・スイーツ」という、箱詰めされたお菓子のような名前の六人組のグループだった。莉子を含むメンバーの全員が、若手の女性声優たちで構成されている。そのグループ自体に小説のような物語があるらしく、メンバーの中でもライバル関係にいるものや、親友という設定の子もいるらしい。演劇のような趣《おもむき》のあるコンサートだったと、莉子は渋々《しぶしぶ》説明してくれた。

そんな風にこれまでの互いの活動の話をする他にも、家にいる時は、二人でよく服の通販サイトを眺《なが》めていた。日本ではあまり知られていない海外の通販サイトなど、様々なファッションサイトを莉子は教えてくれた。莉子はそれを眺めながら、これが好き、でもこれはダサい、これが今季の流行《はや》り、などと感想を言った。さすが学校で勉強し、アパレルのプレスで仕事をしているだけあって、彼女は服の素材や構造、デザイナーについての知識も豊富だった。アキも画面に映っている服を見ながら自分の意見を言った。服を買うのが目的ではなく、二人で作品を見て楽しんでいるという感覚だった。

新鮮なことばかりが起きる時間は楽しく、一緒にいる夜はいつもより早く過ぎていく。アキは彼女と過ごす時間を多く作るために、曲作りや作業の時間はより集中できていた。気持ちが明るいと、自然とクリエイティビティも溢れ出す。恋をするというのは、とても有益なことだと思った。

一方で、恋というものが幸せなことばかりではないことも、アキは改めて知ることになる。

こうした関係になってから、莉子の私生活も徐々に明らかになっていった。彼女はあくまで奔放《ほんぽう》だった。彼氏彼女という関係になったからといって、何かを控えるということもなく、自由に翼が生えて飛び回っているような人だった。

「お腹空《なかす》いたから、今日はいつものバーに行ってくる」

そんなメッセージをもらって、次に連絡がくるのが朝方ということもしばしばあった。一人でバーに行くという習慣のないアキにとって、莉子のそんな言動が不安になることもある。独占欲というのは厄介《やっかい》なものだなとアキは思う。

「莉子は自由だね」

一度アキは、心配する気持ちを抑えられず、そんなメッセージを送ってしまったことがあった。

「うん、自由に生きていたいから。アキは不自由なの？」

莉子からはそんな返事が送られてきた。

「どうだろう。ある意味不自由なのかもしれない」

どうして自分が不自由だと思っているのかもわからず、アキはそう送った。

「アキはアーティストなんだから、もっと自由になってもいいんじゃないの？」

莉子の言葉は、今のアキにとって冷たく響く。

普通恋愛とは、一緒に過ごした時間が長くなればなるほどお互いのことを知り、その共通点を見つけて喜んだりするものだろう。それが莉子との場合は、自分とは違う部分が見つかるばかりである。彼女の新しい一面を知れるのは嬉しいことではあったが、同時に言葉にし難い寂しさを感じることでもあった。

(育った環境や、性格の違いが理由なのかな……)

アキは彼女の理解できない一面を見つける度に、まるで埋めようのない穴が二人の間にあって、未来永劫《えいごう》そこに足を踏み入れないよう、気をつけながら歩かなければならないような気がした。

やはり、自分たちは「安心」という言葉が似合う関係ではないらしい。

アキは深夜になっても返事のこないスマホを眺め、落ち着かない気持ちを抱《かか》えながらも、それでもこの経験の全《すべ》てが自分が変わるきっかけになるのだ、と言い聞かせた。そうすることで、少しは不安や不満をやり過ごすことができた。自分はもっと莉子と一緒にいた方がいい。自分の殻《から》を破った新しい音楽を作れそうな感触が、すでにアキの中で芽生《めば》え始めていたからだ。

ある日、午後の珍しい時間に莉子から電話がかかってきた。今日の撮影の仕事が急に取りやめになり、暇になったらしい。アキもその日、夕方には仕事が終わる予定だった。

「じゃあ、デートってやつをしてみようよ」

アキはそう提案してみた。デートという言葉は、どこか莉子との関係には不思議な響きだった。

莉子は弾んだ声で「遊園地なるものを所望《しょもう》します」と言った。

夕方からでも楽しめる遊園地を探した結果、二人は横浜にあるコスモワールドに行くことに決めた。それぞれの場所から向かうので、待ち合わせはみなとみらい駅にした。アキは仕事が終わって渋谷《しぶや》駅から電車に乗ると、三十分ほどで到着した。

先に着いていた莉子は、駅のそばにあるスターバックスの窓際の席で待っていた。デニムのロングスカートに、ノースリーブの黒のブラウスという涼しそうな格好《かっこう》をしていた。

二人で駅から少し歩くと、すぐに園内に着いた。

「あれ、遊園地なのに入場券とかいらないんだ」

「確かに。こういうの珍しいかもね」

コスモワールドはまわりが塀《へい》などで仕切られておらず、アトラクションの近くまで誰でも入ることができる。街の中に遊園地があるみたいで、開放感があった。敷地の中を歩いていくと、ジェットコースターの向こうにイルミネーションを纏《まと》った大観覧車の乗り場が見えた。ドラマの撮影などで幾度となく使われた観覧車だ。夕暮れの空の下で輝く色とりどりの光が、自然と気持ちをワクワクさせる。

「わー、テンション上がるね！　ジェットコースターに乗りたい！」

莉子は浮き立った様子で言った。

「ジェットコースター好きなの？」

「好きだねー。やっぱり遊園地と言えばって感じだし。アキは何に乗りたい？」

「久しぶりに観覧車に乗りたいなぁ。懐《なつ》かしい気持ちになる」

辺りは陽気なメジャーコードの音楽と、楽しそうな人の声で溢れ返っている。

「何か思い出があるの？」

「昔、家の近くに小さな遊園地があって、よくそこに連れていってもらってたよ。実家はマンションだったんだけど、窓から無理やり頭を出して覗《のぞ》いたら、遠くに小さく観覧車が見えたんだ。ゆっくりだけど回ってるのが面白くて、母と一緒にそれをじーっと眺めてた。回ってない日は、今日は水曜日でお休みか、とか言って。休園日が増えて、最終的には潰《つぶ》れちゃったんだけどさ。懐かしいなって思う」

「羨《うらや》ましいなぁ、そういう思い出」

「遊園地、連れていってもらわなかったの？」

「んー、一回くらいはあると思うけど、基本的にそういうところに出かけるって雰囲気はなかったかな。中学生の頃、私がお父さんにUSJに行きたいって言ったら、次の日の朝テーブルに『新幹線代とチケット代』って書かれたお金の入った封筒が置かれてた。お金は出すから勝手に行ってこいって感じだったみたい。今思うと笑っちゃうよね」

莉子の言い方にあまり悲壮感はなかったが、アキはなんとなく励《はげ》ましたくなった。

「……今日は楽しい思い出作ろっか」

アキは莉子の手を引いた。自分から手を繋《つな》いでおきながら、内心落ち着かない気持ちだった。いつも家で会ってばかりで、手を繋いで歩くなんてしたことがなかったからだった。慣れないことに緊張しながらも、アキはできるだけ自然に繋いだ手の指と指を組み合わせた。

コスモワールドは、それぞれの乗り物ごとに、金額に応じたチケットを買う仕組みになっている。まずは莉子の希望通り、園内をぐるっと囲むように走っているジェットコースターに乗ることにした。ピンク色のレールのジェットコースターはバニッシュ！という名前で、二人でチケットブースに行って八百円のチケットを二枚購入した。

建物の中に入り、エスカレーターで上がる。そこから外にある「十分待ち」と書いてあるバニッシュ！の列に二人で並んだ。平日の夜ということもあって、園内はそこまで混んでいる様子ではなかった。明日も仕事や学校がある人ばかりだろう。他に列に並んでいるのは高校生くらいの子が多い。地元の子たちだろうか。

「こんなところに来て、私たち場違いじゃないかな」

まわりを見て、莉子は小声で言った。少し引け目を感じているような口調だった。

「そんなことないでしょ。大人の人もいっぱいいるよ。それに、僕らもまだまだ若いし」

「そうかなぁ。まぁ年齢に関係なく、好きな人と遊園地に来れるって素敵だよね。それだけで夢みたい」

「今まで来たことないの？　元カレとかと」

「まぁ、まったくないとは言わないけどさ。これでももう二十九年も生きてるし」

「……だよね。莉子は元カノとかにヤキモチ妬《や》いたりする？」

「妬かないよ。むしろ聞かせてほしい。だって過去のことだもん。その過去があるから、今があるのにって思っちゃう」

言い慣れた言葉のように、莉子は言った。天井に付けられた大型の扇風機《せんぷうき》が首を振って、ういー、と生ぬるい風を送っている。

「うん、なんか莉子らしいね」

「アキはするの？　私の元カレに」

「うん、少しはするかな。積極的に聞きたいって思わないくらいに」

「そうなんだ。でも男の人ってそういう人が多い気がする」

莉子は少しだけうんざりしたように言う。

「ほら、そういう言い方も地味に傷つくかも」

「どういうこと？」

「だって、元カレもヤキモチ妬く人だったのかなとか思う。それが理由で、喧嘩《けんか》になったことあるのかなーとか想像できる」

「想像力豊かすぎるよ」

莉子は呆《あき》れたように言って笑った。

「でも自分でも思うんだけど、この感情ってどうすればいいんだろうね。過去にヤキモチ妬くとか、これほど非生産的なものはないってわかってるのに、それでも生まれてくるんだよね」

他人事《ひとごと》のように言いながら、アキはこの感情を不思議に思う。過ぎ去ったことでも、人は簡単に割り切ることができないのはどうしてだろう。

「そんな難しいこと考えなくていいよ。私は今ここに、アキと一緒にいるんだから。ほら、もうすぐ順番だよ」

話しているうちに、コースターの乗り場はすぐ目の前まで来ていた。アキは話に夢中で、まったく心の準備ができていなかった。

（絶叫マシンなんて、いつぶりだろう……）

順番が回ってきて、シートに座る。莉子は奥に、アキは手前に座った。上にあるハーネスを自分で下ろす。肩から上半身がしっかり固定されると安心感があった。

コースターがガチャン、と重い音を立てて動き出す。アキとは対照的に、横で莉子はこれまでに見たことのないテンションではしゃいでいる。

キュラキュラと音を立てて、徐々に登っていくコースターの中で、アキはふと思う。

あれ、昔からあまりこういうの得意じゃなかったような……。


「次、何乗ろっか！」

意気揚々《いきようよう》と言う莉子の横で、アキは青白い顔で佇《たたず》んでいた。考えてみると、ジェットコースターなんて高校生以来だった。縦横斜めに体と景色が揺さぶられ、完全に気分が悪くなっていた。

「……ちょっとしばらく歩こうよ」

アキはそう提案し、二人は園内を歩き出した。しばらく歩いていると気分はましになってきた。「歩いてるだけで楽しいね」と莉子は言った。陽気なメジャーコードの音が溢れるここは、いるだけで人を元気付ける力があるようだった。

二人は建物の中のゲームコーナーに行ってみたり、運河の景色を眺めたりして時間を過ごした。せっかくだから最後に観覧車に乗ろう、とアキが言うと、莉子も乗ろうと言った。

チケットを買い、観覧車の列に並ぶ。空はすっかり暗くなっていて、観覧車の光がさっきよりも輝きを増している。

今度はジェットコースターよりもすぐに順番が回ってきた。遠くからはゆっくり動いているように見えるゴンドラだが、近くで見ると想像以上に速い。目の前で扉が開き、二人は飛び乗った。乗ってすぐに、莉子は窓の外を見て、わぁー、と歓声をあげた。観覧車自体が高さのある場所に作られているため、最初からすでに見晴らしがいいのだ。

二人はしばらく、黙って外を眺めていた。

——一周の時間は約十五分……この三百六十度の雄大な……。

女性の声のアナウンスが流れている。

——高さが百十二・五メートル……定員が八人乗りの……。

暗闇《くらやみ》の中に浮かび上がる横浜の夜景が、地元の神戸の夜景と重なって、アキはなんだか懐かしいものに思えた。

「綺麗《きれい》ねぇ」

「うん」

「アキは明日早いんだっけ？」

「明日はお昼の一時からスタジオに行くよ。莉子は？」

「九時に出勤だよ。会社員だからね」

「なんでそんなに自分のことを〝会社員〟って言うの？」

アキが尋ねると、莉子は少しだけキョトンとした顔をした。

「……なんか、立派な大人になれてるって気がするからかな。そういうのに憧《あこが》れてたんだよね。私あまり頭よくないし、そういうのになれるって思ってなかったから」

「声優だってすごく立派な仕事だと思うけど」

莉子は少し黙って横浜の景色を眺めていた。それから、決心したように言った。

「……確かに、うまくいってたこともあったかもしれない。でも続けられなかった。私が声優を辞めたのは、アイドルみたいなことが嫌だったからだけじゃないの」

莉子は外の景色を見つめながら続けた。

「一つは、向いてないなって気づいたこと。私、あまり才能なかったんだ」

「才能がなかったら、莉子がやってきたような仕事はできなかったと思う」

「実力がないのに、たまたまうまくいった時があっただけ。アキに見せたやつ以外はあまり観てほしくないのは、それが理由。それからもう一つは……」

莉子は一度言葉を切って、まるで自分の足元を確認するように視線を落とした。

「私は毎日違う時間に違う場所に行くことが、時々上手くできなくなるの。大丈夫な時だってあるんだけど……できない時は色んな人に迷惑をかけたから」

「それは、精神的なことが理由で？」

「ううん、そんなに込み入ったことじゃないかな。ただ、時間通りに指定された場所に行くのが不得意ってだけ。特に慣れていない場所だとね。単純に、仕事の性質が向いてなかった」

莉子の意外な告白に、アキの心には驚きと同時に心配が湧《わ》き上がった。

「でも今の仕事だって、撮影で違う場所に行かなきゃいけなかったりするんじゃないの？　それは大丈夫？」

「多くて週に一回とかだから、そのくらいなら大丈夫。だから今の仕事は自分に合ってると思う。服も好きだし。でもみんなが普通にできてることができないって、すごく情けない気持ちになるんだよ。立派な大人とは言えない」

莉子の顔にはこれまでに見せたことのないような陰《かげ》りがあって、アキは胸が痛くなった。

「……得意なことと不得意なことって誰でもあるものだよ。莉子はちゃんと、自分に合ってる今の仕事に転職できたんでしょ。それって立派な大人だからできたことだよ」

「……ありがとう。アキは優しいね」

莉子は呟《つぶや》くように言った。

「でも私、時々自分に本当に向いてるものってなんだろうって考えるの」

「向いてるもの……」

アキは呟きながら、自分もそれがわからないから悩んでいるのだと思った。結局みんなそうなのかもしれない。自分でこれがそうだと思い込めたら楽なのに。

「あ、すごい！　結構高いところまで来てる」

莉子が外の夜景を見て、空気を切り替えたように明るい声で言った。

「ほんとだ、綺麗な景色だね」

二人を乗せたゴンドラは、気がつけば一番高いところに近づいてきていた。

「あのさ」

と言って、莉子は恥ずかしそうに少し俯《うつむ》いた。

「何、どうしたの?」

「……頂上の瞬間にちゅーしよっか」

急に莉子は少し顔を赤くして言った。恥ずかしそうに言われると、こっちまで余計に恥ずかしくなってしまう。

「何、学生みたいなこと言ってんの」

「えー、さっきまだまだ若いって言ってたじゃん」

「それはそういう意味じゃないし」

「したくないの?」

首を傾《かし》げる仕草は、あざとさに溢れていた。

「そういうわけじゃないけど……」

莉子はそう言ったアキの首に手を回し、突然スッと唇を重ねる。咄嗟《とっさ》のことに、一瞬アキは何が起こったのかわからなかった。

「え、フライング」

「えへへ」

本当に自由な人だ。

――いよいよ、最高点に近づいてまいりました……。

そのアナウンスを聞いて、アキがもう一度キスをしようと、莉子に顔を近づける。

「え〜、アキさんのえっち〜。密室で何しようとしてるんですか〜」

急に彼女の中のむぎちゃんが現れて、手でアキを拒《こば》み始めた。

「いや、しようって言ったよね、さっき」

「むぎそんなの覚えてない～。やめてよね～！　魔法でお仕置きしちゃうよ～！」

本当に馬鹿だ。恥ずかしくなる。そう思いながら、どうしてこんなに愛《いと》しいのだろうと思う。

そもそも彼女と会うようになったのは、自分と感覚や価値観が違う人と仲良くなり、その生き方を参考にするためのはずだった。それなのに今は時々、そうした冷静な感情がどこかへ吹き飛んでしまうくらい、彼女への想いが大きくなっていることに気づかされる。莉子の抱《いだ》いている悩みを聞いた今、その想いはさらに大きくなっていた。

アキは正面にいる莉子に覆《おお》いかぶさるように抱きしめた。なによ～、と言いながら、莉子もアキの背中に腕を回した。

抱きしめた向こう側の夜空に、まん丸の月が覗く。今夜は満月だろうか。わずかにかかった雲の向こうで、とても綺麗な円を描いている。雲は少しずつ動き、時間が経《た》つと月は分厚い雲に隠れて姿が見えなくなった。

莉子の匂いがした。それはもう、莉子の匂いとしか表現できないものだった。

心に点《つ》いた火が、体まで燃え移って、全てを溶かしてしまいそうだった。

「好き」

アキは言った。

「知ってるよ」

莉子は言った。

たとえ自分たちの間に埋めようのない深い穴があっても、一緒に過ごした時間が、その上を歩けるように橋をかけてくれる。

これからも同じ景色をたくさん見れば、こんなに違う二人でも、隣を歩いていける気がした。


莉子はデートらしいデートというものを、大人になってから初めてした気がした。

「好き」と言われ、それに「知ってるよ」と言うこと。それが、莉子の好きなやり取りだった。そう言うことで、相手が自分に向ける愛を、より事実たらしめることができるような気がするのだ。

彼からは、確かな愛の匂いがした。そしてそれが同時に、莉子を怖くもさせた。朝倉《あさくら》が言っていたことが本当だとすると、自分にはパートナーによくない影響を与えてしまう可能性がある。実際に自分の過去にも思い当たる節《ふし》があった。自分の行動があまりに思い通りにならないが故《ゆえ》に、暴力を振るうようになった元カレ。もしかすると、母もそういう女性だったのだろうか。だから父は暴力を振るったのだろうか。自分がそばにいることで、アキの迷惑になりたくはない。

「おー莉子、なんか久しぶりじゃない？」

バーに入ってきた莉子を見て、真紀子《まきこ》は言った。早い時間だったので他に客はいなかった。

「元気だった？」

「元気です。すみません、色々と忙しくしてて」

莉子は言いながらカウンターの席に座った。

少しの間ここに来られていなかったのは、仕事がしばらく忙しかったことと、これまでここに来ていた時間を三軒茶屋《さんげんぢゃや》の彼の家で過ごしていたからだ。自分を大切にしてくれる彼の家も、ここと同じように居心地が良かった。それに、ミュージシャンの暮らしを近くで見ていると、新しい発見がたくさんあって楽しいのだ。莉子は一度、彼がパソコンで曲作りをしているのを、後ろから覗かせてもらったことがあった。録音した音が、データとしてパソコンの画面上に、帯になってどんどん描かれていく。いくつもの音が層となり、視覚的に描かれるその図は、音楽に詳しくない莉子でも、それが緻密《ちみつ》な計算の上で作られていることがわかった。自分の想いを懸命に音楽で表現する彼の姿は、素直にかっこよかった。さっきまでこの世界に存在しなかったメロディが、和音が、彼の頭の中で生み出されて、目の前に現れてくる。

クリエイティブな仕事が生み出す閃光《せんこう》を、こんなに間近で感じたのは久しぶりだった。莉子は学生の頃、有名なデザイナーたちの仕事を近くで見せてもらえる機会があったが、その時と同じように感動していた。あの頃、いつか自分もこんな風に服を作ってみたいと夢を抱いた。だけど自分に向いているかどうかを考えた時に、自信を持ってそちらへ飛び込むことができなかった。そしてそうこうしているうちに、人に勧められて、気がつけば声優としての道を進むことになっていた。

アキは、自分の憧れの先に立っている人なのだ。そう気がついて、改めてアキへの尊敬の念が深まった。それと同時に、莉子はこんな自分が彼のそばにずっといていいのだろうかと、自信を失《な》くしかけていた。恋愛において「釣《つ》り合う」とか「釣り合わない」という言葉は、莉子は必要ないと思う。そんなことは当人同士がよければそれでいい、と思うからだ。だけど自分の場合、彼自身に、そして彼の音楽に悪い影響を与えてしまう可能性があるのだ。

莉子は少し気持ちを落ち着けるためにも、今日は彼の家ではなくこのバーにやってきた。

「何か食べたい？」

真紀子のいつもと変わらない雰囲気に、莉子は安心する。

「オムライス食べたいです」

「あ、今日ご飯まだだった。パスタでもいい？　カルボナーラとか」

「嬉しいです。お願いします」

彼女は慣れた手つきで玉ねぎとベーコンを切り、鍋《なべ》に水をためた。

「私、今日は真紀子さんにいくつか質問しようと思って来たんです」

「何、どんなこと？」

真紀子は表情は変えずに、少しだけ顔を傾けた。

「自分に向いてることって、どうやったらわかると思いますか？」

「急に難しい質問するね」

水をためた鍋を火にかけながら、彼女は言った。

「きっと本当に自分に向いてることって、誰にもわからないんだよね。だから人生は難しい。誰か神様みたいな人が教えてくれたらいいのにね。あなたは先生が向いてますよ、スポーツ選手が向いてますよ、バーのマスターが向いてますよ、って具合に」

「真紀子さんは、私に向いてることって何だと思いますか？」

「んー、今の仕事は向いてると思うよ。だって服が好きで、服に感謝してるでしょ？向いてるかどうかも大事だけど、感謝してるもので仕事をするのもいいんじゃないかな。私はバーという場所に感謝してる。上京してきたばかりの私を救ってくれたから」

真紀子はニコッとして莉子を見た。魅力的な笑顔だった。

「感謝してるもので仕事をする……」

確かにその考え方も素敵だと思った。莉子は真紀子の言葉を大切に胸にしまいながら、次に訊《き》きたかったことを思い出す。

「じゃあ次の質問です。自由って何だと思いますか？」

「んー自由かぁ。それも難しい質問だね」

莉子の問いかけに、真紀子は少し手を止めて考える。

「自分の好きなことを、好きな時にできることじゃないかな」

「それっていいことですよね？」

「いいことだと思うよ」

少し前に、アキから「莉子は自由だね」とメッセージが送られてきたことがあった。そこには、少しばかり莉子を咎《とが》めるような空気があった。まるで自分の自由な行動に対する皮肉が含まれているみたいで、莉子は引っかかりを覚えた。

元カレも同じように、自分の自由な行動を嫌うところがあった。自由はいいことのはずなのに、誰かと付き合うといけないことになるのだろうか。莉子は昔あった父母との経験から、自分の行動が制限されることに強い反感を抱いている。

「私、自由に生きてたいって思うんです」

「だろうね。それが莉子の魅力だと思うよ」

真紀子は話しながら、料理の合間にグラスに氷とウイスキーを注ぎ、滑《なめ》らかな手つきで莉子の前に置いた。

「だけどね、莉子は意外と人に流されるところがあると思うよ。人の期待に応《こた》えようとして生きてる」

「ほんとですか?」

人の期待に応えようとして生きてる。莉子はこれまでの自分の人生について考えてみると、結構自分勝手に生きてきたように思う。真紀子は、自分のどこを見てそう言っているのだろうか。

「だって莉子は、誰かに喜んでもらえることをするのが、本当は一番嬉しいんじゃないの?」

莉子の頭の中には「?」がいくつも浮かんでいた。自分がそんなにいい人なら、これまで人生で起こってきた問題のほとんどは起こらなかった気がする。

「全然そんなことないですよ」と莉子は否定した。

「真紀子さんは自由なんですか？」

「私は自由だね。この仕事だって好きでしてるし」

「素敵ですね」

「いいでしょ。年齢を重ねると、色んなことに余裕が出てくるのよ。って誰がおばさんだ」

言ってないです、と莉子は笑って言った。おばさんという言葉は、まだまだ彼女には似合わないなと思う。

「今日の最後の質問です。普通って何だと思いますか？」

「普通？　そんなの簡単よ。普通は、良いってことでしょ」

「どうしてですか？」

「だってさ、莉子も言うでしょ？　『普通にすごい』って」

「言いますけど」

莉子はグラスに口をつけて、ハイボールを喉《のど》に流し込んだ。

「今日のそのハイボールの味は？」

「んー、普通に美味《おい》しいです」

「でしょ？　普通に楽しかった。普通にすごかった。普通に便利だ。つまり、現代で言う『普通』っていうのは、かなりとか、とてもとか、そういう意味に変化してるんだよ」

「んー、なるほど」

煙《けむ》に巻かれたような気持ちだったが、頭の中で処理が追いつかず、莉子はただ一言そう言った。

「で、最近できた新しい彼氏はどんな人なの？」

「え。どうして知ってるんですか？」

莉子は動揺して言った。まだ真紀子に、アキのことを話していないのに。

「だから、何年あんたのこと見てると思ってるのよ。莉子が珍しくそんな漠然《ばくぜん》としたことで悩んでるってことは、恋してるってことだね」

真紀子は軽く笑いながらそう言った。

「どんな人？　普通の人なの？」

「はい、とってもまともな人です。地球人代表になってもらっても、多分誰にも文句言われないくらいの人で」

「それは、逆に稀有《けう》な人だね。ほい、適当カルボナーラの完成」

真紀子は白い器《うつわ》に盛ったカルボナーラを莉子に差し出した。莉子は美味しいカルボナーラを食べながら、その稀有な人のことを考えていた。まず彼は、サラリーマンでも、公務員でもなく、ミュージシャンだった。それを聞いた時、自分の中にあった違和感の答え合わせができたみたいで嬉しかった。

そして彼はミュージシャンらしくない自分に、コンプレックスを抱いているらしい。だけど莉子は、彼のそんなところが素敵なのではないかと思う。

——得意なことと不得意なことって誰でもあるものだよ。

自分のダメなところを打ち明けると、彼は優しくそう言って励ましてくれた。今の自分にはとても響く言葉だった。

この前の遊園地でのデートで、莉子は普通に幸せな気持ちになっていた。この普通というのは、すごいことなのだと思う。これまでしてきた恋愛の中でも、こんなに当たり前の楽しい時間を過ごさせてくれる人は、アキ以外にいなかった。

これからもアキと普通に付き合っていきたい。それは莉子の心からの願いだった。


夏の日は、とにかく冷たい炭酸飲料を飲みたくなる。莉子は仕事中、いつもサイダーや炭酸水を飲みながら作業をしていた。疲れた頭がスッキリするからだ。

真夏日とテレビが伝えていた暑い日、莉子はいつも通りサイダーを飲みながら、撮影スタジオや雑誌の担当者にパソコンでメールの返信をしていた。日によってはメールのやり取りで業務の大半の時間を使ってしまうこともある。

「莉子ちゃん、ちょっといいかな？」

メールを打っていると、珍しく木村《きむら》にランチに誘われた。少し改まった雰囲気だったので、仕事のことで何か話したいのだとわかった。

大丈夫ですよ、と莉子が言うと、すぐ近くのいちょう並木の道沿いにあるカフェに行くことになった。二人で会社を出て、歩道を歩く。木村は無地の厚手のTシャツに、黒のコットンパンツをはいていた。アキもそこそこ身長があるが、木村はさらに高い。並んで歩くと、自分の背が縮んだような気持ちになる。

「最近どうなの？」

日差しの下、青山《あおやま》通りを渡っている時に木村は尋ねた。この文脈で使われる「最近どうなの？」は、仕事のことだと莉子は承知していた。

「もう二年経ちましたから、だいぶ慣れましたよ」

「そうか」

木村はなんだか含みのある表情で返事をした。

カフェに入ると、窓際の席に案内された。冷房がよく効《き》いていて涼しい。窓からは芝生《しばふ》が見えて、ゆったりとした時間の流れる落ち着いた空間だった。

ランチのメニューは、オーガニックな野菜を使った体に良さそうなものばかりだった。莉子はもっと肉とか食べたかったなと思いながらも、オーガニック野菜のランチのセットとペリエを注文した。

「今日は莉子ちゃんに相談があるんだ」

彼は注文を終えるなり、すぐに本題に話を移した。

「最近莉子ちゃん、日本オリジナルの商品の企画にアイデアを出してくれたりして頑張ってるよね。やっぱり、長い間アパレルにいた人間じゃないからこそ出てくる意見も、たくさんあるんじゃないかなって思うんだよね。人脈だってそうだ。以前も莉子ちゃんが紹介してくれたツテで、声優の方にうちの服を着てもらえたこともあった」

「……役に立てているなら嬉しいですが」

そう言いながら、どうして彼はこんな話を改まってしているのだろう、と思った。

「それで会社的にも、もっと莉子ちゃんに経験を積ませたいなって話になってるんだ」

「はい、ありがとうございます」

「だから今度長期で俺《おれ》がロンドンに行く時に、一緒について来てもらおうかなと思って。どうかな？」

「ありがとうございま……へ？」

突然の言葉に、莉子は理解が追いつかなかった。

「ロンドンに、私が行くんですか？」

「もちろん無理にとは言わない。行ってみたければ、ということだけど。費用は当然会社が出すよ」

しかし驚いたのは一瞬だけで、次の瞬間には莉子はすでにワクワクしていた。

「行きたいです」

「お、いい返事だね。少し長期になるんだけど大丈夫かな」

「どのくらいの期間ですか？」

「二ヶ月だよ。どう？」

二ヶ月。結構日本を離れることになる。それでも、こんな風に仕事で海外に行ける機会はもうないだろう。

「絶対行きたいです。明日から、英語の勉強も始めます」

「いいね、その姿勢。じゃあそれで話を進めておくよ。ちょうどいつも泊めてもらってるフラット……家のことだけど、そこにもう一つ空《あ》いている部屋があるんだ。ちゃんとそこを取っておいてもらうよ」

突然言い渡された真新しい未来に、莉子は不安よりも期待でいっぱいになっていた。まだ現実味がない。だけど少しの間、海外で暮らせる。しかも仕事として。そんな楽しいことがあるだろうか。英語も話せるようになるかもしれない。観光だって、それだけの滞在期間なら少しくらいできるはずだ。ロンドン、有名なスポットはどこだっただろうか。

莉子はスマホでロンドンの生活について調べ始めた。「ロンドン　暮らす」と調べるだけで、キリがないほどの情報が出てくる。自分がそこに行って何ができるかを考えているだけで、莉子はもうたまらなくワクワクしていた。

それからずっと、莉子の頭の中は想像の世界のロンドンでの暮らしで満たされていた。

満たされることがないのは、ゴールのない作業だからだ。アレンジや歌詞の作業が進み、アルバムはその全貌《ぜんぼう》が見えてきた頃だったが、未《いま》だにアキはアルバムのリードトラックを決めることができずにいた。もともとデモの段階では、この曲だと思うものがあったのだが、完成が近づくにつれ、アキはもっと強い曲が必要だという気持ちになっていた。

まだ時間もあるということで、もう少しだけ曲作りにトライしたいとアキは進言した。アルバムの完パケまでのスケジュールを元に、美智子《みちこ》に締め切り日を設けてもらい、新たな曲の制作に入った。

勝負の一曲を作るというのはとても難しい。自分らしさと向き合うことでもあり、同時に大衆と向き合うことでもある。なかなか一つの答えに辿《たど》り着けないアキは、レコーディングの現場で会う祐介《ゆうすけ》にアドバイスをもらうことにした。

「勝負の一曲って難しいよなぁ。これだ、って一曲を出すのに、みんな一番苦労するんだよな」

アキの話を聞いた祐介は、ミキサールームの椅子《いす》に座って、額《ひたい》に皺《しわ》を寄せて言う。

「何か、コツみたいなのってないんですかね」

「そうだな。ヒットする曲っていうのは、不思議とその人の欠けていた部分を補《おぎな》ってくれるような力があるんだよな。でも欠けていたわけだから、自分でそこを見つけ出すのは本当に難しい。時間だってかかる」

「欠けていた部分……」

アキはその意味を確かめるように、口に出して呟いた。

「だからどんな曲がいいか、という視点で考えると難しいかもしれない。少し方法を変えてみるのはどうだろう。例えば、一回詞先《しせん》で書いてみると新しいものが生まれるんじゃないか？やったことあるか？」

祐介は長髪を後ろにまとめながら言った。

「昔、学生の頃にやってました。うまくいきますかね？」

「みんな、お前の歌が聴きたいのよ。だから、きっと詞先はうまくいく。そうだな、言葉数の少ないもので試してみたらどうだ？」

「音の長い、洋楽っぽいものですかね？」

「結果そうなるだろうな。とりあえず先のことは忘れて、素直な気持ちを書いてみたらいいんじゃないか？　どんなものができるか、俺も楽しみにしてるから」

そう言って、祐介は白い歯を覗かせて笑った。

アキはその日の夜、早速詞先のやり方を試してみることにした。家に帰って大きなマグカップにコーヒーを注ぐ。テーブルの前に座って、ノートを広げた。

今の音楽シーンのほとんどの曲はメロディが先に作られ、歌詞が後で作られる。それだけメロディが重要であるということだ。しかし今回は詞先ということで、歌詞のクオリティをまず優先する。後のことは考えず、とにかく書いてみることにした。

今の気持ちを素直に書くとなると、やはりラブソングがうまく書けそうな気がする。しかしラブソングと一言で言っても様々なテーマがある。出会いを描くか別れを描くかで趣《おもむき》はまったく違う。

現時点でリードトラックになる予定の曲は「さよならのことば」というタイトルだ。大人の恋愛模様が描かれた映画の主題歌になる予定で、アキはその映画の製作段階の映像を観て、歌詞を書いた。サビの頭で「さよなら」という言葉がくる、ミドルテンポのアップチューンだ。使い古された言葉だが、やはり強さのある言葉だと改めて思う。クールな主人公が、恋人とその思い出にさよならを告げる曲で、「福原亜樹」のキャラクターとも合っている。

今回はせっかくの詞先。自信はないが、今の自分らしい、弱さも、わがままも、願いも、全て詰め込んだ歌詞を書いてみようと思った。
アキはこの前のデートの、観覧車での景色を思い浮かべる。愛しさ。美しさ。締め付けられるような、胸の痛さ。
無責任な気持ちで、するするとペンを走らせていく。

「The moon and clouds」

夜空に浮かぶ月を
恋人にしたみたいだ
誰にも見られたくないから
雲になって君を隠そうか

星はいくつもあるのに
君は一人しかいなくて
僕の代わりになるものは
いくらでもいるみたい

The moon and clouds
まるで違う僕らだけど

それがいいのと
君は笑った

The moon and clouds
愛に見せかけたずるさで
君を包み込んで
はなさないんだ

書き上がったものは「福原亜樹」らしくない、弱さのある男性の言葉だった。「誰にも見られたくないから」と恋人を隠そうとする嫉妬心《しっとしん》や、「僕の代わりになるものはいくらでもいるみたい」と思う自信のなさ。

こうしたフレーズは「福原亜樹」でなければ良い歌詞だったかもしれない。だけど、今求められている歌はこんなものではないのだとアキはわかっている。等身大の自分の気持ちを書いても、「福原亜樹」が歌うべき歌にはならない。

以前坂上《さかがみ》に言われた通り、普通の自分のままで歌詞を書いても、言葉に引っかかりがないのだ。今はステージの上で違う自分に成り切り、夢を見せるための歌が必要だ。

自分の才能のなさに落胆《らくたん》しながらも、それからアキは何種類も歌詞を書いていった。

アルバム「Ignite」は、全十一曲入りのアルバムになった。Igniteとは火を点《つ》ける、感情を燃え上がらせるという意味のある、アキの意思が込められた言葉だ。

アキはいくつかのデモを提出したが、リード曲としては既存の「さよならのことば」の方が強さがあるというスタッフの判断になった。アキも同じことを思っていたので異論はなかった。今の自分に欠けているものとは何かを考え、曲をいくつも作ったが、これだと思えるものを生み出すことはできなかった。しかし、アキが新たに出したデモの中にあった「The moon and clouds」は、今までにないテイストがユニークだということで、アルバムのシークレットトラックに、アキの弾き語りで収録されることになった。

そうしてできたアルバムは、会心のリード曲こそはできなかったにしても、アキが今できる音楽的な工夫を凝縮《ぎょうしゅく》した作品になった。アルバム曲の中には、アキの原点だったアコースティックサウンドから、現代の音楽シーンにチューンアップするようにエレクトロサウンドを取り込んだ曲もあり、新しい印象を与えるものになっている。アキは莉子と出会ったことで、メロディやサウンドという意味では、自由な発想でこれまでチャレンジしてこなかった領域に踏み出すことができていた。レコード会社のディレクターと美智子も、曲調のバランスも含め最高のアルバムだと称賛《しょうさん》してくれていた。

アルバムが完成すると、プロモーション活動が始まる。雑誌やＷｅｂの媒体にインタビュー記事を載せてもらうために、リリース前にインタビューと撮影が二日に分けて行われた。アキは一時間ずつ順番に違うライターからの質問に答え、自分の曲について解説をする。デビュー当時から応援してくれているライターは、今回のアルバムは福原亜樹の最高傑作だと絶賛してくれた。他にも、音楽雑誌に様々な音楽評論を書いている人も、アキの音楽性を高く評価してくれ、「これはきっと多くの人に届く作品になるんじゃないでしょうか」と真剣な面持《おもも》ちで言っていた。

そうした外部からの反応は、リリースを控えるアキにとって確かな自信になった。一通りのインタビューを終えた後、アキは一人、家で自分のアルバムを頭から再生した。莉子が置いていった缶の梅酒を、珍しく開けて飲みながら、スピーカーから流れる音楽に浸《ひた》る。今日賛辞《さんじ》を受けた部分や、自分で気に入っている部分を繰り返し聴き、これから聴いてくれる人たちのリアクションを想像した。今のアキの想像の中ではいいことばかりが起こる。たまにはこんな時間があってもいいだろうと、自分を甘やかしたい気分だった。

（これは、かなりいい音楽ができたんじゃないか）

今夜くらいは自画自賛《じがじさん》でもいい。時間をかけ、こだわって作ってきたのだから。

その夜、アキは一人お酒に酔いながら、自分の音楽が生み出す未来への期待に胸を高鳴らせていた。

リリースの週はプロモーションの忙しさもピークになる。いくつかのラジオ番組の生放送に出演し、インターネットテレビなどにも出演する。アキはあまり地上波のテレビに出ないとファンに思われているが、これは出ないのではなく、出られないという側面もある。音楽番組の限られた出演枠に対して、アーティストやアイドルの数はずっと多い。いくら大きな事務所に所属しているからといっても、視聴率の高いテレビ番組へのブッキングは容易ではない。もう新人とは言い難いアキは、より番組が決まりにくいのだ。ただ、無駄に露出をしても意味がないという考え方は、アキもスタッフも一致していた。ちゃんと音楽通に認めてもらえるような作品を作っている自信はあるので、そういう人に評価される場所に出ていきたいと思っている。そうした理由から、サブスクで音楽ストリーミングサービスを提供している会社や、都内のCDショップにも赴《おもむ》きPRさせてもらった。CDショップに自分のCDが並んでいる光景は、何度見ても嬉しくなるものだ。アキは店員に促《うなが》され、ポップにサインやコメントを書いた。

そうした地道なプロモーション活動を詰め込んだ一週間は、慌ただしく過ぎていった。

「レコード会社から来ていたメールを転送いたします」

次の週、美智子から連絡があった。転送されたメールには、先週の一位から三十位までのアルバム名とアーティスト名、それからアルバム「Ignite」の初週の順位が記されていた。

「二十一位……」

アキは何度もそのメールを確認する。何度見ても変わらない。「Ignite」は二十一位に位置している。

「二十一位……か」

昨今CDなど売れないことはわかっているし、それを人気の指標と考えるやり方も変わってきている。しかしこの結果は、このアルバムならもっと上位を狙《ねら》えると思っていたアキにとって悔《くや》しいものだった。同じメールに記されていたサブスクなどでの初週の成績も、あまり目立ったものではなく、デジタルを含めた総合成績ではさらに下の順位だった。

アキはこれまで曲を作り、歌詞を書き、レコーディングをしてきた時間を思い返した。音楽は以前よりずっと深みのあるものになったと思ったし、まわりにいる人たちも良い評価をしてくれた。

だけどどんなに良いものを作っても、聴いてもらえなければ意味がない。いや、それどころか良いと思っていたのは自分とそのまわりにいる人だけで、世間の評価としては大して価値のない音楽なのかもしれない。

アキの落胆を予想してか、メールの中で美智子は「この一週間で、日本で二十一番目に売れた音楽であることは、誇りに思いましょう」と書いてくれていた。しかし、デビュー当時にファーストアルバムが三位を獲得したという過去が、逆にアキの心に重くのしかかっていた。いいことばかりが起こる想像とは違う。これが現実だった。

リリース、プロモーションが終わると、すぐにライブハウスツアーの準備が始まった。アキはリハーサルへ向けてセットリストを組み、ライブ用に曲にアレンジを加える作業に集中する必要があった。

忙しいことはアキにとっても幸運だった。今空きの時間があると、アルバムのどこが悪かったのかと考え込み、心が負のスパイラルに陥《おちい》ることが自分でもわかっていたからだ。

そんな中、サポートメンバーのスケジュールの変更があり、突然週末にぽっかりと休みができてしまった。本来なら曲作りから解放され、プロモーションも落ち着き、やっと気持ち的にもゆっくりできる楽しい休日になるはずだったが、今のアキにはあまり歓迎できることではない。

「うちに来る？」

予定が空いていることを莉子に連絡すると、彼女は軽い口調でそう言った。アキは「是非」と勢いよく言った。休みを一人で過ごすより絶対にいいと思ったのだ。

莉子は時々アキの家に泊まりに来ていたが、アキが彼女の家に行ったことはこれまでなかった。とにかく狭くて汚《きたな》いと言って、なかなか家に入れてくれなかったからだ。そして莉子がそう言うなら、きっと本当に狭くて汚いのだろうとアキは失礼ながら思っていた。

その週末、アキはある程度の覚悟をしながら、ついに初めて莉子の部屋に足を踏み入れることになった。

「……なるほど」

赤坂《あかさか》のマンションの部屋に入って、アキは一言そう言った。

「何よなるほどって。本当に狭くて汚い？」

「いや、思ってたより綺麗だけど……」

新築で借りたということもあって綺麗な部屋だった。間取りは１Ｋで、六畳くらいの一般的な一人暮らしの部屋なので、特別狭いとは思わなかった。ただ、物はそこそこ乱雑に散らかっていた。服が好きな莉子には収納が少ないようで、部屋の一角が服に占領されてしまっている。机の上には書類がたまっていて、隠すように上から布がかけられていた。ここは見ないで、と言われた布の隙間《すきま》から、公共料金の領収書が覗いている。普通彼氏が初めて家に来るとなると綺麗に片付けそうなものなのに、そうしないところが彼女らしいと思った。

「でもこんなところで新築のマンションって、いくら1Kでも高いんじゃないの？」

莉子が用意したクッションの上に座って、アキは部屋を見渡して言った。

「そうだね。高いと思う」

「いくらくらいなの？」

彼女はその額を言った。それは、アキが住んでいる1LDKの部屋よりも高い金額だった。広さは半分くらいなのに。

「もしかして莉子は、すごくお金持ちなのかな？」

「そんなわけないのは知っているでしょ」

「じゃあ、どうしてこんなところに住んでいるの？」

「前に付き合ってた人と別れて、急いで家を探してた。不動産屋の人が、女性の一人暮らしでおすすめのところを探してくれて。勧められたのがここだった」

「高いと思わなかったんだ？」

「思ったけど、ほら、綺麗だったから」

「それが理由？」

実際に建物の外観も綺麗だったし、部屋の雰囲気も整っている。だけど、それだけで家は決められない。

「それが理由ってわけじゃないけど……みんなこんなものなのかなって」

「暮らせてるならいいいんだけどね。お給料で足りてるならというか」

「今は入ってきた分と、トントンって感じ。……ねぇ、みんなは普通どうしてるのかな？」

おそるおそる不安な様子で、莉子は尋ねた。

「トントンってことは、貯金できてないってことだよね？　それなら少なくとも、莉子の収入に対して家賃が高すぎるんじゃないかな」

大体世の中でよく言われているのが、家賃は収入の三分の一までに抑えるといい、ということだった。もちろん固定費は少なければ少ないほどいいが、東京は家賃が高いので、それを超えた額を払っている人もいる。と、そんな説明をアキは莉子にした。

「ともかく、何かあった時のために、全部使うより少しでも貯金しておいた方がいいと思う」

「そっか……。ごめん、そういうことあまり教えてもらったことなかったから」

確かにアキもわざわざ教わったことはなかった。だけど、少しでも貯金をした方がいいということくらい、誰だって知っていることなのではないかと思う。

こういうところが、まさに莉子の普通ではないところなのだろう。アキは新しい発見をした気分で、なんだか感心して少し頰《ほお》をあげてしまっていた。

「どうして喜んでるの？」

莉子がアキの顔を見て、不思議そうに言う。

「いや、喜んでないよ」

アキはサッと表情を戻し、即座に否定した。莉子は疑わしそうな目でしばらくアキを見ていた。

「ともかく莉子は、何にしても衝動的に決めるんじゃなくて、自分で考えて決める練習が必要だよ」

アキがそう言うと、莉子はまるで神様からのお告《つ》げを聴くみたいに、真剣な顔で頷《うなず》いた。

その後彼女は早速、スマホで賃貸の家を検索していた。同じ間取りでも、場所を変えれば安いところがたくさんあることに莉子は驚いていた。

家の相談にのりながら、アキがふと机の方に目をやると、端にアルバム「Ignite」が置いてあるのを見つけた。

「え、買ってくれたんだ。サンプルあげたのに」

「こういうのは買えるのが嬉しいんだよ。お金なくても、このくらいは大丈夫」

「ありがとう。もう聴いた？」

「うん、聴いた」

「……どうだった？」

アキは彼女の感想に興味があった。思ったほどの成績を残すことのできなかったアルバム。彼女はどう思ったのだろうか。

「良かったよ」

莉子は一言で言った。まるで言葉の後にしっかり句点が付いているみたいだった。

「ん、それだけ？」

「えー、私別に音楽詳しくないしわかんないよ。色んな曲があって楽しめた、かな。そんなことより、せっかくだからリリース祝いに一緒にお酒飲もうよ」

「そ……そんなことより？」

必死で作ってきたアルバムの感想を訊いているのに、ぞんざいな莉子の言い方にアキは少し腹が立った。彼女はそんなアキの苛立《いらだ》ちなど気づかない様子で、冷蔵庫からスパークリング日本酒の瓶を取り出して持ってくる。

「これ珍しいでしょ？　炭酸で飲みやすいかなと思って」

そう言って二つのグラスを用意し、注ぐ。アキは怒るのも馬鹿らしくなり、渋々お酒を口にした。確かに飲みやすくて美味しい。日本酒らしい米の甘味が口に広がりながらも、後味は炭酸でスッキリしている。

お酒を飲みながら、莉子はスマホを操作してアキのアルバムを流し始めた。聴き慣れたイントロが小さなスピーカーから再生される。一曲目はリード曲、「さよならのことば」だ。

〈さよならのことばで　今日までの記憶も
涙とともに　流れていくはずさ〉

別れに対して、クールな主人公。サビで、莉子が音に合わせて歌詞を口ずさむ。少なくとも、何回か聴いた人が歌えるくらいにキャッチーなメロディと言葉にできているんだなとアキは思う。

次の曲は「Like Stars」という流星に願いを込める歌だ。こちらは深夜ドラマの主題歌にもなった歌である。

〈あの星座のように
同じ距離で輝いていられるなら
こんなにも悩まずにいられたのに
運命はただ巡り続ける……〉

何度も聴いた曲でも、スマホのスピーカーで聴くとまた印象が違う。流れるメロディと言葉に、お酒を飲みながら莉子も真剣に耳を傾けているようだった。

「ねぇ、アキはどうやって歌詞を書き始めたの？」

何曲か聴き終えてから、莉子は唐突《とうとつ》に質問をした。

「どうやってって？」

「例えば、何かに影響を受けたとか」

「それはやっぱり海外の音楽かな。僕は最初洋楽ばかり聴いていたから、日本語の歌詞があまりイメージできなかった。だけどどちゃんと日本語で歌わないと伝わらないと思って、日本語の歌詞を書くようになったんだ。それからたくさん歌詞を読んだり書いたりして勉強した。当たり前かもしれないけど、歌う人のイメージと合う歌詞じゃないといけないって、最近はそこをすごく意識してる」

「歌詞って大事？」

「だと思うよ」

「うーん、やっぱりアキは真面目だね」

莉子は感心したように言った。

「どうしたの急に」

「いや、歌詞聴いてて思った。言葉のことを真剣に考える人って真面目なんだろうなって。だって言葉には、本当の気持ちが含まれてないのに」

「……どういう意味？」

莉子の言っている意味が、アキにはわからなかった。

「例えば……。ねぇアキ、好きだよ」

「え、ありがとう」

「違うよ。今私、全然好きって思いながら言ってなかったもん」

「なにそれ……？」

莉子の謎《なぞ》の発言に、アキは戸惑《とまど》いを隠せない。酔っているわけではなさそうだ。

「だから、言葉と気持ちって違うでしょってこと。好きって言葉には、好きって気持ちは含まれてないの。なのに、アキは真剣にそれを考えてる」

なんだか、とても哲学的なことだとアキは思った。

「じゃあ実際に愛はどこにあるんだろうね」

言いながらアキは考える。それから、ふと思いつく。

「どのくらい好きかっていうのを色んな言葉で表現したら、少しは愛の正体に近づけないかな?」

「どういうこと?」

アキは好きの言い換えを、頭の中で巡らせた。そういうのは歌詞を書く上でもずっとやってきたことだ。

「例えば、僕は莉子と一緒にいると幸せとか。莉子と出会うために生まれてきたとか」

「もう、そんなのいいよ。はい、こっちに来て」

莉子はどこか面倒くさそうに両手を広げた。アキは相手にされなかった不満を抱きながらも、黙ってその胸に、アルコールで火照《ほて》った頰を寄せた。莉子の匂いに包まれる。

「こっちの方が、愛じゃない?」

「……そうかも」

ステージの上に立つ、福原亜樹のようなクールさは、今のアキにはかけらもなかった。

「そうだよ。本当は、言葉なんていらないんだよね」

莉子の言葉が、ただの音の響きとなって、胸の中にスッと落ちていった。

コトバナンテイラナイ。

言葉がなくても、こんなにも愛を感じられる。

「ねえアキ」

「なに?」

「眼鏡外《めがねはず》してみてよ」

「なんで?」

「いいから」

莉子に言われるままに、アキはかけていた眼鏡を外した。

「やっぱり。絶対ない方がいいよ」

「嘘《うそ》? ずっとこれまで眼鏡でやってきたんだけど」

「眼鏡、おしゃれでインテリっぽく見えるから悪くないいんだけど、これからは多分いらないよ。ない方がかっこいい。それに、このアルバム歌ってる人は、眼鏡ない方がしっくりくる。うまく言えないけど」

「そうかなぁ」

確かに、デビューしてから今まで惰性《だせい》でかけてきたものかもしれない。莉子の直感的な意見に、アキは説得されかけていた。

眼鏡を外した自分を見ようと、机にかけた布の上に置いてある卓上ミラーに手を伸ばした。莉子はいつもここで化粧をしているのだろう、横には開いたままの化粧ポーチが置いてある。手に持った鏡の中の、眼鏡を外した自分と目が合った。心なしか、小さな自由を手に入れた男が映っている気がした。

「鏡見て、変な顔してどしたの?」

「変な顔してないし」

アキは即座に反論した。

「眼鏡ないの、本当にいいと思う?」

「うん。絶対そっちの方がいいと思う」

アキはもう一度鏡を見て、小さく何度も頷く。ただ眼鏡を外しただけ。それだけなのに、大きく自分が変わって見えた。

――このアルバム歌ってる人は、眼鏡ない方がしっくりくる
莉子からもらったヒントは意外な角度からのものだった。これからこのアルバムを持って各地を回るツアーが始まる。初週の結果に落ち込んでいる場合じゃない。過去の結果は変わらないが、これから変えられるものもあるはずだ。

莉子といると、なぜかポジティブになれる自分がいる。

――まるで違う僕らだけど
――それがいいのと
――君は笑った

アルバムは、すでにシークレットトラックが流れていた。

四章

　風の強い日が続き、秋の気配が訪れた。テレビでは流行《はや》りの紅葉写真映えスポットが特集され、ラジオからは栗ご飯の食レポが聞こえ、ファッション雑誌の中はすっかり冬になっていた。

　莉子《りこ》はアキがくれたアドバイス通り、早速引っ越すことを決めた。職場の最寄り駅である青《あお》山《やま》一丁目駅に乗り換えなしで行けるところで、家賃と距離のバランスが良い場所を探した。多《た》摩《ま》川《がわ》を越えると家賃が下がるとアキが言っていたので、その辺りで探したところ、二子新地《ふたこしんち》にいい物件が見つかった。収入の三分の一以下という条件を満たしていて、利便性も良さそうだ。

　アキに相談にのってもらいながら、不動産屋に連絡して内見《ないけん》に行った。駅から七分ほど歩いた場所にある五階建てのマンションの二階の部屋で、これまでと同じくらいの広さだが、入ってみると窓が大きくて明るく感じる。

　莉子は納得して手続きを進めた。以前のように勧められるがままに契約するのとは違って、落ち着いて決めることができた。みんなこんな風に家を決めていたんだな、と初めて知った気がした。莉子は東京に来てからこれまで、最初は友達の家で暮らし、次はその友達が見つけてくれた家でルームシェアし、その友達が地元に帰ることになったタイミングで元カレの家で暮らすようになるなど、まともに自分で家を見つけて暮らしたことがなかったのだ。

新しい家への引っ越しの日は、業者の人に荷物を運んでもらった後、アキが手伝いに来てくれた。

「これ、とりあえずクローゼットにしまっていくよ」

アキは段ボールを手際よく開けて服を取り出し、どんどんクローゼットにしまってくれる。眼鏡《めがね》を外《はず》した彼は、なんだか以前より明るくなった印象があった。人との間にあったフィルターがなくなったみたいだ。

これで同じ沿線になったので、これから会いやすくなると思うと楽しみだった。

「いい部屋だね」

とアキは言った。彼が手伝ってくれたおかげで、夕方にはほとんど荷物も片付き部屋らしくなった。前の家と広さは変わらないので、同じだけの荷物はちゃんと収納できていた。

「まだ一日目だけど、私引っ越してよかったたって気持ちになってる。家賃も前より随分安いし」

「僕もそう思うよ。固定費はできるだけ少ない方がいい。不安も少なくて済むから」

莉子は、自分が感じている不安を言語化するのが得意じゃなかった。アキにそんな風に言われるまで、自分の漠然《ばくぜん》と感じていた不安の一つが、経済的な部分にも起因しているのだとわかっていなかった。自分がどのくらいお金を使っていて、どのくらい残っているのか。そうした計算に莉子はあまりに疎《うと》かったのだ。逆にそれでも暮らせていたのは、声優時代にもらっていたギャラの貯金が少しばかりあったからだ。

しかしその貯金も、今回の引っ越しのための費用を支払ってしまうと、一気に底をついてしまった。自分のこれまでの暮らしは、トントンどころか少しずつマイナスだったのだ。アキのアドバイスがないまま以前の暮らしを続けていれば、危ないところだったと思う。

「他に、無駄な固定費払ってたりしないよね？　スマホとかインターネット回線とかで、よくわからない月会費払ってない？」

「払ってないと思うけど、もう一度毎月の引き落とし確認してみる」

普通に暮らしていくために、これまでちゃんとできてなかったことを、アキに教えてもらってできるようになっている。アキのおかげで、莉子は一つ一つ普通の人へと成長できているという実感があった。

手に持っていたスマホが鳴った。画面を見て母からの電話だとわかり、莉子はアキに「ごめん、ちょっと電話」と言って慌ててベランダに出た。

「莉子ちゃん、今月の分がまだ……」

電話に出ると、いつもと変わらない母の声が聞こえる。色んなことでドタバタしていたから、すっかり忘れていた。

「ごめん、この後振り込む……」

——他に、無駄な固定費払ってたりしないよね？

言ってから、さっき言われたアキの言葉が頭に響く。どんなに家賃が下がっても、自分は他の人にはない固定費を払い続けている。

最初は、声優として地上波のアニメの仕事をした頃だった。母からお願いの電話がきて、まぁいいか、と思って送ったことが始まりだった。今の暮らしの中で、その積み重ねがいかに大金だったかと思う。

「……あのさ、私が送ったお金って何に使ってる？」

莉子はおそるおそる尋ねた。

「どういうこと？」

「いや、お父さんも定年退職したし、退職金とか年金とかがあるんじゃないかなって思って……」

莉子が言うと、母は深いため息をついた。こんな話をすることさえ、面倒だと言うようなため息だった。

「あのね、それだけでは足りんのよ。莉子がお金を送ってくれんと、お母さんは暮らしていけんの」

「無駄遣いとかしてない？」

莉子は本当に両親の暮らしが、自分のお金がないと暮らしていけないレベルなのだろうかと疑っていた。思えば、急にお金が足りないと言い始めるようになったのも、自分が声優として注目され始めた頃からだった。もしかすると母は、自分がたくさん稼いでいて、言えばいくらでもお金が出てくると思っているのではないだろうか。

「あなたは育てた親への感謝はないん？」

母は石のような硬い声で言った。

「私があなたを育てるのにどれだけ苦労したと思っとるん？　お父さんがお酒飲んであんな言

動をとるようになったんも、あなたが産まれてからなんよね」

冷たい声が莉子の耳に響く。

「子どもとして、これまで育ててくれた親にそれくらいするのが普通じゃろ？」

そんな風に言われると、莉子はもうこれ以上何も言うことはできない。自分が普通じゃないから、今の状況になっているのだ。

「そうだよね。ごめん。この後送るね」

切れた電話の画面が、自分の汗で濡《ぬ》れていた。

自分がどんなに変わろうと思っても、この親の娘であるということは一生変わらない。切り離そうと思っても、生まれ育った家族からは、どうしても逃《のが》れられない。

「どうしたの？　大丈夫？」

部屋に戻ると、アキが立ったまま心配そうな顔でこちらを見ていた。

莉子はその顔を見て、なんだか急に力が抜けてしまった。

「なんでもないんだけど……」

莉子は親にお金を送っていることを、なぜか恥ずかしくてアキに言えなかった。言って、「どうして？」なんて言われるのも怖かった。きっと彼には理解してもらえないだろう。自分と彼は、生まれ育った環境が違うのだから。

莉子はただ、アキの胸に顔を埋《うず》めるように抱きついた。

「ごめん、少しだけこうさせて」

アキの服からは、アキの匂《にお》いがした。アキの匂いとしか言えない愛《いと》しい匂いだ。

「……仕事のこと？」

「違うの」

彼は少しだけ困ったように黙って、背中を撫《な》でてくれた。

「そうだ、一緒にベランダに出ない？　僕も外の景色を見てみたいから」

アキがそう言ったので、莉子は「うん」と言ってもう一度ベランダに出た。

二階の部屋なので景色が良いわけではないが、ベランダからは多摩川の堤防が見え、空も広く見える。

さっきは気がつかなかったが、夕暮れの空はオレンジ色のグラデーションに染まっていた。たなびく雲が赤い光を放っている。空が美しいと思ったのはいつぶりだろうか。

「綺麗《きれい》……」

莉子が呟《つぶや》くと、アキは莉子の手を優しく包み込むように繋《つな》いでくれた。温かい手に触れて、自分の手が冷たくなっていたことを自覚する。

「莉子は、焦《あせ》らなくてもいいよ」

アキは穏《おだ》やかな声で話す。彼の顔はオレンジの光を浴びていて、その温かい色が彼にとても似合っていた。今まで見たアキの中で、一番ぴったりな色だ。きっと彼はオレンジ色の服が似合う。

「前も言ったけど、誰だって得意なことと不得意なことがあるから。莉子の不得意なところは、僕が代わりにしてあげられることもあるかもしれないし」

彼の優しい言葉が莉子には痛い。今の莉子には、二人の体温の違いさえも苦しかった。

ライブハウスツアーがまもなく始まる。このツアーでは、前回のホールツアーで行けなかった県を中心に回ることが決まっていた。

ツアー直前の一週間は、ほぼスタジオと家を往復するだけの日が続く。通しリハーサルは、三軒茶屋《さんげんぢゃや》の商店街をしばらく行ったところにあるスタジオで行われた。

「あれ、アキさん、今日は眼鏡してないんですね」

スタジオに入ってきたアキを見て、美智子《みちこ》が早速気がついた。

「そうなんです。今回眼鏡なしでツアーを回ろうと思うんですが……どう思いますか？」

アキは不安になりながら尋ねた。イメージもあるので、事務所にダメだと言われても仕方ないことだと思っていた。

「いいと思いますよ。眼鏡をかけないといけないルールがあるんでしたか？」

「いえ、ないです」

「それなら、新生・福原亜樹《ふくはらあき》って感じでいいじゃないですか！　次のアー写は眼鏡なしで撮りましょう。眼鏡なくても素敵だと思います」

美智子の言葉にアキはホッとした。その反面、すんなりＯＫが出たので、今まで自分が守ってきたものの小ささに気づかされた気分だった。

楽器の準備をして、リハーサルが始まる。今回は会場が小さいこともあり、サポートメンバーはベース、ドラム、キーボードの三人だけだ。ライブハウスツアーの時は、ホールツアーとは違い、アキと同世代のメンバーで回るようにしている。もちろん祐介《ゆうすけ》もいない。ライブハウスを回る場合は車での移動が増えるため、さすがに大御所《おおごしょ》ミュージシャンたちに狭い車で移動してもらうわけにはいかない。ただ気を遣《つか》わないメンバーで、バンドらしくやりたいというアキの意思もあった。

メンバーが違うと、演奏のグルーヴも大きく変わる。アキは演奏面で考えても、ライブハウスでライブをするには今回のメンバーがベストだと思っていた。みんな上手いだけでなく、演奏が前に前に進んでいく勢いがある。

同世代のサポートメンバーたちも、デビュー当時から一緒にツアーを回っている仲間なので、もう出会ってから五年が経《た》つ。この音楽業界で五年来の仲間というのは、もう随分昔から一緒に音を奏でているような気持ちになるものだ。

今日はまだ通しリハの初日だったが、アキは心地よく音楽に集中できていた。ライブを意識して演奏することで、初めて気づく楽曲の魅力もある。いくつかの楽曲は間奏の尺《しゃく》を伸ばし、リズムパターンを変更するなど、ライブアレンジを施《ほどこ》した。

スタジオの隅《すみ》で椅子《いす》に座ってリハーサルを見ている美智子は、内容についてほとんど口を出さない。特に音楽的なことについては、彼女自身知識があるわけではないので何も言うことがないのだろう。その代わりに、休憩時間に現状のライブのチケットの売れ行きが印刷された紙を、アキに渡して言った。

「まだ厳しい会場もありますね。ただ、ツアーが始まってから後半のチケットが売れていくこともあるので、頑張って売り伸ばしていきましょう」

今の売れ行きの状況をアキに知ってほしいのだろう。「頑張ります」とアキは言った。チケットを売ることがとても大事なことだとわかってはいるが、結局事務所は内容よりも数字に重きを置くのだなと思うと、アキは寂しい気持ちになった。


「あのさ、もしかしてアキって占星術に詳《くわ》しかったりする?」

夕方の休憩時間に、アキが軽食をスタジオの隅で食べていると、バンドメンバーのうっちーが尋ねた。ドラマーの彼はアキと同い年だった。彼は音楽一家の生まれで、母親はバイオリニスト、父親はこの業界で知らない人はいないほど有名な大御所ドラマーである。祐介と一緒に演奏している姿を、何度もライブで観《み》たことがあった。

楽器、特にドラムは、教えてもらった人のフォームやセッティングを往々にして色濃く受け継ぐものだ。うっちーのドラミングは、父親のそれに酷似《こくじ》していた。彼個人の豊かな才能に加え、その音や演奏姿には同い年とは思えない強い説得力がある。アキにとってそれは、自分にはないものとして、出会った頃から羨《うらや》ましく感じていることだった。

「全然詳しくないけど、どうしたの急に?」

「『Like Stars』の歌詞読んでたら、そういうの詳しいのかなって思って。恋人の運命を星に喩《たと》えてたからさ。切なくて、本当に良い曲だよな」

うっちーはいつも、アキの歌詞まで気にして演奏してくれる。そこまで気が回るサポートミユージシャンは珍しいと思う。

「ありがとう。でも書く時は占星術とか……あまり考えたことなかったかな。うっちーは占いとか好きなんだっけ？」

「俺はそうでもないんだけど、ほら、えーこってそういうの好きだろ？　この曲聴いて、そんなこと言ってたんだ」

えーこはうっちーの彼女である。彼女はジャズシンガーで、アキの二年前のツアーの打ち上げに、うっちーが連れてきてくれたことがあった。その時、歌や歌詞について語り合ったことを覚えている。シンガーとして、歌に対する想いを真面目に話してくれた、情熱的な女性だった。それ以来、うっちーが叩《たた》いていないアキのホールのライブにも、二人で一緒に観に来てくれている。

「そう言えば、最近えーこさん会ってないね。また一緒にご飯行こうよ」

「え、いいの？　えーこ、きっと喜ぶと思うよ」

うっちーとえーこの二人は、もう付き合って結構長い。恋人が同じ業界にいるってどんな気持ちなんだろうとアキは想像する。きっと二人ともオープンな性格だから、うまくいっているのだろう。


通しリハーサルは三日間連続で行われた。

何度も同じ曲を演奏し、歌い続けることで体は疲れるが、ライブが徐々に完成されていく感覚は、レコーディングのように作品を作っていくことに近い喜びがある。

リハーサル最終日には、みんなの楽器を車に詰め込んだ。美智子はその車で、明後日《あさって》の本番に向けてこの後東京を出発する。初日は、今回のツアー最南端の鹿児島だった。メンバーは明日の夜に飛行機で移動して、一泊してから本番に臨《のぞ》む。

アキは家に帰ったところで、「リハーサル終わった。明日から鹿児島行くよ」と莉子にメッセージを送った。すると、「行く前に会いたい。あと、お腹空《なかす》いたからそっちに行くね」という変な理由を付けて莉子が来ることになった。

アキが彼女の家に行ったのはまだ引っ越しの日の一日だけだったが、家が近くなったので、こうして気軽に会いやすくなった。何より、アキはすぐに引っ越しを決めた彼女の行動力に驚かされていた。彼女は普通になることへの努力を怠《おこた》らないようで、そういうところも含めてやっぱり変わっていると思う。

莉子はラフなパーカーとデニムでやってきて、家に入るなり「ねぇ、宅配ピザ頼もうよ」と提案をした。

「ピザ食べたいの？」

「うん。今日はLサイズを注文すると半額になるキャンペーンしてるって、会社で聞いたんだ。それから一日、ずっとピザのこと考えてたの」

あの返信はそれが理由だったらしい。アキがスマホで宅配ピザを調べると、確かにそのキャンペーンが行われていた。めったに注文しないので、アキはサイト上のメニューを見て、ピザの種類の多さに驚いた。半分ずつ違う味にもできるようなので、二人はマルゲリータと、バジルソースのシーフードピザを選んで注文した。

「アキは明日から鹿児島なんだねー。どのくらい行くんだっけ？」

ピザが届くのを待っている間、莉子は自分で冷蔵庫に入れていた缶《かん》チューハイを開けて飲み始めた。

「九州を回って、それから四国に行く。八日間は帰ってこないね」

「わぁー旅人だねぇ。楽しそう」

「遊びに行くわけじゃないよ。体調管理も気をつけないといけないし」

「私も、アキが帰ってくる頃にはロンドンに出発だ」

「ロンドン？」

急に何を言い出したのだろう、とアキは思った。

「あれ、言ってなかったっけ？　私、二ヶ月くらいロンドンで暮らしてくるの」

「ん、なにそれ？　どうして？」

あまりに突然の話に、アキは頭が追いつかない。

「ごめん、言ってなかったかも。『John Smith』の本社がロンドンにあるのは知ってるよね？　前話した日本のオリジナル商品を作ることについて、意外と向こうも前向きに考えてくれてる節《ふし》があるの。それで、日本からもスタッフが行って会議とかするんだけど、私も連れていってもらえることになったの」

「それがもうすぐ出発なの？　それも二ヶ月？」

「出発まではあと十日くらいかな。それから二ヶ月。言ったと思ってた」

彼女はさらっと、まるで日常のことのように話した。しかし時差があり、何かあっても簡単に会える距離ではない海外への出張は、アキにとっては大きな変化だ。

「……莉子は英語話せるの？」

「話せるわけないよ。でもなんとかなるでしょ」

普通、話せない人を連れていくものだろうかと疑問が湧《わ》く。

「なんで莉子が選ばれたの？　……なんか騙《だま》されてない？」

莉子はちょっと自慢げに言った。

「なんでって、私が提案してた仕事に関することだからじゃないのかな」

莉子はちょっと自慢げに言った。そう言えば服だけじゃなくて、カルチャーも勉強させてくれるブランドだと言っていた。本当にいい会社なのかもしれない。

「もしかして反対してるの？」

「いや、行くのはいいよ。仕事だし……」

しかし、アキが引っかかっているのはそこではなかった。

「ただ、そんな大事なこと、もっと前から決まってたんだよね？　普通、そういうことって彼氏にすぐ言うものじゃないかなって」

「え、隠してたつもりはなかったんだけど。隠す意味もないし」

莉子は少し困ったような顔で言った。確かに隠す意味などないが、問題はそういうことではない。

「……しばらく会えなくなるけど、寂しいとか思わないの？」

こんなことを尋ねるのも嫌だったが、アキは莉子の気持ちが知りたかった。

莉子は少しの間、何かを考えているようだった。

「ごめん……そうだよね。正直、全然そんなこと思わなかった。しばらく海外行けるの嬉《うれ》しいなって、それしか頭になかった」

アキが何も言えないでいると、莉子はその沈黙を埋めるように続けた。

「でもね、時期は十月と十一月だから、ちょうどアキのツアー中だよね。アキもどうせほとんど東京にいない時期だから、うまくかぶったな、とか、そういうことは思ってたよ。本当だよ。……ごめん」

彼女は申し訳なさそうな表情を浮かべていた。そんな顔をされるとアキは余計に苦しくなる。

「いいよ、謝らないで。莉子の性格知ってるよ。海外だからちょっと心配になっただけ。僕もツアーに集中しなきゃいけないから大丈夫だよ」

アキはできるだけなんでもないように言った。実際に自分たちは、しばらく会えないだけで泣いてしまうような、十代みたいな恋愛ではない。ただ、心配なことは本当だった。そして莉子が少しの間自分と会えなくなることを、ほとんど寂しいと思っていないという事実に、アキはなんだか悲しくなっていた。

「そうだ、もう明日出発だから、トランクの準備しないと」

アキは空気を切り替えるように言って立ち上がった。「手伝うよ」と莉子は言った。

出発は明日の夕方だが、服などは今日のうちに詰め込んでおこうと思った。洗濯用に、小分けされた洗剤もトランクに入れる。ホテルで洗濯することで荷物を減らせるからだ。仕事柄、宿泊は慣れているので、荷物を少なくする術《すべ》も心得ている。

トランクに服を詰めながら、アキはふと思う。自分は色んなことを気にしすぎなのかもしれない。莉子のように、恋人のことを気にせずに行動できるくらいの方が、きっとアーティストらしいのではないだろうか。

「イギリス、行けるの羨ましいな。僕の好きなアーティストもたくさんいるんだ」

「よかったら教えて。聴いてみたい」

「うん」

ちょうどトランクに荷物を詰め終えた時に、インターホンが鳴った。注文したピザが届いたようだった。

受け取ったピザの箱を開くと、部屋中に食欲をそそる匂いが充満した。久しぶりに食べた宅配ピザは美味《おい》しかったのに、二人で食べ切ることはできなかった。


次の日の夜、アキは飛行機に乗って鹿児島へ向かった。

一泊して迎えたツアー初日、鹿児島の天気は快晴だった。海辺の道を歩くと青い空の下で、なだらかな稜線《りょうせん》の桜島《さくらじま》が大きな存在感を持って佇《たたず》んでいた。アキは深呼吸をして、違う土地の空気を吸い込みながら、ツアーの始まりを実感していた。

今ツアーのタイトルは、アルバム「Ignite」をもじって「Ignight」という同じ響きの言葉だった。

「Ig」は否定のニュアンスを持った言葉だ。そこに「night」を付け、みんなの心の中の暗闇《くらやみ》をかき消せるようなツアーにしたいというアキの想いを込めた。

ツアーには音響と、楽器を扱うローディーのスタッフが同行する。いつものライブスタッフだ。アキは昼頃に会場に入り、時間になるとスタッフと一緒にリハーサルを始めた。

前日こそ、莉子のことでライブに集中できるか不安になったアキだったが、ステージの上に立つと、そんな不安は杞憂《きゆう》だったことがわかった。気持ちが今鳴らしている音に一気に集中していく。

リハーサルでは音の響き方を確認することがまず第一の目的だ。それぞれのライブハウスで、残響音の長さはまったく違う。場所によっては余分な低音が回る会場や、歌が思うように抜けてこない会場もある。

自分で演奏している限り、客席の音をリアルタイムで聴くことはできない。ミュージシャンが一生叶《かな》えることのできない願いだ。なのでフロアの音は基本的にスタッフを信頼して任せ、まずステージ上の音を歌いやすい状態に作っていくことが、アキの最優先事項だった。

そしてリハーサルの最後には、その日のライブの一曲目を確認するのが決まりだった。今回のツアーの一曲目は、アルバムの一曲目と同じ「さよならのことば」である。

全《すべ》ての確認を終えた後も、アキはいつも通り楽器を持ってステージに残り、可能な限り長い時間その場の空気に体を馴染《なじ》ませる。そして時間ギリギリになると楽屋に戻り、本番の準備を始めた。ライブハウスの楽屋は一つしかないことが多く、スタッフやバンドメンバーと同じ場所で時間を過ごすことになるが、まわりもアキの性格を知っているので、必要以上に話しかけたりはしない。

本番の三十分前に開場され、お客さんがフロアに入ってくる。

この前美智子から共有された通り、地方公演のチケットの売れ行きは苦戦していた。何箇所か、まだキャパに対して三割ほどしかチケットが売れていない公演もある。しかし今日はツアーの初日ということもあって、幸運にもチケットは完売だった。ステージに立つアキにとって、それはとても嬉しいことだった。満員の会場というのは、それだけでライブが盛り上がるような演出装置だと思う。

本番までの時間が刻一刻と近づいてくる。どれほどリハーサルで熱い演奏をしても、本番のそれには不思議と敵《かな》わない。聴いてくれる人がそこにいることで、音楽というものは新しい意味を持つ。

初日特有の緊張感に包まれながらも、ライブは開演した。アキはステージに立って、一音目のギターを掻《か》き鳴らす。その場にいる全員の緊張感が入り混じった独特の空気に、アキは一瞬気圧《けお》された。一曲目を歌い上げ、二曲目の演奏が始まる。前半、自分でも硬さを感じていたが、時間が進むにつれ、確実に心と体は解《ほぐ》れていった。最初のブロックが終わり、次のブロックに移る。曲を重ねるごとにファンの緊張も解れ、フロアの熱が増していく感覚があった。音の中でアキは「福原亜樹」に成り、ギターを鳴らして言葉を紡《つむ》いだ。「福原亜樹」の歌は青色が似合うとアキは思う。大切なシーンで青い照明に照らされながら、アキはクールな自分を音や声で演出する。スピーカーから大音量のバンドサウンドが響き、アキの歌声にファンは拍手で応《こた》えた。

最終ブロックともなるとその熱は最高潮に至った。鳴らす音が面となってフロアへ流れ込み、ファンを包み込む。最後の音まで集中力を切らさず、アキは演奏した。

約一時間半の本番が終わると、アキはクタクタだった。楽屋に戻り、沈み込むように椅子に体を預《あず》ける。熱狂する人々が放つ目に見えない力はすごい。演者はそれをもろに浴びる。アキはたまに、ライブハウスのライブというものは、ステージとフロアのパワーのぶつかり合いなのではと思うことがある。

お客さんは、この日に大きな期待を抱《いだ》いてやってくる。どんな歌を聴かせてくれるだろうか、どんな曲順でくるのだろうか。単純に、アキに会えるだけで嬉しいという人もいるだろう。様々な感情が入り乱れるフロアを、アキは歌で圧倒する必要がある。飲み込まれては負けなのだ。

もちろんそこには緩急《かんきゅう》が必要だ。まるですぐそばで歌っているような、同じ目線で届ける歌も必要である。しかし最後は、福原亜樹がこの会場を支配しなければならない。アキ自身が様々なライブを観てきて、良いライブとはそういうものだと思っていた。お金を払って、大切な時間を使ってここに来てくれる人を、感動させて帰してあげなければいけない。それが、アキの思うミュージシャンの仕事というものだった。

果たして、今日はどうだっただろうか。アキは今日のライブを振り返るため、セットリストを眺《なが》めながら、一瞬一瞬をつぶさに思い出していた。一つ目のブロックからアンコールの曲まで、ゆっくりと指でなぞっていく。

そこに、同じセットリストを握りしめた美智子が入ってきた。

「アキさん、お疲れ様です！　すっごくいいライブでした！」

彼女の様子はいつもと違った。顔は紅潮《こうちょう》し、表情が活《い》き活きとしているようだった。

「少し曲順のことを話し合わせてもらっても大丈夫ですか？」

「もちろんです」

美智子は前のめりになって、今日のライブを客席から観ていた感想を言い始める。

「最初のブロック、悪くなかったんですが、もう一段階盛り上がれると思ったんですよね。そこを上げておくことで、二ブロック目ももっとスムーズに持っていきやすくなると思うんです。それから……」

美智子はセットリストに沿って改善点などを話していく。その指摘は的確だった。アキが演奏していて感じた小さな引っかかりを、ちゃんと見抜いているようだった。ほとんどのお客さんが気づかないような些細《ささい》なことかもしれないが、ライブはそうした細かな点を改善してこそ最高の瞬間が生まれる。

「僕も思いました。ちょっと曲順を変えてみようと思います。盛り上げるために、昔の定番曲を入れるのもいいかもしれません」

「良さそうですね。明後日の熊本でのリハーサルで実際にやってみましょう。あと……MCについても思ったことがあったんですけど、言っても大丈夫ですか？」

「はい、もちろんです」

　前向きな美智子の姿勢に驚きながらも、アキは頷《うなず》く。熱意を持ってもらえていることが嬉しかった。

「これは個人的な意見かもしれないですが、もう少し長く話してもいいのかなと思います。特に地方のファンの方は、アキさんが話してくれるだけ嬉しいものだと思いますし」

　美智子は持っているセットリストを眺めながら言った。曲の合間のトークは、公演前に決まっている同じ内容に加え、その日感じたことやご当地ネタを話すことにしていた。地元の話をしてもらえると誰だって嬉しいものだ。アキも高校生の頃に観に行ったライブで、アーティストが自分の知っている地名を出して話してくれたのがすごく嬉しかったことを覚えている。

　しかし「福原亜樹」としては、あまりにくだけたことは言わない方がいいだろうと思い、アキはできるだけ短い時間で済ませようとしていた。

「音楽で伝えるのは当たり前ですけど、そこに至るまでのストーリーを言葉でちゃんと伝えることも、ライブでは必要なことだと思います。例えば二つ目のMCで、今ツアーを回っている意義など、アキさんの口からもっと説明があってもいいと思いました」

「なるほど……いいかもしれませんね」

　MCはライブの流れを作る大切な時間だ。たかがMCと侮《あなど》ってはいけない。美智子のアドバイスにアキは同意見だった。

　彼女が握りしめていたセットリストの紙には、他にもメモがびっしり書いてあった。ライブを観て、ステージに立っているアキには気づけないところまで、しっかり改善点を書いてくれている。

「スタジオでリハーサルを見ていた時はこれでいいなと思ってたんですけど、やっぱり本番を観ると違いますね。もっと良くなりそうです」

彼女が指摘してくれた部分は、集中して観ていないと気づかないようなところばかりだった。あまり興味がないのだろうかと思っていたが、美智子はリハーサルもちゃんと見ていてくれたみたいだった。

（なんか……これまでと違う？）

アキは彼女にこんな一面があるのを初めて知った気がした。

スタッフとバンドメンバーが楽器を片付けている間、アキと美智子はライブを良くするための話し合いを続けた。


打ち上げでは、みんなで黒豚のしゃぶしゃぶを食べられる店に行った。鹿児島に来た多くのアーティストが行く定番の店があるらしい。それぞれの地域でグルメを楽しめるのも、ツアーの醍醐《だいごみ》味の一つである。

座敷の席にみんなで上がり、注文すると、すごい量の赤い豚肉が運ばれてきた。アキもバンドメンバーもツアースタッフも、一気にテンションが上がる。やはり肉の力はすごい。豚肉を次々と煮立った出汁《だし》につけ、美味しい鹿児島の味を堪能《たんのう》する。それから、自然と今日のライブの反省を話し合う形になった。

バンドメンバー同士でも、ここは動きを合わせた方がいいのではないかなど、意見を出し合ったりしている。音響と楽器のスタッフとは細かい音の調整の話になっていた。

「もう少しだけ、スネアのピッチが上がると、抜けが良くなるかもしれないです。特に後半ブロックですね」

「今日後半でちょっとピッチ下がっちゃったんですよね、ごめんなさい。途中で上げればよかった」

「あと、アキくんのエレアコの音も、アンプでちょっと低音出しすぎたかもしれません。これは今日の会場のせいかもしれないですが」

「言われてみれば、確かにそうでしたね。明後日調節してみましょう」

明日熊本へ移動して、明後日がまた本番日である。

美智子はSNSで、「福原亜樹」で熱心に検索をしているようだった。

「投稿してくれてる人たちの感想を見ると、ライブの評判良さそうですね。眼鏡のないアキくんイケメンって書いてる人もいますよ」

美智子は笑いながら言った。

「あー、俺も思う。隔《へだ》たりがない感じ。見慣れたら、ない方が絶対いいなって思う」

うっちーまで褒《ほ》めてくれた。ありがとう、とアキは言いながらも、まさか莉子の直感がこんなにも評判がいいとは、と驚いていた。

明日は移動があるため、打ち上げは早めの時間に終わった。満たされたお腹でみんなでホテルに戻り、ロビーで美智子に明日の集合時間を告げられてから、それぞれの部屋に戻っていく。アキはまずゆっくりお風呂に浸《つ》かって、疲れた体を解した。

お風呂から上がってスマホを見ると、美智子から連絡がきていた。

「お疲れのところすみません。少し伝えたいことがあるので、大丈夫なタイミングでロビーに降りて来ていただけませんか？」

なんだか珍しい雰囲気の内容だった。

「わかりました。十分後に行きますね」

気を遣うような相手ではないが、いつもと違う感じに少しだけ緊張する。アキは急いで支度《したく》をして、スウェットでロビーに降りた。もう夜も遅いのでロビーはガランとしていて薄暗い。

フロント前のソファに、美智子が座っていた。

「すみません夜遅くに」

アキに気づいて、美智子は立ち上がって申し訳なさそうに言った。

「いえいえ、どうしたんですか？」

言いながら、アキは向かいのソファに座った。

「部屋に戻って、今日のライブのこと考えてたんです。そしたら、色々思い出してしまって。どうしても今伝えないと、と思ったんです」

美智子は座りながら、真剣な顔をして言った。

「私がアキさんの担当になってからまだ一年も経っていません。経験の浅い私が言っても説得力がないかもしれませんが、福原亜樹の音楽は、本当に素晴らしいと思います。たくさんの人に届いて然《しか》るべきものだと思っています。今日のライブを観て、さらに確信しました」

美智子は一呼吸おいてから続ける。

「『Ignite』が二十一位だったのは、素晴らしいと思う反面、マネージャーとしてとても悔《くや》しく思っています。今日のライブも反省会をした通り、まだまだ伸びしろがありますが、初日としてとても良いものだったと思います。私はただの会社員かもしれませんが、仕事としてだけでなく、本当に、心からアキさんの力になりたいと思っています。しっかりサポートしていけるように全力で頑張りますので、このツアー、最後までよろしくお願いします」

美智子は長い言葉を一息で言った。まるで伝えるために練習してきたみたいだった。

アキは、こんな風に彼女が自分のことを考えてくれていることを知らなかった。むしろ、どうせライブの内容になんて関心がないと思っていたくらいだ。こんな風に思ってくれる人がマネージャーとして近くにいてくれるのは、とても心強いことだった。

「いえ……こちらこそ、今日はアドバイスいただけて本当に助かりました。美智子さんにそんな風に考えてもらえてるなんて知って、さらに頑張ろうって思います。これからもよろしくお願いします」

アキがお辞儀をすると、美智子もお辞儀をした。

「いやー、でも、深夜に変な連絡がきてたんで、何かと思いましたよ。ちょっと怖かったです」

「えっ、すみません！　怖がらせてしまって……。っていうか私、怖いんですか？」

二人の笑い声がロビーに響いた。とても平和な夜だった。

アキは部屋に戻ってから、今日の話をしようと莉子に電話をした。打ち上げでもお酒は飲んでいなかったが、とても晴れやかな気分だった。

「お疲れ様ー。今日どうだった?」

彼女も機嫌よく、こちらの様子を訊《き》いてくる。

「反省点はあったけど、初日にしてはすごくいい感じだった。肩の荷が下りた気分」

「よかったね。でもまだ初日でしょ?」

「初日が一番緊張するんだ。新曲にどんなリアクションがくるのか、なかなか想像つかないし」

「そういうものなんだね」

「うん。あと、やっぱり音楽の力ってすごいなって思ってる。こうやってライブすると、より実感する。自分はこの力にたくさん助けてもらったから、自分のライブが誰かの力になれたらすごく嬉しいんだ」

アキはライブや打ち上げの後で興奮していることもあって、いつもよりも流暢《りゅうちょう》に言葉が出てくる。電話の向こうで、莉子は相槌《あいづち》を打って聞いてくれていた。

「……これからアキと八日間くらい会えないの、さみしーなー」

莉子が不意に、珍しいことを言った。

「本当に思ってる?」

「思ってるよー。そういう時期だってあるよ」

なかなか可愛い。いつもこうならいいのに、とアキは思う。莉子への愛しさが急にこみ上げてくる。

「ロンドンに行く前にもう一回会えそうだから、ちゃんとチャージしとこうね」

アキはこれから九州を回り、四国の二箇所でライブをしてから東京へ戻る。

それから、入れ違いになるように莉子はロンドンへ行く。

寂しいことだったが、アキは今それ以上に、ライブでアルバムの音を伝えられることに、ただワクワクしていた。

今日の手応えは確かにあった。それも、自分だけの手応えではない。美智子もあんなに褒めてくれた。

まだまだ、自分は変わっていける。もっと成り切ることができる。

満たされた心で、今夜はぐっすり眠れそうだった。


地方を回ってアキが東京に一度帰って来たのは、莉子がロンドンへ旅立つ直前だった。アキも余裕のないスケジュールだったが、前日の夜は莉子の家で一緒に過ごす時間が取れた。

莉子はなぜか出発の前日という慌ただしい日に、珍しく、本当に珍しく料理をした。行きつけのバーの人に教えてもらったというレシピで、オムライスを作り始めたのだ。旅立つ前に何かをしてあげたいと莉子が思ったのだろうと、アキは良いように解釈した。

しかし彼女の手際は決して良くなかったし、卵を焼くことさえ苦労していた。アキはキッチンに立って、横で卵をとくなどをして見守っていた。

「味は美味しいと思うんだけど……」

卵が破けたイマイチな見た目のオムライスを皿にのせながら、莉子は不安そうに言った。アキも不安に思いながら食べてみる。すると彼女の言う通り、見た目に反して味はとても美味しかった。隠し味に醬油《しょうゆ》とオイスターソースを入れたらしく、コクがあって初心者が作ったとは思えないオムライスだった。「え、これ普通に美味しい」とアキは驚いて言った。ただ褒めたつもりだったが、「普通ってどういう意味？」と莉子は変なところに引っかかっていた。

二人でオムライスを食べながら、アキはツアー先であった面白かったことや、ライブの手応えを莉子に話した。

「いいなぁ。私も九州や四国、行ってみたい。美味しいもの食べたい」

「莉子は明日からもっと遠い場所に行くんでしょ」

「うん。だけどやっぱり海外に行くなんて、まだ全然実感湧《わ》かない」

確かにアキもまだ、彼女が明日も日本にいるような気がしていた。

食事が終わってから、二人で食器を洗い、冷蔵庫の中の賞味期限が近い食材をまとめて整理した。使えるものはアキが持って帰ることになった。

莉子はまだ荷造りが済んでいないみたいで、一緒に確認してほしいと言った。アキは人生で触《さわ》ったトランクの中で最も大きくて派手な蛍光色《けいこう》のトランクに、彼女がまだ入れていなかった衣服を詰めるのを手伝った。大きなトランクでも閉じることができないほど荷物はパンパンで、その原因は、底に意外なものが入っていたからだ。

「ねぇ、何これ」

トランクの底に詰め込まれていたのは、レンジで温めるご飯のパックだ。

「ご飯だけど」

「見たらわかるよ。なんでこんなの持っていくの？　しかも大量に」

「あのね、食べ物は大事なの」

「それはそうだけど、他のものが入らなくなってるよ」

「でも、一番大事なものだから」

アキは彼女を説得してご飯のパックを取り出すのに、十五分費やした。結局、彼女は四パックだけ持っていくことで妥協した。

他にも必要のないものが多そうだったが、なんとか無事トランクは閉まった。

莉子はコンセントの変換器がいることさえ知らなかったようで、アキがそれを指摘するとわかりやすく狼狽《うろた》えた。向こうでは会社の関係者が用意したフラットで暮らす予定らしく、もしかすると日本人用に変換器などは置いているかもしれない。しかしないと困るものなので、この型を空港で買うようにと、アキは画像を見せながら指示した。

「ほんと、しっかりしてるよね。ミュージシャンとは思えない」

「莉子がしっかりしてなさすぎるんだよ。会社員なんでしょ」

職業は関係ないけど、と思いながらアキは言う。

「会社員だけど……。アキはいいよね……」

いつも以上に恨《うら》めしそうに言う莉子が気にかかったが、アキはとりあえずトランクを玄関まで運んだ。

それから莉子が明日着ていく服の確認をしている間、アキが散らかった床に座っていると、すぐそばに小さな手帳が開かれたまま落ちているのを見つけた。何気なくそれを手に取ると、そこには大きく「やめるべきことリスト」と書かれていた。その下にいくつもの項目が、綺麗とは言えない字で書きなぐられている。「思ったことをすぐ口にする」「脱いだ服をそのままにする」「酔ってシャワーを浴びずに寝る」「猫を拾ってこない」……。

「何見てるの！」

こちらに気づいた莉子は、素早くアキの手から手帳を取り上げた。

「勝手に見ないでよ！」

「ごめん。落ちてて、開いてたから」

「最悪……読んだ？」

「少しだけ。でもよくわからなかった」

「よくわからなかったって何？」

「莉子には、こんなの必要ないんじゃないかなって」

アキは励《はげ》ますつもりでそう言った。しかし莉子は、肩を落として深いため息をついた。

「……アキは何もわかってない」

彼女は眉《まゆ》の間に失望の色を浮かべた。

「わかってない……？」

「そう。アキはこれまでに、本当の意味で失敗とか挫折《ざせつ》とかしたことないんだよね。だからわからないいんだよ」

莉子はまるで、いらないものを投げつけるみたいな口調で言った。

「そんなことないよ。僕だって、結果を出さなきゃいけない世界で必死に頑張ってる」

「そうだね。でも悩んでるみたいだけど、割とうまくいってるでしょ。頭がいいから、私みたいに失敗なんてしてこなかった。挫折もしないように、保険をかけて生きてる。がむしゃらに何かをしたことがないんだよ。恵まれてる状況の中で、贅沢《ぜいたく》に悩んでるだけ」

「そんなこと……」

ない、とアキはもう一度否定しようとしたが、言葉が出てこなかった。傍《はた》から見れば、自分はそう見えているのかもしれないと初めて思った。今も自分は思い通りにいかない状況で未来への不安を抱《かか》えているが、それは莉子の言う失敗や挫折とはまた違う。本当にどうにもならない状況にはなっていない。

アキは考えながらしばらく黙っていた。居心地の悪い沈黙が部屋を包んでいた。

「家族の環境だって恵まれてる。……アキは私みたいに親にお金を送る必要もない」

「……親にお金、送ってるの？」

「もう何年も。アキに言われた通りに家賃は減らせたけど、私はそれ以外にも固定費がかかってる。そんな暮らし、きっとアキには想像もつかないよね？」

アキは何も言い返すことができない。簡単に、莉子のことをわかったように励ましたことを反省した。だけど謝るのも莉子を傷つけるような気がして、ただ黙っていることしかできなかった。そんな時間が、まるで何分も続いたように感じた。

しばらくすると莉子が口を開いた。

「……ごめん。手帳、私が置いてたのも悪かった。これについては忘れて。話はおしまい」

莉子は落ち着いた様子でそう言った。クローゼットを開けて、その中に手帳をしまう。

それから彼女はわざと空気を切り替えるように、ロンドンの観光地の話をし始めた。ビッグ・ベンやロンドン・アイ、たくさんある美術館のことなど。莉子は変な空気を引きずらない。そういうのが上手い。だからしばらくの間会えなくなる前の最後の夜が、喧嘩《けんか》をして終わるという危機は避けることができた。

次の日の朝、アキは渋谷《しぶや》駅まで一緒に電車で行って、莉子のパスポートを確認してから別れた。

「行ってきます」

彼女は笑顔でそう言って、ロンドンへと旅立っていった。

彼女がロンドンに行くことについて、アキも不思議なくらい寂しさを感じていなかった。自分もやらなければいけないことが多く、特に今はライブハウスツアーのことで頭がいっぱいだったからだ。

ただ、莉子が手帳に書いていたあのリストと、彼女に言われたことはずっと頭に残っていた。確かに自分は、デビューのきっかけも含め、できるだけリスクが少ない道を選んで歩いてきた。自分ではそういう生き方が当たり前だと思っていたけれど、その結果が、どこか物足りない今の状況なのかもしれない。

全国で秋が深まる頃、ツアーは中盤戦を迎えていた。栃木、茨城、埼玉と関東近郊を回り一度東京に戻る。そして次は北海道から始まり、東北を回って東京に戻ってくる行程だった。

ファイナルの東京公演は収録が入り、公演の一部が次にリリースするCDの特典DVDとなる予定だった。そしてそのDVDには、各地の観光地をアキが歩いているドキュメントムービーも付ける予定だった。なのでマネージャー兼カメラマンとなった美智子が、常に小さなカメラを持ってアキを追いかけていた。

北海道では札幌市内から車で行ける場所に温泉があるとイベンターの人に聞いたので、スタッフとともにそこを訪れた。豊平峡《ほうへいきょう》温泉という温泉だった。数日前には一度雪が降ったらしく、積雪した温泉の景色は風情があった。寒い場所での露天風呂は格別で、顔が冷えるせいか、いつまでもお湯に浸かっていられる。美智子以外は全員男のチームなので、男たちは普段機会のない裸の付き合いをしたことで仲が深まった気がした。東京では、仕事終わりにみんなでお風呂に行こうという話になることはまずないので、ツアーらしい特別な時間だった。

そして東北、岩手では、全員で仲良くわんこ蕎麦《そば》に挑戦した。次の日が本番日なので無理はしないようにと思っていたが、どうやら百杯を超えると記念品がもらえるらしい。アキは柄にもなく熱心に取り組み、ちょうど百杯の記録を叩き出した。もらった絵馬《えま》のような記念札には、アキの食べた百という数字が記入されている。カメラを回している美智子はずっと笑っていて、アキがひたすら蕎麦を食べ続けるシューールな映像が撮れたと喜んでいた。

ツアー中は体調を崩すわけにはいかない。コンディションを保つためにアキはお酒は一切飲まず、できるだけ睡眠を長く取り、移動中も必ず加湿できるマスクをつけていた。

そんな性格のアキなので、これまでなら撮影の仕事だと言われても、こうしたアクティブなことは断ってきたはずだった。大抵移動日などで時間のある日も、ホテルにこもって練習や曲作りに時間を費やしていたのだ。

ただ今回は、仲間との時間も大切にして、ライブ以外の時間も楽しみたいと思えるくらい心に余裕があった。どうしてなのか自分でもわからない。こんな風にラフな気持ちでツアーを回れているのが不思議だった。本番前の時間も、初日こそはピリピリしていたが、今はみんなと話しながら過ごすことができている。

(……莉子の影響だろうか)

ふとアキはそう思った。

彼女との関係は、楽しいことだけではない。つい最近も、突然ロンドンに行くと言い出したり、今のアキの状況について歯に衣着《きぬ》せぬ言葉で指摘されたり、アキにとって辛《つら》い時間もある。

しかし、彼女と出会っていなければ、こんな感覚でツアーができたかというと、やはりできなかった気がする。アキは自分が、自然と彼女の生き方に影響を受けてきているのだと思った。

(……自由の翼、ほんの少しだけ、分けてもらえてるのかな)

彼女は今、ロンドンで暮らし始めている。アキがツアー先にいる間も、度々《たびたび》彼女からの連絡はきていた。

［やっぱり、こっちのデザイナーのセンスはすごいよ。思い切りがある］

服が好きな莉子にはたまらない環境だろう。ロンドンでは多くの美術館や博物館が無料で開放されている。芸術と触れ合う機会が日本よりずっと多いので、直感で生きるタイプの彼女の肌に合うのだろう。

しかしそんなポジティブな報告は、時間が経つにつれて減っていった。

彼女は言葉はもちろん、文化の違いや慣れない環境での暮らしに四苦八苦しているようだった。しばらくすると、感動のラインと愚痴《ぐち》のラインが、週に一度くらいのペースで交互に送られてきた。

［この前観光っぽいことしたよ。ロンドン・アイに乗ってきた］

ある時そんな報告をくれた。ロンドン・アイはテムズ川沿いにある、ロンドンのランドマークの一つとなっている大観覧車である。近くにある時計台、ビッグ・ベンも美しい。

一緒に送られてきた写真は、実際に乗っている写真を誰かに撮ってもらったものだった。

（誰と乗ったんだろう……）

ふと、そんな気持ちにさせられる写真だった。

［綺麗だね！　いいなー。誰と行ったの？］

と文章を打って、そこで送るのを躊躇《ためら》った。

こんなことを一々《いちいち》気にしていたら、多分この先もたないだろうと、アキは冷静に思ったのだった。だから最後の一行を消して、［綺麗だね！　いいなー。またゆっくり話聞かせて］と打って送信した。

また明日からもツアーは続いていくのだ。音楽に集中して、一回一回最高のライブを届けなければならない。ツアーの中で自分にとっては何回もある本番だが、来てくれるほとんどの人にとっては、その一回だけの機会なのだから。

莉子とは何度か通話する時間を取ろうとしたが、時差があるのでなかなか時間が合わなかった。普段は九時間の時差がある東京とロンドンだが、十月末までは、サマータイムの関係で八時間の時差となっている。いずれにせよ、どちらかが夜ゆっくりしている時間は、相手にとって早朝だったり、昼の仕事をしていたりする時間なのだ。

彼女は研修という名目で、様々な場所に連れていってもらっているようだった。

違う場所で、違う時間の流れを生きている。自分がこんな変わった恋愛をしていることに、アキは未《いま》だに不思議な気分になるのだった。


十一月になり、長かったツアーは後半戦に差し掛かった。残るは金沢、福井と回り、少し間が空いて、最後に大阪と東京にあるZeppの会場を回ることになっている。

ずっと歌い続けてきたアルバムの新曲たちは、もうすっかりアキにとって慣れ親しんだものになっていた。それと同時に、アキは自分の歌に持っている印象が、自分の中で少しずつ変わってきているのを感じていた。

曲が育つ、と言うと不思議なものだが、それ以外に言いようがない。曲はたくさんの歓声と拍手を栄養に、すくすくと大きく成長していく。そしてその曲だけが持つ色の花を咲かせる。ツアーが始まるまでは想像もつかなかったほどに「Ignite」の曲は力を持っていた。特に一曲目の「さよならのことば」は目覚ましく成長していた。イントロが流れた瞬間、一気にフロアの熱気が高まるのがわかる。

〈さよならのことばで　今日までの記憶も
涙とともに　流れていくはずさ〉

このサビには続きがある。

〈振り返らないでいよう　二人はそこにいない
涙のキスして　夏に終わりを〉

主題歌となった映画の映像を観て、そこからインスピレーションを受けて書いた歌だった。打ち込みの音が混じった無機質なサウンドも相まって、この歌詞の主人公はクールなキャラクターだ。クールな「福原亜樹」が歌うものとして、世界観が合致していた。普段のアキとは似ても似つかないキャラクターだが、アキは何度も歌い、解釈を続けていくうちに、今はこの歌の男女に自分と莉子を当てはめて歌っていた。
〈だからこの歌も、歌詞も、全部嘘《うそ》じゃない〉

根本から変わるとは、こういう意味だったのかもしれない。アキは、ツアーを通して新しい自分になれたような気持ちだった。

アルバムの初週の売り上げはあまり芳《かんば》しくなかった。だけど歌と一つになって成長した自分なら、ここからさらに上のステージに行ける。ツアーの終盤に、アキはそんな自信を取り戻すことができていた。


なんとかなるだろうと、莉子は思っていた。思っていたのに。

「もうすぐ二週間だけど、慣れた？」

シェアハウスの一階のリビングで木村《きむら》にそう尋ねられて、莉子は答えに窮《きゅう》した。ロンドンで暮らし始めて二週目にして、正直もう日本に帰りたくなっていた。

異国の地が、何もかも新鮮で楽しいと思ったのは最初の数日だけだった。観光ならまだしも、「暮らす」ということになるとまた事情は違ってくる。どんよりした空の色、微妙な味付けの食事、間違えやすい地下鉄の乗り換え、飛び交う英語、うるさい同居人たち。暮らしの中で登場するそれらは、徐々に莉子を疲弊《ひへい》させた。英語が話せない莉子には、ファストフード店で食べ物を注文するのも一苦労なのだ。こちらの意思が全然伝わらない。英語恐怖症とも呼べるものが、莉子の中で芽生《めば》え始めていた。

勉強も少しはしてきたつもりだったけれど、甘かった。動画を観て聴く練習はしてきたが、話すことはずっとハードルが高かった。こっちに来た今、少しでも単語を覚えるなどの勉強をしようと思うが、どうも集中できない。そもそも長い時間机に座って勉強するなど、学生の頃からできた試しがなかった。

莉子が宿泊していたのは、チョークファームというロンドンの中心部から少し北側の街だった。木村が出張の時にいつも泊まっている「John Smith」の社員が借りている家に、さらに一つ空き部屋があるということで、そこで二ヶ月過ごすことになった。一つの大きな家をシェアして住むというのは、ロンドンでは当たり前のことらしい。木村はこちらでのそんな暮らしに慣れている様子だった。

今二人がいるのは共用のリビングスペースで、二階建てのこのハウスは他に部屋が六つある。そのうちの二つを莉子と木村が、もう一つをイギリスの「John Smith」の社員が、その他の三つの部屋には知らない人が住んでいた。他の人も全員イギリス人だと思っていたが、どうやらそうではないようだ。今日の朝、リビングに見たことのない金髪の男が立っていたので、とりあえず挨拶《あいさつ》すると、一方的に英語でまくしたてられた。莉子が聞き取れた断片的な英語では、どうやら彼はスペイン人らしく、もう五年もロンドンに住んでいると言っていた。こうしてよくわからない人が同じ家に住んでいるというのも、莉子にとってストレスだった。

「慣れてきましたが……やっぱり言葉がわからなくて戸惑《とまど》っています。あと、みんな足音がうるさいです」

家の中にいても、なかなか落ち着くことができない。だからと言って外に出かけると、莉子の雰囲気や服装が観光客らしいからなのか、度々知らない人に話しかけられて怖い思いをした。

「おー、莉子ちゃんにも意外と繊細なところがあったんだね。確かにここには日本人的な気遣いはないよね」

木村は何が可笑《おか》しいのか、楽しそうに笑っている。

「まぁ、今回は研修みたいなものだから、あまり気負わずに過ごせばいいよ。心配しなくても通訳は俺《おれ》が全部するし、せっかくだから色々勉強して帰ってほしいな」

実際にロンドンでの暮らしの中で頼れる人は木村だけだった。莉子はこの二週間、通訳をしてくれる木村のそばを可能な限り離れないようにして過ごした。彼のいない時に誰かに話しかけられると、言葉が通じないことで相手をがっかりさせてしまう。莉子は何度も気まずい思いをした。

「まだ半月だけど、本社の人も莉子ちゃんのことを面白がってくれてるね。こっちでは意見を主張できる人の方が好まれるんだ。通訳を通してでも、意見ははっきり言えないと海外では通用しない。やっぱり莉子ちゃんを連れてきて正解だったと思う」

「……ともかく、みんなフレンドリーなのは嬉しかったです」

莉子は自分の悩んでいる短所が評価されるのは変な気持ちだった。

ロンドンの本社は、最寄り駅から地下鉄で二十分ほどの、コベントガーデン駅の近くにあった。綺麗なオフィスというよりは、どちらかといえば歴史を感じる古い建物だった。イギリスでは新しいものよりも、古くからあるものの方が逆に価値が高くなるらしい。本社の人たちもその古い建物にオフィスを構えていることを、誇りに思っているらしかった。

日本人向けに作る新しい服についての会議の中で、デザインや生地についての意見を、木村が本社のスタッフに伝えていく。莉子はとにかく仕事を見て学ぶという意識で、木村が話すことを聞いていた。英語でのやり取りなので断片的にしかわからないが、クリエイティブな意見が飛び交っていた。

日本での莉子の仕事は服の管理が多くの割合を占めていたが、こうしたクリエイティブな場所にいることで、莉子の中でデザイナーになるという夢が再燃し始めていた。時折イギリス人の社員が、興味本位で莉子に意見を求めてくることがあったが、莉子は木村の通訳を通し、自分の知識と感性を元に嬉々《きき》として意見を話した。もともと意見をはっきり言うのは得意なので、日本語で言う分には苦労しなかった。海外のスタッフたちは莉子の意見を柔軟に受け止め、デザイナーがスケッチを始める。

「本当は通訳を通さず、自分で言えるといいんですが……」

「そうだね。大変だけど、また来たいなら英語も頑張らないと」

あんなにレベルの高いやり取りを見ていると、莉子ももっと参加したい、と思う。だけど今の莉子は「また来たい」よりも正直「早く帰りたい」の方が大きかった。

「ロンドンに来るのは初めてって言ってたよね？」

「そうです」

「なら、観光らしいこともしようか。興味ある？」

「あります」

「じゃあ今度ビッグ・ベンを観に行こう。あの辺りは観光名所が集まってるし。興味があればロンドン・アイにも乗ればいい」

「あ、そこ知ってます。来る前に調べたサイトに載ってました。乗ってみたいです」

「それなら今週末に連れていってあげるよ」

「え、本当ですか？」

観光。英語の話せる木村と一緒なら、安心して出かけられそうである。人気のスポットを観てロンドンの良いところを知れば、ここでの暮らしも楽しくなるかもしれない。

莉子はスマホで時間を確認した。日本は今、朝だろうか。アキからはしばらく連絡が来ていなかった。おそらくツアー中で忙しいのだろう。今音楽に集中するべき彼に、莉子も自分からあまり連絡を送らないようにしていた。


土曜日、木村に丸一日ロンドン観光へ連れていってもらうことになった。

「効率よく回れるプランを考えてきたんだ」

彼はチョークファームから南へと向かうキャブの中で、一日の予定を話し出した。

「まず今日は珍しく天気がいいから、どこかテラスのあるところでランチにしよう。トッテナムコートロードの近くに、美味しいとは言えないけれど、ましなフィッシュアンドチップスを出す店がある。そこに行って、それからテートモダンに連れていってあげよう。現代美術館だよ。莉子ちゃんに見ておいてほしい作品がたくさんある」

窓の外を眺め、慣れた仕草《しぐさ》で肘《ひじ》をドアに預けながら木村は続けた。太陽の光が、彼の顔の半分に影を作っている。街の景色に溶け込んだ姿は、とても洗練されて見えた。

「ミレニアムブリッジも初めてなら楽しいだろう。ビッグ・ベンは日が暮れてから行くことにしようか。ロンドン・アイに乗るなら、その方がきっと景色もいい。俺も若い頃に乗ったきり覚えてないから、ちょっと楽しみなんだ」

木村は窓の外を見つめたまま、口元に微笑を浮かべて言った。

「この仕事に就《つ》く前も、ロンドンに来てたんですか？」

「そうだね、留学でも来たし、旅行でも来た。カルチャーという側面からイギリスを見ると、本当に飽きることなく過ごすことができるんだ。『John Smith』では服だけじゃなくて、色んなことに興味を持つことが大切だと考えている。例えば今乗っているタクシー、イギリスではブラックキャブと呼ぶけれど、免許の取得は世界一難しいと言われている」

「え、そうなんですか？」

莉子は思わず運転手の方を見る。日本語の会話なので、当然彼はこちらが何を話しているのかはわからない。

「本当にたくさん勉強して、ロンドン中の全ての道や建物を把握しないと資格が取れないんだ。だから彼らに建物の名前を言うと、それだけで必ずそこまで連れていってくれる。みんなに尊敬される仕事なんだよ。こんな風に、些細なことでもこの国の文化を知ると面白くなるでしょ？　そういう理解が、またファッションにも不思議な形で生きてくる」

莉子は彼の言っていることを、少しだけ理解できる気がした。

「莉子ちゃんのように、違う世界から来た人だからこそある発想を、是非伸ばしてほしいな。アニメ、声優は日本のポップカルチャーだからね」

「そんなことができればいいいんですけど……」

莉子が自信のない調子で言うと、木村はこちらに視線を移し、安心させるように微笑《ほほえ》んだ。優しい表情だった。

その日、木村は何から何まで手際が良かった。移動、食事、文化の解説まで、完璧《かんぺき》にしてくれた。莉子にとって初の観光の時間は、するすると指の隙間《すきま》を川の水が通り過ぎていくように、心地よく流れていった。

日が暮れてからロンドン・アイまで来ると、彼は事前にチケットを入手してくれていて、すんなりと乗ることができた。その観覧車は二十五人が定員ということで、ゴンドラの中には様々な国から来た観光客が乗っていた。観覧車が動き出してから、どこかで最近似た光景を見たような気がした。そしてすぐに、それが横浜のものだと思い出した。そばにいる木村と目が合うと、莉子は急に後ろめたさを感じ、外の夜景に目をやった。

アキにはロンドンに行く前に、酷《ひど》いことを言ってしまった。あの手帳を見られて気が動転していたこともある。

――莉子には、こんなの必要ないんじゃないかなって。

彼はそう言った。きっと優しく励ますつもりだったのだと今ならわかるが、莉子はその言葉に、やっぱり自分と彼は違う世界の人なんだと改めて思ったのだった。育った環境も、今の状況も、性格も、何もかもが違う。

「莉子ちゃんは、ロンドンの研修を快諾してくれたけれど、日本に彼氏はいないのかい？」

木村が、まるでこちらの心が見えているようなタイミングで言った。

「彼氏……」

一瞬迷った理由は、いると言うことで木村をがっかりさせたくない気がしたからだった。なぜそんな風に思ったのか、自分でもわからない。だけど莉子はすぐに、アキに対して誠実でいたいと思い直した。

「います」と莉子が言うよりも早く、木村が言った。

「莉子ちゃん、ロンドンにいる間は俺のことを頼ってくれていいから。莉子ちゃんは以前、このブランドで働けて幸せだって言ってたよね。そういう人を本当に大切にしたいと思ってる」

随分前に莉子が言った言葉を彼は覚えているようだった。木村は薄暗いゴンドラの中で、余裕のある大人の表情をしていた。

「俺だってちゃんとわかっているつもりだよ。莉子ちゃんが嫌がるようなことはしない。ただ、莉子ちゃんのためになることは、できる限りしたいって思ってる」

「……ありがとうございます」

莉子はそんな彼の言葉に、嫌な気はしなかった。

それから二人はしばらく無言で夜景を見下ろしていた。さっき地上から見たビッグ・ベンが、ロンドンの街並みの中で一際《ひときわ》輝いて見えた。莉子は思い出したようにスマホを取り出して、カメラのレンズを向けた。今日はたくさん新しい景色を見てきたはずなのに、今までずっと写真を撮るのを忘れていた。

「莉子ちゃんも一緒に撮ってあげるよ」

「ありがとうございます」

莉子は木村にスマホを渡して、ビッグ・ベンと一緒に撮ってもらった。あれが『ピーター・パン』に登場した時計台だと木村に教えられて、莉子はそこで初めてそうだと気がついた。一気にロンドンの景色に親しみが湧いた。

それからまたキャブで家の近くまで帰ってくると、カムデンにある木村のおすすめのパブに入った。イギリスの人たちは、みんなパブでビールを飲む文化があるらしい。莉子は普段ビールは飲まないが、雰囲気を楽しむためにもワンパイントのビールを飲んだ。

家に帰ってからも、もう少し飲もうかと木村に誘われ、二人はリビングで長い時間お酒を飲みながら話した。ここではビールではなく、スコッチウイスキーのハイボールを木村が用意してくれた。

「楽しいでしょう。僕はね、この街に救われたと思っているんだ」

木村は飲みながら話し出した。孤独だった学生時代に、この街から生まれてきた音楽やファッション、アートに心を動かされ、それが生きる糧《かて》になった。自分の世界に灯《あか》りが灯《とも》ったような気持ちだった。それから大人になって、憧《あこが》れていたブランドで働けている今、とても幸せなのだと言った。

普段なら、どこにでもあるような話だと冷めた気持ちで聞いていたかもしれない。だけどこの街で彼の実体験を聞くことは、確かな説得力があった。

一方で今、莉子は突然知らない街で一人ぼっちになってしまったような寂しさを感じていた。初めての海外での暮らし。これまでの生活からキッパリと切り離された世界。元の世界と繋がりがあるのは、木村だけだ。

木村の話を聞きながら、体にウイスキーの強いアルコールが巡るのを感じていた。

「なんで泣いてるの？」

木村が言って、莉子は自分が涙を流しているのに気がついた。

「いや、なんか、安心しちゃったみたいで……」

酔っていることもあるが、こんなに感傷的になるなんて自分で信じられなかった。こちらに来て、慣れない環境でずっと緊張が続いていたのだ。

木村のおかげで、莉子は固く閉ざしていた心を久しぶりに緩《ゆる》ませることができていた。

次の日の朝、莉子は木村の部屋のベッドの上で目覚めた。

薄暗い部屋の中で体を起こし、二日酔いの頭痛とともに激しい後悔が莉子を襲った。

唇に残る感触を思い出す。酔っ払っていた。でも、記憶も途切れていない。全部覚えている。服も……脱いでいない。木村は隣で静かに寝息をたてていた。何もしていない。いや、キスだけした。そういう雰囲気だったのだ。

酔っ払って、安心して、一人になるのが寂しくなった。木村に無理やり誘われたわけではなかった。ただ莉子にとって、このロンドンで自分に愛を注いでくれるのは、彼しかいなかった。

莉子は深くため息をつく。まともになれたような気がしていた。アキのそばにいることで、少しずつあるべき自分になっていける気がしていた。なのに、結局こんなことをしている。

窓の向こうは、朝なのに申し訳程度に明るくなっているだけだった。今日もまた曇りなのだろう。気だるい空気の中、そもそも今、どうして自分は海外にいるのだろうと思った。青山のカフェで、木村にロンドン行きの話を聞いた時の景色が思い出される。海外で暮らすなんて、楽しそうで、こんな素敵なチャンスはないとあの時思った。いつもそうだ。一つ何かをしなきゃと思うと、そのことで頭がいっぱいになってそちらへ飛び込んでしまう。初めて東京に来た時も、赤坂《あかさか》で暮らし始めた時もそうだった。そしてそれがたまたまうまくいくこともあれば、今回のように大きな後悔に繋がることもある。

そうだ、手帳に書かなければ。莉子は「やめるべきことリスト」に「ロンドンで上司と寝る」と書こうと思った。だけどあれは出発の前日に、部屋のクローゼットに置いてきてしまった。

そもそもあんなもの、書いても意味なんてないのだ。書くことで、罪の意識から逃れようとしているだけだった。どうせ自分は変われないのに。

なぜかこんな時に頭に浮かび上がってきたのは、ずっと前に朝倉《あさくら》と食事をした時に言われた言葉だった。

——茅野《かやの》さん可愛いですし、男の人を利用してそうですよね。

否定できない。服に詳しくなった、仕事も頑張ってきた。でも結局、自分は女性であるということでしか評価されていない。もし自分が男だったら、木村に気に入られていなかっただろうし、ここにも来られていなかっただろう。男の人に助けられてきただけで、自分の能力なんて評価されていなかった。

思えば声優時代からそうだったのだろう。あまり人には言わないようにしていたが、自分は声優としての才能はなかったと思う。ネットでは「棒読み」と評価する書き込みも多くあった。それでも活動ができたのは、事務所に自分を気に入ってくれた男性のマネージャーがいたからだ。

莉子は吐《は》きそうな気分で、弱々しくシーツを摑《つか》む。結局自分は、何にも向いていないのかもしれない。

莉子はとりあえず、起こった出来事から少しでも遠ざかろうとするように、急いで自分の部屋に戻った。

アキ。

莉子は思う。私、どうすればいい。

強い罪悪感を抱きながら、アキだって、自分のことをちゃんと見てくれているのだろうかと思った。一体自分のどこを魅力的だと思っているのだろう。莉子は自分も、何も信じられない気分で、とにかく早く日本に帰りたかった。

五章

ツアーファイナルの前日の夜、莉子《りこ》から少し長めのラインが届いた。

内容は落ち着いた文面だった。サマータイムが終わって、ロンドンと日本の時差は九時間だということ。来週日本に帰るということ。そして最後に、「明日のファイナル、頑張ってね」と添えられていた。どうやらこちらの予定を知ってくれていたらしい。海外にいて大変なはずなのにと思うと、アキは温かい気持ちになった。

次の日の朝起きると、アキの胸の中は不思議な感覚に包まれていた。本番の日は、普通なら緊張して落ち着きのない午前を過ごしているのに、今日はなぜか気持ちがとても穏《おだ》やかだった。会場に向かうために家を出ると、十一月の末とは思えない心地のいい風が吹いていた。空は快晴でどこまでも澄《す》み渡っていた。

渋谷《しぶや》まで行って、美智子《みちこ》の運転する車でピックアップしてもらい、そこからお台場《だいば》にあるZepp DiverCityへ移動する。二千人以上のキャパシティの大きな会場だが、客席からステージが観《み》やすく、二階席からでもステージは近く感じる。アキも何度か同じ事務所のアーティストのライブを観に来たことがあったが、好きな会場だった。

セットリストはこれまでのライブより少し長くなり、照明などによる特別な演出も入っている。ステージ後方にはいくつもの細い棒状になったLEDのライトが設置されていて、前半はそのうちのいくつかがカラフルに輝き、ステージを彩《いろど》る。それが最後のブロックになると、全《すべ》てが白く光り、ツアータイトルの「Ignight」の通り、夜をかき消すような演出がなされる。アキが美智子にアイデアを話し、美智子が舞台スタッフと話し合って実現させてくれた。

ファイナルである今日は、これまで以上に大きな期待がかかる。しかしそんな状況でも、やはりアキは緊張していなかった。リハーサルをいつも通りこなした後、本番までの時間に、アキは一度も楽屋にあるギターに手を伸ばそうと思わなかった。自分で自分が不思議だった。決して緊張が途切れていたからではない。ただ、うまくいくビジョンしか見えていなかった。

美智子はと言うと、相変わらずツアーファイナルになると緊張感を漂《ただよ》わせていた。あちこちを動き回り、ツアースタッフと最終確認をしている。

スタッフが「開場します！」と大きな声で宣言した。お客さんが入るので、本番までもうステージに上がることはできない。

（ああ、早くライブがしたいな）

アキはそう思った。そして、間もなくその願いが叶《かな》うという事実に胸を高鳴らせた。

ゆっくりと、しかし確実に開演の時間が迫ってくる。

「大丈夫ならオンで行きます！」

十分前にスタッフに告げられ、アキは頷《うなず》いた。客の入りが順調なので、時間通りに開演できるということだ。

(ライブがしたい)

わずかに震えている自分の指を見つめた。緊張からではなく、ステージに立てる喜びからだった。

それからの時間は、まるで早送りの映像のように、驚くほどあっという間に過ぎていった。SEが鳴り、舞台袖《そで》から照明の降り注ぐステージへ歩いていく。ギターを持ち、音を鳴らす。一曲目から次の曲、また次の曲へと淀《よど》みなく音が流れ続ける。

「今日は、みんなを幸せな気持ちにして帰します」

アキが曲の間で短い言葉を放つと、歓声が上がった。ファンの求めている「福原亜樹《ふくはらあき》」の言葉が、今のアキにはわかるような気がした。

歌声、振る舞い、一つ一つがアキの事前にイメージした通りに遂行《すいこう》されていく。ライブという、形の残らない音と光の作品が構築されていく。

最後の曲を演奏し終えると、アキの目からは自然と涙が溢《あふ》れ出た。自分が作り出したこの時間と景色を誇らしく思った。鳴り響く拍手の中、ステージの上でまわりにいるバンドメンバーに自然と抱きついて感謝した。

(こんな気持ちで、音楽がしたかったんだ)

これが答えのような気がした。心の中に、不要なものは一つもなかった。

恐れも不安も、コンプレックスもなかった。「福原亜樹」として、自分は今ここに立っているる。

楽屋に繋《つな》がる廊下では、関《かか》わってくれたスタッフが拍手喝采《かっさい》で迎えてくれた。

アキはミュージシャンとして、最高の幸せを手に入れた気持ちだった。


お客さんの熱量に応《こた》えるように演奏したこともあり、アキもバンドメンバーも、本番が終わった後は心身ともに疲れ果てていた。それぞれ紙コップに入った飲み物を持って、簡易的に祝杯をあげた。

「最高だったな」

「最高だった」

口々にそう言った。メンバーの間には一緒に演奏しているからこそわかり合える、瞬間瞬間のグルーヴの高まりがあった。言葉にはしなくても、感じていることは同じだった。

そんな中、その場に似つかわしくない表情で、うっちーがアキに近づいてきた。

「美智子さん、もう今この瞬間、ツアーが終わったから言ってもいいですよね？」

「はい！　いいですよ」

なぜかちょっと、うっちーがモジモジしている。

「アキ！　俺、えーこと結婚することになったんだ！」

アキは驚いてコップを落としそうになった。

「え、マジで？」

「マジだ」

そして言うべき言葉を言えていないことに気がついた。

「……おめでとう‼」

アキは心からそう思った。聞いてみれば、二人が結婚するというのはすごく自然なことだと思った。

うっちーは真面目なアキに、ツアー中に打ち明けるかどうか悩んでいたらしい。美智子に先に相談して、ツアーが終わってからアキに報告することに決めていたという。とても気を遣《つか》ってくれていたようだった。

十二月に入ってすぐの結婚式の日は、みんなで行けるように美智子はすでにスケジュールを空《あ》けてくれているらしい。

「本当におめでとう」

こんないい知らせをもらえて、ライブも最高で、今日は人生で五本の指に入るくらい幸せな日だと思った。

おめでとう、と言いながらも、結婚……自分はできるだろうか、とアキは心の中で思う。そもそもこの仕事をしていると、なぜかプライベートの出来事がずっと遠くに感じられる。それだけ刺激的な仕事だということかもしれない。実際にこの業界では若くして結婚する人は珍しく、アキもなかなか自分のこととして考えられずにいた。

アキにとって結婚が遠く感じる理由はそれだけではない。まず、他の仕事より経済的に安定しておらず、胸を張って将来の約束ができないところ。そして、結婚自体が自分の仕事にマイナスの影響をもたらすリスクがあるところもある。以前付き合っていた彼女と別れることになったのも、そうした結婚への価値観の違いからだった。だけど同い年のうっちーが結婚することで、一気に結婚という言葉が身近なことのように感じられる。

アキの頭には、自然と莉子のことが浮かんでいた。彼女と結婚という言葉は、随分遠い場所にある気がする。まさに日本とロンドンくらいに。

（変な関係だよな……）

そう思いながらも、今は早く莉子に会って、ツアーがうまくいったことを話したいという気持ちになっている。やっぱり自分は彼女のことが好きなのだ。

ライブ後はいつものように関係者挨拶《あいさつ》が行われた。祐介《ゆうすけ》が奥さんと一緒にライブを観に来てくれていて、バンドメンバーたちに称賛《しょうさん》の言葉をかけてくれた。とても忙しいはずの祐介が、わざわざ自分のライブを観に来てくれたことがアキは嬉《うれ》しかった。

今回の打ち上げは、渋谷の宇田川町《うだがわちょう》にある雰囲気のいいバルで行われた。前回同様に、事務所やレコード会社のスタッフたちが集まっていた。みんなは今回のツアーでのアキの成長に驚いていたようで、口々に「変わった」という表現を使った。

事務所の取締役の坂上《さかがみ》は、ライブの後に別の現場に行く必要があったらしく、感想はもらえなかった。だけどまわりのスタッフから、機嫌が良さそうだったと教えてもらった。

いい日だった。

そしてアキはこの日、人生で初めて打ち上げの二次会に参加した。初めて、自分からそうしてみようと思えた。そう思えるくらいに、確かに自分は「変わった」のかもしれない。莉子と時間を過ごして、これまでより自信を持って良いツアーを回ることができたのだ。二次会の参加くらい、躊躇《ちゅうちょ》する必要はない。

うっちーも一緒に参加し、お祝いをした。アキはお酒を、珍しがられながらもたくさん飲んだ。その結果、ついに「酔い潰《つぶ》れる」ということも経験した。

どうやって帰ったのかは記憶になく、気がつけば家のベッドで寝ていた。

頭が痛くて気分は最悪だった。でも心の中は「これも悪くない……」という変わった達成感で満たされていた。

アキのツアーが終わり、アプリのカレンダーは十二月のスケジュールが表示され、莉子がロンドンから帰国する日がきた。早朝に羽田《はねだ》に着く便で帰ってくるらしい。

「いつ会えるかな？」

良いツアーファイナルだったことを莉子に話したかったし、彼女のロンドンでの話も聞きたかった。アキは久しぶりに会えることがとにかく楽しみだった。

しかし、そんな風に思っていたアキとは対照的に、莉子からの返事は意外とそっけない。

「ごめんね、ちょっと時差ボケとかもあってしんどいから、少ししてからでもいいかな。また連絡する」

普通の彼氏と彼女は、こういう時に一番に会うものではないだろうかと思うが、その感覚は莉子には適応されない。莉子は帰国してからも仕事が忙しいらしく、連絡は頻繁《ひんぱん》に返ってこなかった。

アキがモヤモヤした感情を抱《いだ》く中、うっちーとえーこの結婚式の披露宴の日がやってきた。

結婚式は月曜日に行われた。うっちーはミュージシャンの家系で、えーこもシンガーなので、会場に来る友人も音楽業界の人ばかりである。仕事柄、仲間に来てもらおうと思うと、本番日の少ない平日が一番人が集まりやすいのだ。

会場は、渋谷にある大きめのライブハウスを貸し切って行われた。結婚式としては特殊だが、二人らしいと思った。広いフロアに白いクロスのかかった円卓が並べられ、そこに招待客が座った。アキが座った席は、この前一緒にツアーを回った仲間や美智子など、お馴染《なじ》みのメンバーだった。

他のテーブルには、話したことはないが見たことのある人がたくさんいた。どの人もこの業界では有名なサポートミュージシャンたちである。もちろん祐介も来ていた。

式が始まり、ステージの上に登場したうっちーとえーこは、照れながらもとても幸せそうな空気を纏《まと》っていた。タキシードを着ているうっちーは、これまで見たどんなステージよりも輝いて見えた。えーこは色とりどりのビーズが散りばめられ、刺繍《ししゅう》で模様が施《ほどこ》された白のドレスを着ていて、すごくゴージャスだった。

式が始まると、ステージの上のスクリーンに二人の子どもの頃の写真や、馴《な》れ初《そ》めについての動画が流れた。スクリーンの下には楽器が並んでいて、動画が終わると有志による余興《よきょう》が行われた。アキは過去に地元の同級生の結婚式に出席したことがあるが、大抵余興というのは微笑《ほほえ》ましいものである。しかしこの結婚式では、プロミュージシャンたちによる異常にレベルの高い演奏が行われていて、それだけでお金を取れるショーのようだった。アキは自分のいる世界の特殊さを、改めて実感した。

みんなで一緒に写真を撮る時間になり、やっとうっちーと話せる時がきた。

「アキー！　来てくれて本当にありがとう」

「うっちーおめでとう。こちらこそ招待してくれてありがとう」

「アキちゃん久しぶりだねー！　来てくれてありがとー！」

えーこは普段から、メイクをしなくてもくっきりとした目鼻立ちをしていて、エキゾチックな雰囲気のある女性だ。今日はメイクとドレスの効果もあって、一段と華《はな》やかな印象だった。

「僕は二人が付き合い始めの頃から知ってるから、すごく感慨深いよ」

「アキちゃん、私たちのこと歌詞にしてくれてもいいんだよー」

えーこは笑いながら言った。以前歌詞のことで語り合ったことを覚えていて、そう言っているのだろう。

「してもいいの？　それならうっちーのプロポーズの言葉とシチュエーション教えて」

「わ、やめろーー！」

うっちーが焦《あせ》って止めに入る。しかしえーこは気にせず話し出した。

「あのねー、私の誕生日にちょっといいお店行ったんだよね。この人ずーっと朝からそわそわしてて。でもね、結局何も言わないの。それで、何か言いたいことあるんじゃないのって訊《き》いたらね……」

「わー！　それ以上は本当にやめろ！」

うっちーが本気で止めようとしているのが可笑《おか》しくて、えーこは笑っていた。ドラマのワンシーンのようなエピソードで、可愛すぎるとアキは思った。最近はどこのカップルも女子の方が強いようだ。

楽しい時間は過ぎていく。たくさんの人に祝福され、二人は幸せそうだった。最後には、うっちーはサンタの格好《かっこう》になってドラムボーカルをするという、しっちゃかめっちゃかな状況になっていた。演奏した曲は今年ドラマで話題になったヒット曲で、有名な振り付けのある曲だった。うっちーが歌いながらビートを刻み、友達のミュージシャンたちが演奏をして振り付けを踊った。カオスだが、なんともおめでたい空間だった。

うっちーはいいやつだと思う。性格もいいし、ドラムの腕もいい。彼はこの音楽の世界が似合っている。それはうっちーが本物だからだろう。うっちーにはこの世界で生きていくことに、迷いがないのだ。彼のドラムを見ていると、彼はこの世界にいるべくしている本物だと、そんな風に思わせられる。

アキにはうっちーを尊敬する気持ちと同時に、やはりどこかで、嫉妬《しっと》の気持ちがあった。

（醜《みにく》いなぁ）

自分の心に対してそう思う。

当然本人に、そんな話をしたことはない。言えるはずもない。同い年で、仕事を離れると対等に話せる、いい友達なのだから。

（……自分はいつまで偽物《にせもの》のままなんだろう）

一方で自分は、未《いま》だにこうしてこの世界で生きていくことへの自信のなさが、寄せては返す波のように迫ってくることがある。デビューして五年、経験を重ね、ついこの前もツアーを回って本物になれたつもりでも、まだふとした瞬間にそんな気持ちになる。

彼のような生まれ持った天性の才能や、子どもの頃から音楽に囲まれた環境は自分にはなかった。そうした覆《くつがえ》しようのない事実が、コンプレックスとなっていつまでもつきまとう。

いつか自分も、彼みたいに本物としてこの世界に認められる日がくるのだろうか。

みんなが幸せそうな表情を浮かべている中、アキは心の中でそんなことを思っていた。


結婚式から一週間が経《た》った頃に、やっと莉子から会いたいと連絡があった。

アキは莉子がきっと日本食を食べたいだろうと思い、以前行った三軒茶屋《さんげんぢゃや》のおでん屋で会おうと約束した。十二月の寒い日にぴったりだと思った。

先に店に着いたアキは少しそわそわしていた。久しぶりに恋人に会えることに、ちょっとだけ緊張もあった。

「遅れてごめん」

時間を少し過ぎて彼女は店にやってきた。アキは待っている間、会ったらハグくらいしようと考えていたが、現れた莉子はそんな雰囲気ではなかった。疲れているのか顔色もあまりよくなかったし、少し痩《や》せたようにも見えた。

「莉子、大丈夫？」

「何が？」

「体調とか」

「うん、大丈夫」

「帰ってきて休めた？」

「そうね」

会話の雰囲気も、いつもと様子が違った。

アキはとりあえず料理を注文することにした。おすすめにあったさつま揚げと筑前煮《ちくぜんに》とししゃも、そしてもちろんおでんも注文する。

あまり元気がなさそうな莉子だったが、料理を食べ始めると、少しずついつもの調子に戻っていった。

「美味《おい》しい。ほんとに。なんか泣きそうになるくらい」

「きっとロンドンにはこういうのないよね」

「なかった。いつでも美味しい和食を食べられるのが、日本に生まれて一番嬉しいことかも」

食べるのが好きな莉子らしい言葉だった。

「この二ヶ月どうだった？　随分遠くまで行ってたね」

直行便でも十二時間ほどかかったと彼女は言っていた。

「楽しかったよ。でも、色々考えさせられた」

「たくさん刺激があったんだろうね。仕事はできた？」

「仕事は……そうね、すごく刺激はあったよ。このブランドの中で、自分にできる新しいことにもっと挑戦したいって思えた。でもやっぱり英語がうまく話せなくて、あんまり役に立たなかったから……」

「初めてなんだから、当たり前じゃないかな」

「そうなんだけど……言葉の問題だけじゃなくて、うまく自分の意見を伝えるって難しいなって思ったの」

ロンドンにいる時に送られてきたラインにも、そんなことが書いてあった。こんな風に弱気になる莉子は珍しいなと思った。感覚で生きているように見える彼女だが、仕事というものについて改めて考える機会になったようだ。

「泊まってたところはどんな感じだったの？」

「向こうの『John Smith』の人が借りてる家で暮らしてたけど、大変だったよ。たくさん部屋がある大きな家なんだけど、そのうちの一つが私の部屋で、あとは知らない人も暮らしてるの。リビングとかシャワーは共用だった」

「シェアハウスみたいな感じ？」

「そうそう。日本みたいに一人暮らしよりも、シェアして暮らすのが主流みたい。ストレスだったー」

「……男の人もいたの？」

やっぱり気になって尋ねてしまう。

「いたよ。イギリス人だけじゃなくて、スペインの人とかポーランドの人もいた。合計六人で住んでた」

「ふーん。そうだったんだ」

男と一緒の暮らし。アキは少し心配な気持ちが湧《わ》き上がってくる。

「あと、何よりご飯がまずくて死にそうだった」

莉子はうんざりしたような顔で言った。

「イギリスはご飯、美味しくないって言うよね。何食べてたの？」

「まだ食べられるものとして、ピザとかハンバーガーとかばっかり食べてたよ」

「なんか不健康そうだね。おでんみたいな優しい味もなさそうだし」

ここのおでんは出汁《だし》の味が優しくて体も温まる。アキも箸《はし》が進んだ。

「でも体調崩したりしなかったから大丈夫だったよ。果物なんかは安く買えた。家にもたくさん置いてくれてたし」

「……そうなんだ」

たくさん置いてくれてた。一緒に暮らしていた男の人たちが、だろう。そんな生活の細かい部分まで想像すると、アキの心は穏やかではなかった。それと同時に、久しぶりに会ったのにこんなつまらない嫉妬の気持ちを言葉にして、嫌な雰囲気にしたくないと思っていた。

アキは切り替えるためにも、この二ヶ月の間にあった自分のことを話し始めた。うまくいったツアーのことや、ついこの前のうっちーの結婚式のことを順番に話す。

「ツアーはうまくいったんだね。観たかったな」

「楽しかったよ。また次は観に来てよ」

「行きたい。次は絶対に行く」

莉子はまだ一度もアキのライブを生で観たことがない。アキも自分がステージに立っているところを、いつか観てもらいたいと思っていた。

「ね、アキは卓球できないの？」

莉子は突拍子《とっぴょうし》もない質問をした。

「卓球？　なんで」

「『John Smith』のロビーに卓球台が置いてあって、結構やってたんだよね。言葉が通じなくてもできるから楽しくて。それでかなり上達したよ」

「卓球かぁ。確か、渋谷にできるところあったよね。ずっと前に行ったことある」

「近いね。食べたら行こうよ」

「え、これから？　疲れてるんじゃないの？」

「疲れてるから行くの。ほら早く食べよ」

早く食事を終わらせようとするなんて珍しいと思ったが、莉子の元気な様子にホッとしていた。

二人は注文したものを綺麗《きれい》に平らげると、店を出てタクシーを拾った。

渋谷の宮益坂下《みやますざかした》の交差点でタクシーを降りる。少し歩いたところにあるアミューズメントビルの九階には、広いスペースにいくつもの卓球台が並んでいる。

「すごい！　楽しそうな空間！」

莉子ははしゃいで言った。流行《はや》りの軽快なポップソングが流れる空間は、時間が遅いため人は少なくガランとしていた。

アキが卓球をするのは、四年ほど前にここに来た時以来だった。その当時知り合った、もう連絡をとることもないラジオの作家の人に連れてこられたのを覚えている。

待たされることなくすぐにラケットとボールを受け取って、割り当てられた台に向かった。何度かゆっくりラリーをした後、二人は早速十一点マッチの試合を始めた。莉子は確かに上手だった。アキが真剣にやっても、なかなか点が取れない。だけど回数を重ねるにつれ、アキもコツを摑《つか》んでいった。

「えーアキ、上達するの早くない？」

「才能あるのかも」

粘り強くボールを返していると、莉子だってミスをする。何回目かの試合で、デュースにまでもつれ込んだ。

「私たち、かなりいい試合してるね」

莉子は額《ひたい》を汗ばませながら言った。スポーツは五分五分が一番燃えるのだとアキは思った。久しぶりに会って、早速二人でできる新しい遊びを見つけられたようで嬉しかった。

デュースになっても、毎回最後の一点がなかなか取れずにアキは負けてしまう。莉子は「ほら、もう一回。もっと集中して」と部活のようなモードになっている。

「莉子、ちょっと一回休もうよ。ぶっ続けでやってるから」

確かにね、と莉子は納得してラケットを卓球台の上に置いた。

二人は卓球台の横にあるベンチに並んで座って休憩した。久しぶりに運動して汗をかいて、気持ちのいい疲労感を感じていた。

「楽しいな……」

莉子は嚙《か》みしめるように言った。言葉とは裏腹に、そこにはなぜか悲しそうな余韻《よいん》があった。

「ちょっと飲み物買ってくる」

アキは立ち上がって、受付に飲み物を買いに行った。

メニューにはアルコールのドリンクもあったが、ここではやめておこうと思った。アキが瓶《びん》のコーラを二本買って戻ってくると、莉子は少し離れたところを見つめてぼんやりしていた。

「どうしたの?」

莉子の視線の先には、年配の男性と若い女性が、ベンチに座って休憩していた。

「……ねぇ、アキはどうして世の中はラブソングが多いんだと思う?」

アキは、莉子が店内に流れる流行りの音楽を聴いていたのかなと思った。

「どうしてって……きっと一番共感されやすいからじゃないかな?」

「それだけみんなが同じことで悩んでるってこと?」

「そうだね。あと歌にするっていうのは、やっぱり歌い出したくなるだけの言葉が必要なんだよ。恋愛っていうのは、それととても相性がいいんだと思う」

「じゃあラブソングは言葉がなかったら成り立たないの？」

「少なくとも、ポップソングとしては」

アキの返答に、莉子は特に何の感想も持たないようだった。ただ心ここにあらずといった、虚《うつ》ろな表情をしていた。

「なんとなく、人に言えないカップルなのかなって。雰囲気的に」

アキはもう一度、莉子の視線の先を見る。ベンチに座っているさっきの二人は、距離感は近いが他のカップルとは少し違う気もする。年齢差が理由だろうか。でも、歳《とし》の差があるカップルなんてそう珍しくないはずだ。

「浮気とかってこと？」

莉子が頷いた。

「ねぇ、もし私がしてたら、アキはどう思う？」

「してたらって？」

「浮気。例えば、ロンドンで」

「……それは嫌だね」

アキは素直に言った。そういうことだって、あるかもしれない。だけどあまり想像しないようにしていた。少なくともアキは、それが嫌だと思うくらいに莉子のことが好きだった。

「ごめん」

「どういうこと？」

ベンチに座ったままの莉子は、なぜか急に素振《そぶ》りが落ち着かなくなった。やっぱり会った時から、今日はずっと様子が変だ。

少ししてから、莉子は口を開く。

「……私、ロンドンで会社の上司と、一回だけ変な感じになった」

莉子の言葉に、アキは首を傾《かし》げた。

「……それは浮気ってこと？」

普通に尋ねたつもりだったけれど、自然と語気が強くなった。

莉子はまた少しの間黙った。まるで床に落ちている言葉を探しているように、視線が左右に揺れていた。

「酔って、一緒に寝た。本当に横で寝ただけで、何もしてない。でもキスだけした」

「何それ」

言いながら、アキは自分の中に怒りが膨《ふく》らむのを感じた。何をどうしたらいいのか、自分でもわからなくなるような怒りだった。目の前の莉子が、他の男性とキスをした。唇と唇を重ねた。その映像を想像すると、アキは胃の中が石を飲み込んだみたいにズンと重くなった。

「海外で酔って男女が一緒に寝た。キスはしたけど、それ以上は何もなかった。それ、信じられる？」

「でも事実だから」

「そんなことを言われて、僕はどうしたらいい？」

「わからない。アキはどうする？」

「僕に選ぶ権利があるんだ？」

「少なくとも、私にはないから」

アキが左手に持ったコーラの瓶は、大量の汗をかいたように水滴がついていた。今は怒りよりも強い虚《むな》しさに襲われていた。

莉子は嘘《うそ》を言っていないのかもしれない。わからない。それよりも、どうしてこんなことをこんなタイミングで打ち明けてくるのか、アキには理解できなかった。

「莉子は自由に生きたいって言ってたけど、その結果がこれってことなのかな？」

アキは責めるように尋ねたが、莉子は黙っている。

「莉子がしたことは自由とかじゃなくて、これじゃただ自分勝手なだけに見える」

「……私もそう思う」

アキの言葉を、莉子は静かな声で認めた。だけどそんなことではアキの気持ちは収まらない。

「私もそう思うって、何それふざけて言ってる？」

「ふざけてない。悪いと思ってる」

「逆に僕が、例えばだけど、同じように他の女性と酔って寝ちゃったって言ったら、どんな気持ちになる？」

莉子は目を閉じて考えた後、本心を吐露《とろ》するように言った。

「私なら、許すと思う」

なぜ彼女はこの状況でこんなことが平気で言えるのだろう。アキはひどく不快な気分になった。

「おかしいよ、莉子。言ってることが無茶苦茶だ」

アキは言いながら、また自分の中で怒りが膨らんできた。感情の出口が見つからず、言葉が頭の中でぐるぐる回る。

「本当に、悪かったと思って話してる？」

問いただしながら、アキは右手で莉子の左肩を摑んだ。

「痛い！」

強く摑んだつもりはなかった。しかし莉子は痛がって手を振り払った。アキは莉子に拒絶されてしまった気分だった。

「ごめん」とアキはすぐに謝った。莉子は一度悲しそうな顔でアキを見て、それから俯《うつむ》いた。

「……アキだって、私にそんな風に言えるのかな」

「何？」

莉子は俯いたまま、冷たい声で言った。

「アキは、私の変なところを見つけて嬉しそうにしてたよね？」

莉子は顔を上げてアキを見た。その視線は、まるでアキを刺すような非難の色を帯びていた。

「嬉しそうになんてしてない」

「いや、してたよ。だってアキは、私が変わった人だから一緒にいたいって思ったんでしょ？それが自分のためになるって思ってたんじゃないの？」

アキは動揺を隠せず、言葉を喉《のど》に詰まらせた。まさか、莉子は見抜いていたのだろうか。

嫌な間《ま》が空いてしまい、アキは少しの間考えてから、ごまかさずに本当のことを言おうと思った。

「確かに最初は……変わった莉子から影響を受けたいって思ってた。自分が変わるために」

「ほら、やっぱり」

「でも気がつけば、そんなこと関係なく莉子のことが好きになってた」

「だけど、最初はそうだったんでしょ？」

「でも……」

「アキはね、ずっと私のことを観察対象として見下してたんだよ。ただ自分よりうまく生きられない人を見て安心したかったんでしょ？」

「そんなことない」

アキは否定するが、その言葉は説得力がなく、莉子まで届かず自分の足元に落ちたみたいだった。

「私は、アキがそういう気持ちで自分と接してるって気づいて、がっかりした。アキがかっこ悪いと思った」

そんなことを言われて、アキも冷静ではいられない。

「……莉子の言いたいことはわかった。でも、今それを言ってどうするの？　莉子は僕に謝ろうとしてたんじゃないの？　これじゃ、ただの逆ギレじゃないか」

アキが強い口調で言い返すと、莉子はまた黙った。重い沈黙の中、アキはただ立ち尽くしていた。

「……今日は、帰るよ」

アキは風に揺られるローソクの火のような、頼りない声で言った。とにかくこの場を離れた方がいい気がした。それ以外に解決する方法が思いつかなかった。

「帰るから」

アキは律儀《りちぎ》にコーラの瓶を一本だけベンチの上に置いてから、受付で料金を支払って一人でエレベーターに乗った。外に出るとタクシーを拾って、家に向かって走らせた。

車の中で、アキは莉子が言った言葉を何度も繰り返していた。

――酔って、一緒に寝た。本当に横で寝ただけで、何もしてない。でもキスだけした。

アキはどうしようもない気分だった。何をどうすれば改善するという状況でもなかった。

自分だって、莉子を利用していた。そしてそれを見抜かれていた。

叫びたいような情動と、真夜中の湖面のような嫌な落ち着きが、心の中で渦巻《うずま》いていた。


「私は莉子がバカだと思っていたけれど、そこまでバカだとは思っていなかった」

バーのカウンターの向こうで、真紀子《まきこ》は呆《あき》れた顔で言った。アキと会った次の日、バーClosedに来た莉子は、ロンドンであったことからアキとの間にあったことまで全てを話した。

「そうですよね……」

カウンターに突っ伏す莉子に、真紀子は優しくハイボールのおかわりを差し出す。これで何杯目かわからない。

「まずね、そういうことって言わなくていいのよ」

「そういうこと？」

「一緒に寝たこと。しかも、何もなかったんでしょ？　キスだけしたんだっけ」

「はい。一回だけですが……」

あの日以来、木村《きむら》との間には本当に何もなかった。

ロンドンで木村の部屋で目覚めた日、莉子はアキへの罪悪感から、その夜にダイニングにいた木村に話をしに行った。

「昨日のことなんですけど……」と莉子は慎重に言葉を選んで話した。昨日の夜はひどく酔っていて、本当の意図とは違う行動をとってしまったこと。そして木村に対してそんなつもりはないのだということを、ちゃんと伝えた。話を聞いた木村は、「そっか……本当にごめん。悪かったと思ってる」と伏せた目で言った。

木村は莉子の気持ちを理解した様子だったが、それでも莉子は不安だった。一度許されたと思った男は、執拗《しつよう》に近づいてくるものだと思う。

だけどそれは莉子の杞憂《きゆう》で、木村はロンドンにいる間も、そして日本に帰ってからも、本当に距離を詰めてこようとはしなかった。彼はちゃんとこちらの空気を感じ取り、嫌な思いをさせないようにしてくれているようだった。

「……でも、このままロンドンであったことを言わずにいるのは辛《つら》くて」

莉子はじょうろの先から水をこぼすように、真紀子に思いを吐露した。

「あー、理解できない。じゃあもし最後までしてても言ってたの？」

「ちゃんと話して、許してもらおうとしたと思います」

真紀子は大きくため息をつく。

「あのね莉子。罪悪感を感じるなら、最初からそんなことすんなって話。するなら墓場まで持って行かないと。そういうのを身勝手って言うのよ」

身勝手。アキにも同じことを言われた。真紀子の言っていることに、何一つ反論の余地はなかった。

「私、頭悪いんですかね」

「うん、悪い。あと自分のことしか考えてない。自分の都合を相手に押し付けてるだけ」

言い返す言葉もない。酔った頭でさえ、真紀子の言っていることが正しいとわかる。

「あと、会ってる途中に急にそんなこと言い出すのも間が悪かったんじゃない？　本気で許してもらいたいと思ってるなら、ちゃんと手順を踏んで話さないと」

「どうしたらいいかわからなくなってしまったんです……」

自分だって、本当に何も考えていなかったわけじゃない。どんな顔をしてアキと会えばいいかわからなかった。やっと会えたら、このまま言わなくてもいいような気がした。だけど一緒に美味しいご飯を食べて、遊んでと楽しい時間を過ごしていると、ずっとこの人と一緒にいたいと、改めて強く思うようになった。彼に相応《ふさわ》しい自分でいたい。そう考えていた時に、少し離れた場所に座っていたカップルを見つけた。それで、まるで自分と木村を見ているような気持ちになって、変な形で打ち明けてしまった。

「まったく。ロンドンから帰ってきて楽しい土産《みやげ》話でも聞かせてくれるのかと思ったら、なんだこの話。待ってた彼はかわいそうだね」

いつも莉子の味方でいてくれる真紀子でさえ、今回はキッパリと言ってくれる。わかってはいたけれど、莉子は酔いながらもどんどん気持ちが落ち込んでいく。

「私がロンドンに連れていってもらえたことだって……結局女性だから、気に入ってもらえただけだったんだと思います。仕事ができるとかじゃなくて」

「あー、なるほど。確かにあんたは見た目で得してるところはあると思うよ。自分でもわかってるだろうけどね。でも大切なことはね、まわりが自分をどう思ってるかなんてことに流されず、自分が何をしたいと思っていて、何をするかなんだよ」

真紀子は少しずつ優しい口調になりながら言った。

「いい時も、逆に辛い時も、女性であるというフィルターを通してしか他人から評価されない悔《くや》しさはわかるよ。私だってそうだった」

「真紀子さんもですか？」

「そうだよ。特に私が若い頃は、今より時代も悪かったし。女がバーで真面目に仕事したいなんて言っても、ちゃんと伝わらないこともある。今ならセクハラで社会から一発退場のこともたくさんされた。思い出話にして許すつもりもないようなことも。ただ、そういうことがある社会の中で、自分の店を持ちたいって夢は手放さなかった」

そう話す真紀子の目は、力強い光を含んでいた。

「ま、みんながみんなそんなに強くないことはわかるよ。だけどそんな状況の中でも、私の知ってる莉子には、まだ女性であることに負けてほしくないな」

真紀子は励《はげ》ますような声色で言って微笑んだ。

「ともかく、莉子はこれから彼とどうするの？」

「わからないです……」

莉子は、アキが自分のことをどう思っているのか、本当のことを知りたかった。自分の問題は大きいが、それだけじゃない。彼はきっと、自分のことを観察対象としか見ていなかった。それなら、自分がいつか普通でまともな人になれたら、彼にとって自分は魅力的ではなくなってしまうのではないだろうか。そんなアキと、これからも一緒にいられる自信がない。

そして何より、こんな自分がこれ以上そばにいることで、彼に迷惑をかけたくなかった。

「でももう一度……落ち着いて話をしたいなと思います」

「じゃあ私が彼に連絡してあげようか？　ロンドンの件は代わりに怒っておいてあげましたよって」

真紀子が悪戯《いたずら》っぽい表情で言った。

「それはやめてください」

「いや、意外と許してくれるかも。ほら、スマホ貸して」

カウンターに置いていた莉子のスマホを、真紀子がひょいと摑む。

「ちょっと、返してください」

莉子は手を伸ばす。どうせロックがかかっているので、そんなに危機感はなかった。

「あ……なんか電話かかってきてるよ」

ちらりと見えた画面が、本当に着信画面になっていた。

「え！」

莉子は必死でスマホを取り返し、画面を見た。しかしそこに表示されていた名前は、莉子の期待していた人ではなかった。

「誰から？」

「これは……」

随分久しぶりに見た名前だった。莉子は酔いが冷めるのを感じながら、「応答」と表示された部分に指を這《は》わせた。


十二月の中旬になると、街はクリスマスムード一色だった。

アキは昼に、ラジオのクリスマス企画の番組に生出演するために渋谷に来ていた。渋谷のスタジオでの公開生放送だ。全国ネットのＦＭラジオなので、影響力のある番組だった。ブースの前には来てくれたファンの人たちが並んでいる。

ラジオ番組からクリスマスソングのカバーを歌ってほしいという要望があったので、ワムの「Last Christmas」を弾《ひ》き語りで演奏した。その後DJから「クリスマスの思い出はありますか」と尋ねられたが、なかなか良いエピソードが思い浮かばない。この手の質問は毎年同じものが繰り返されるため、アキは毎年答えに困る。

そしてもう一曲、オリジナル曲を演奏する時間があったので、「Ignite」から「さよならのことば」を歌った。歌う前に、こんな時期にクールな別れの歌を歌って大丈夫ですか、とアキが言うと、逆にこの時期に別れる人も多いらしいですよ、とDJが笑いながら言った。

番組が終わった後、手紙やプレゼントを持ってきてくれたファンがいて、アキはそれを受け取った。プレゼントには靴下《くつした》などの防寒グッズや、体を温めてくれそうな入浴剤が入っていたが、「いつも音楽に助けられています。応援してます」と書かれた手紙に、アキの胸は何よりも温まった。

ラジオ番組の出演の後は、会社で来年の活動について、美智子と打ち合わせをする予定が入っていた。活動についての話し合いは、大抵仕事の合間で済んでしまうことが多い。今日もやろうと思えば、ラジオの本番までの時間にできたかもしれない。なので、わざわざ改まって会社で打ち合わせをするということに、少しだけ嫌な予感がしていた。

会議室に入ると、美智子は年間スケジュールがプリントされた紙をアキに渡した。

「今日もお疲れ様でした。ラジオも評判良かったですね」

「うまくいってよかったです」

「打ち合わせの時間もありがとうございます。今日はこれからのことについての話です。まず以前から予定していた来年の春のツアーは、現状このようになっています」

来年の春にツアーをすることは、一年近く前から決まっていた。会場はそのくらい前から押さえておかないと空きがないからだ。最近も会場の調整をいくつか行い、次は全国五箇所のホールを回るツアーに決まっていた。基本的にはアルバムツアーの延長線上にある形だが、ツアー中にシングル曲をリリースするため、その曲をツアーで披露していく予定だ。リリース日以降は会場でもCDを販売する。

「今度はしっかりと全会場をソールドアウトさせていきたいんです」

と美智子は真剣な顔で言った。次のツアーが今年行ったホールツアーより本数が減り、会場の規模も小さくなっているのは、そうした事情からだった。

「実は先週、福原亜樹の会議があって、そこで議題に上がったんですが、ここ数年動員数などもずっと横ばいというか……いえ、はっきり言って減少傾向にあることを、坂上さんなど上の人たちが気にしています。この前のライブハウスツアーも、結果なかなか動員数が伸びませんでした。アルバムの売り上げも、思うようにはいかず……。アキさんも六年目なので、そろそろ違う音楽の方向性を考えていかなければいけない時期かもしれません」

「違う音楽の方向性ですか……？」

アキは突然、鋭い刃を胸元に向けられたような気持ちだった。

「……例えばどんなものですか？」

「私も今すぐにこれがいい、というのは言えないです。でも、今の時代に合う音楽というのでしょうか」

「今の時代に合うものって……僕の音楽は今の時代らしくないということですか？」

自然と語気が強まった。この前のアルバムは、今の時代のトレンドに合わせて、サウンドにも大きく変化をつけたつもりだった。それが間違っていたのだろうか？

「アキさん落ち着いてください。気持ちはわかりますが、実際に減少傾向にあるのですから、何か変えないと続けてはいけないです」

「何か変えないと……」

おそらく、アキが工夫して作った音の変化などは、彼女にとっては変化とも映っていなかったのかもしれない。アキは裏切られたような気分だった。まさか自分の音楽がいいと言ってくれていた人に、方向性のことを言われるとは思ってもみなかった。彼女は会議でその話になった時に、私もそう思います、とでも言ったのだろうか。

「美智子さんも賛成なんですよね？　つまり、方向性を変えるということに」

「私もアキさんと一緒で悔しいです。でも、私も自信を持って『福原亜樹はこのままでいきます』とは言えないです。結果を見ると、これからなんとかして立て直さないと、先がないです」

「先がない」

「はい。ホールでのライブは費用がかかりますし、チケットが売れないと利益が出ないので……。利益が出ないと、事務所の判断は厳しくなってしまいます」

「……わかりました」

利益のことを言われるとどうにもならない。アキの立場で言い返す言葉は何もなかった。

そうわかっていながらも、やりきれない気持ちが募《つの》った。一番近くにいる美智子だって、結局は会社員なのだ。どんなにアーティストのことを思ってくれていても、彼女にだって守らなければいけない自分の立場がある。

逆に言うと、数字が出なければ、自分のことを考えてくれている美智子のようなスタッフと、一緒に仕事をしていくことさえできないのだ。

孤独だ。アキはミュージシャンという仕事が孕《はら》んでいるその性質を、改めて感じていた。

「それからもう一つ……。あの、プライベートのことで申し訳ないのですが……」

彼女はもごもごと言いにくそうに話し出した。

「アキさんも大人なので、不倫《ふりん》とかじゃないなら別にいいのですが……気をつけていただかないと……」

そう言って、美智子が差し出したスマホの画像を見て、アキは絶望的な気分になっていた。

数日前にSNSに投稿されていた写真は、アキと莉子が渋谷の卓球場にいるところだった。写真は一枚だけだったが、二人は並んでベンチに座っていて、ただの友達と言うには少し距離が近い。離れた場所から撮られたもののようで、あまり鮮明な画質ではなかった。それでも二人の顔がちゃんと写っていて、それぞれを知っている人が見たらわかるくらいのものだ。あの場所に、どちらかのことを知っている人がいたようだった。最初の投稿はもう消されているが、写真はまとめニュースなどに転載されて、それぞれのプロフィールとともに少しだけ話題になっていた。

美智子は写真をＳＮＳの検索で見つけたらしい。アキのファンの人たちの間でも、ミステリアスなアキのプライベートの写真として話題になっているようだった。

アキのファンの中には「なんで元声優の女性と？」「らしくない気がする」という疑問の声もあったが、それほど大きな話題になっていないのは、莉子がもう一般人であることと、撮られた場所がアミューズメント施設という健全な場所だったからだ。

「もちろん悪いことではないですし、プライベートのことです。ですが、人前に立つ仕事をしている人としての自覚は持ってください」

美智子はそう言った。禁じられていることではないが、気をつけてください、と釘《くぎ》を刺された感じだった。こんなことを指摘されてひどく恥ずかしい気持ちになりながら、気をつけます、と言ってアキは謝った。

そもそも、この写真を撮られた日から、アキは莉子と連絡をとっていなかった。あんなことを告げられ、そして、アキ自身も責められたあの夜。莉子が告げた、違う人と夜をともにしたという事実を思うと、悲しみに胸がかき乱される。それに、あの莉子の伝え方や態度を思い出すと、道理の通らなさに苛立《いらだ》ちが募る。

そして今、彼女との関係をまわりに知られてしまい、二人の問題だけではなくなってしまった。ますます莉子と会うことへのハードルが高くなっている。

どうしてこんなことになってしまったんだろう。

これまで通り莉子と会って話したいと思う一方で、これ以上彼女との関係を続けていくことに、アキは自信がなくなっていた。

青山通りの街路樹にはＬＥＤが巻き付けられ、クリスマスシーズンの雰囲気を演出していた。

心の中がどんな状態でも、季節は関係なく進んでいく。撮影スタジオから会社に戻る道で、冷たい風に吹かれながら莉子はそう思った。

（今日はクリスマスか……）

日本に帰ってきてから、莉子は「John Smith」の仕事で忙殺されていた。ロンドン本社での勤務中に、日本でのオリジナル商品を作る許可を得ることができ、ブランド内に日本独自の新しいラインを立ち上げることが決定した。さらにデザインの方向性の大枠まで話し合い、次の春から店舗に並べることも決まった。日本に帰ってからはブランディング、マーケティングについて話し合う販促会議も行われ、莉子はずっとそれに参加してきた。新しいラインの責任者は木村だったが、莉子もデザインや販促のアイデアを出すディレクターという重要な役割を与えられていた。

最初は自信がなかった莉子だったが、これまでデザインについて学んできたことや、ロンドンのスタッフたちの仕事を見られたことは大きなプラスとなっていた。どんな服を作りたいか、自分でそれを考え始めると、堰《せ》き止められていた水が溢れ出すようにいくつもアイデアが出てきた。

そして何より、莉子のモチベーションとなっていたのは、記憶の中にあるアキの姿だった。間近で見たアキが曲を作っている姿は、莉子に大きな影響を及ぼしていた。これまで世界にかったものを作り出すあの姿。そのイメージが、慣れない仕事に取り組む莉子の背中を何度も押してくれた。

(それなのに……)

一方で自分は、結局彼に迷惑をかけてばかりだ。盗撮されてネットに載せられていたあの写真を見て、莉子は愕然《がくぜん》とした。きっと仕事にも影響があることだろう。とにかく彼に謝りたい気持ちだったが、自分からなんと言って連絡をすればいいかもわからないまま、時間だけが過ぎていく。

撮影スタジオから戻ってきた莉子は、一階のプレスルームで、撮影で使った服の整理をしていた。プレスルームではいつもBGMにFMラジオが流れているが、今日はずっと耳馴染みのある海外のクリスマスソングが流れていた。

「お疲れ様」

同じく出先からプレスルームに戻ってきた木村が、莉子に話しかけた。仕事が忙しくなっていく中で木村と一緒にいる時間は多かったが、二人の関係はロンドンに行く前と何も変わらなかった。彼はこれまで通り、寡黙《かもく》でダンディーな上司でいてくれた。

「莉子ちゃん、この前ここに衣装を借りに来てたWatersってバンドの子たち覚えてる?」

「はい、もちろんです」

「彼ら、俺《おれ》たちがロンドンに行ってる間もずっとツアーしてたらしいんだ。今日そのツアーフアイナルが東京であるみたいで。仕事の後時間あったら、一緒に観に行かないかい？」

「え、ライブですか……？」

興味がないわけではなかった。だけど、木村と二人で行くのは気が進まない。それも、クリスマスの夜に。

「さっき、朝倉《あさくら》さんもファンだって言ってたから誘ったよ。すごく喜んでた。場所はZepp DiverCityっていう、お台場にある大きなライブハウスなんだ」

「……行ってみたいです」

莉子がそう言ったのは、木村と二人じゃないとわかったこともあったが、その会場で以前アキがライブをしていたのを思い出したからだ。それが理由で行きたいというのも変かもしれないが、とにかく莉子はその場所を一度見てみたかった。

やるべき仕事を終えると、ライブの時間に合わせて木村と朝倉と三人でお台場にある会場に向かった。木村は何度も訪れたことがあるようで、最寄りの東京テレポート駅から迷いない足取りで開場に向かった。

「めちゃくちゃ楽しみです」

終始ニコニコしている朝倉は、楽しみな気持ちを抑え切れない様子だった。

関係者受付の列に並び、木村がチケットを受け取る。

「ごめん、二階の椅子の席は二つしか用意できなかったって。俺一階で観てていい？」

「いえ、私が一階で観ますよ。ファンじゃないですし……」

莉子は言ってから、またいらないことを言ってしまったと思ったが、木村は気にしていない様子だった。

「いや、ここ一階の方が音いいんだ。俺どうせ一階で音聴きたいって思ってたから、二人で二階に行ってよ。後で合流しよう」

そう言って、二枚のチケットを莉子に渡し、木村は一階のフロアへ歩いていった。

「じゃあ、私たちは二階行こっか」

莉子は朝倉と、階段を上って二階の関係者席に向かった。二階の席に座ると、一階のフロアが人でパンパンになっているのが見える。始まる前から強い熱気が感じられた。開演時間まであとわずかだ。

「すごい人ですね」

「うん。人気なんだね」

「これから、さらに人気になっていくと思いますよ」

朝倉は嬉しそうに話す。

「茅野《かやの》さんは、日本の暮らしの感覚は戻りましたか？」

「そうだね、もう戻ってきて一ヶ月くらい経ってるし、全然普通だよ」

「いいですよね。茅野さんは気に入られてるから。私は敵《かな》わないです」

「気に入られてる？」

意外な言葉に、莉子は横目で朝倉の顔を見た。彼女はステージの方を、まっすぐ見つめていた。

「ロンドンのこともそうですし、色んな仕事を任せてもらってるじゃないですか。いいなぁ。

木村さんと、ロンドンで寝たんですよね？」

なぜ朝倉がそんなことを知っている？　莉子は固まった顔で、朝倉のことを見た。

「あはは、冗談で言ってみただけです。茅野さん、わかりやすいですね。まさか本当だと思わなかったです」

「違う、何もなかったの」

莉子はどう言うのが正しいのかわからなかった。ただ、彼女は何か勘違《かんちが》いをしている。

「ちゃんと説明させて。本当に何もないから」

「大丈夫ですよ、誰にも言わないです。それに実は私、来月で仕事辞めるんですよ」

「え？」

「結婚することになったんです」

それはあまりに唐突《とうとつ》で、この場にそぐわない報告だった。

「付き合ってる人から、プロポーズされたんですよ」

「……そうなんだ。おめでとう。ってか彼氏いたんだっけ？」

「はい、夏過ぎくらいから付き合ってる人がいたんですよ。税理士の人なんです。真面目な人で」

自分は何に引っかかっているんだろう。そう思って記憶を辿《たど》ると、以前一緒に食事をした時の会話を思い出した。

「え、じゃあなんであんなこと言ってたの？　あの、イタリアンの店にご飯行った時」

「なんでしたっけ？」

「相手に迷惑かけるから、自分は付き合わない方がいいとか言ってなかった？」

「あー、それはそう思うんですよ。茅野さん、私と似てるから、共感してもらえないかなと思って話したんです。きっと、私と同じような経験してましたよね？」

「いや、そんなことないけど……」

莉子は口ごもりながら言った。

「ともかく、私はいい人と出会えました。茅野さんもいい人と出会えるといいですね。会社で出世するための努力で忙しいかもしれないですが」

皮肉を含んだ口調で朝倉は言う。

「何を言ってるの？　誤解してる。木村さんとは……」

莉子が説明しようとしたところで、会場は突然暗転した。大きな音で音楽が流れ出し、ステージが光に照らされる。メンバーの四人が登場すると、会場は歓声に包まれた。着ている衣装は「John Smith」のもので、見慣れたシャツやジャケットだ。

朝倉はメンバーの登場に手を叩《たた》いて微笑んでいた。もう、話の続きをする感じではなかった。

莉子はやり場のない苛立ちを抱《かか》えながら、ステージを見る。ステージの上のWatersのメンバーは、プレスルームに来て喋《しゃべ》っている時よりもキリッとした雰囲気だった。光を浴びてキラキラ輝いていた。その姿を見ながらも、莉子は会場の中で一人だけ別の時間に取り残されているような感覚だった。演奏が始まるが、ほとんどライブに集中することができない。朝倉の誤解も解けていないし、彼女の結婚の報告が体に変な余韻を残していた。羨《うらや》ましい、とかじゃない。そもそもどうしてこんな場所で報告してきたのだろう。絶対におかしい。

美しい照明も、疾走感《しっそう》のあるビートも、莉子の心を弾《はず》ませることはなかった。粘り気のある声を出すボーカルが手を挙げると、フロアの全員が手を挙げた。朝倉も隣で手を挙げている。

莉子はあの場所に、アキが立っていたことを想像する。自分はまだ、彼がライブをしているのを生で観たことがない。彼はどんなライブをするのだろうか。彼もこんな風に、ステージの上でキラキラと輝いているのだろうか。莉子は急に、アキという人がとても遠い場所にいる人のように思えた。

朝倉との会話、アキのこと。色んなことが頭の中を支配して、ライブが楽しいとはまったく思えなかった。座っているのが耐えられない気分になり、莉子は曲の途中で黙って立ち上がり、出口に向かった。扉を一枚隔《へだ》てるだけで、音は一気に遠くなる。誰もいないロビーを通り過ぎ、入ってきた大きな扉から外に出た。

冬の冷たい空気が顔を包み込む。その心地よさを感じながら、莉子は当てもなく海辺の方へ向かって歩いた。

暗い道を潮風《しおかぜ》に吹かれながら、一人で歩く。すれ違う人は皆二人組で、クリスマスの夜は一人でいることが強調されるようだった。自分は一体何をしているのだろう。ライブに来てしまったことを、莉子は強く後悔していた。

ここに来たのは、アキがどんな場所でライブをしていたのか知りたかっただけだった。だけどステージを観ても、思ったようにアキの姿を想像することができなかった。以前ライブ映像をアキの部屋で観せてもらったことがある。彼はステージの上に立っている時と、普段の時で全然印象が違う。照明のイメージもあるが、ステージの上の彼は青い光を纏い、尖《とが》った印象がある。だけど普段の彼は、それとは対照的なオレンジ色が似合うし、人を安心させるような丸みを帯びた雰囲気がある。うまく想像できないのはそれが理由だと思った。彼の本当の魅力は、普段の時の方にあることを自分は知っている。

ポケットの中でスマホが鳴った。見ると一件のメールが届いていて、莉子は立ち止まってそれに目を通す。メールの内容は、この前バーにいる時にかかってきた電話の内容を、今度は具体的に文字にしたものだった。

あの日電話をかけてきたのは、莉子が声優をしていた時代にマネージャーをしてくれていた人だった。

「本当に茅野莉子しかいないんだ。主役のキャラだよ？　みんな待ってる。まずはこのアニメの一回でいいんだ。再スタートしてみないかい？」

電話の用件は声優への復帰の誘いだった。その突然の連絡は、アキとのことでこんがらがった莉子の頭をさらに混乱させた。莉子は、声優という仕事自体を嫌だと思ったことはない。ただ、自分には向いていないと気がついただけだ。

今になってあの頃を思い出すと、楽しかったことばかりが頭に浮かぶ。あんな風に誰かに必要とされる経験は、他では味わうことができないだろう。東京に出てきて、幸運にも摑んだ大きなチャンス。自分の声が、初めてテレビから聞こえてきた時の喜び。

「アイドルとしての活動はしなくていいよ。アニメの声優だけでも仕事はあるから。こんなチャンスはもうない。よかったら考えてみてよ」

電話口で聞こえる声は、猫なで声とも言える、自分を大切に扱おうとしてくれる人の声だった。

「少し考えます」と莉子は言った。

「ゆっくり考えてみて」

彼は優しく言った。彼には以前よくしてもらった恩義があった。そして何より、自分は期待されている。

今もし、こんなややこしい状況を全て捨て去って、元いた場所へ戻ることができたら、楽しいことがたくさん待っているはずだ。いいことは考え出すと止まらない。ロンドンに行くことが決まった時と同様に、莉子の頭はまた新しい世界のことで支配されつつあった。

莉子はスマホをポケットにしまう。暗い海辺の道で、自分がどこに向かって歩くべきなのかわからなくなっていた。

アキ……。

彼ならなんて言ってくれるだろう。莉子が得意だと思ったことをすればいいよと言ってくれるだろうか。アキの姿に憧《あこが》れていたのは確かだ。だけど結局自分は、彼に必要とされていた時間が愛《いと》しかっただけなのかもしれない。

彼を利用していたのは、自分も同じだ。

二十四日の夜、突然坂上から電話があった。

この前の美智子との打ち合わせで話した「方向性」に関係した話かと思ったが、そうではなかった。明日、Zepp DiverCityでWatersのライブがあるらしく、それを観に来いという連絡だった。同じ事務所で、同じ二十代後半。あまり気が進まなかったが、「勉強になるからアキは観ておいた方がいい」と坂上に直接言われると、さすがに行かないわけにはいかなかった。

アキはZepp DiverCityの関係者受付から入らせてもらって、一階の一番後ろからライブを観ていた。彼らは昨日もここでライブをしていて、ツーデイズの公演らしい。客席は人でいっぱいになっていて、チケットは即日ソールドアウトだったそうだ。ツアー自体の規模も、アキとの差は明らかだった。

激しいギターサウンドに合わせて照明がビカビカと光る。粘り気のある歌い方とシャウトに客席は盛り上がる。演奏や曲のクオリティは、彼らが特別高いとはアキは思わなかった。しかしライブの持つ熱量は、自分のものよりもずっと上だと認めざるを得なかった。ステージの上での振る舞いも洗練されていて、人を惹《ひ》きつける魅力が確かにある。音楽の好みは人それぞれあるだろうが、目の前の人気の差は事実でしかない。

自分の進むべき音楽の方向性とは、どういうものだろう。アキはライブを観ながら考えていた。いくら彼らが人気だからと言っても、自分はこんな風にはなれない。こういう音楽も好みではない。だけど坂上がこのライブに来いと言ったのは、ここから何か影響を受けろという意味だったのではないだろうか。

中盤に差し掛かると、一曲一曲が冗長《じょうちょう》に感じられ、似ている曲ばかりのように思えてきた。そしてクリスマスということもあって、曲の合間には緩《ゆる》んだ空気の長いMCが続いていた。ファンには楽しめるものなのかもしれないが、アキは早く曲を演奏してライブを終わらせてほしかった。

(帰ってしまおうか……)

ふと頭に浮かんだそのアイデアは、時間が経つにつれ、より魅力的に思えてきた。観に来たライブを、途中で帰る。これまでのアキなら考えられないことだった。だけどこんな気持ちでライブを観ていても何もいいことはない。こんなところにいるより、家で曲を作っている方がずっと有意義だ。

(帰ってしまおう)

バンドがまた似たような曲を演奏し始めた時、アキは決心して出口に向かって歩き出した。誰もいないロビーを通り抜けて、入ってきた大きな扉から外に出る。

外の冷たい空気が顔に当たって心地いい。すぐ背後でライブが行われているというのに、会場を抜け出してしまった自分にささやかな後ろめたさは感じていた。だけどそれ以上に、アキの心は縛《しば》られていた狭い空間から脱出できたような解放感に満ちていた。

お台場から帰る電車に乗っている間も、三軒茶屋駅に降りた時も、アキの頭にはずっと莉子のことがあった。あの日から連絡をとっていない莉子。二人でいる写真をネットに載せられ、事務所に注意されてしまったことも、連絡をとりづらい一因だった。

(莉子にも、こんな風に自分のことを考えることがあるのだろうか)

アキはそうであってほしいと願う。しかし彼女のことだから、もうとっくに別のことに興味が向いている可能性だってある。

好きだった。だけど自分は、本当の意味で彼女と向き合えていなかったのかもしれない。

――ただ自分よりうまく生きられない人を見て安心したかったんでしょ?

彼女が言った言葉を、あの時アキは即座に否定した。でも、否定し切れなかったのも確かだった。少なくとも莉子にとって、そう思わせるようなところが自分にあったのだろう。結果的に、好きだった莉子の魅力であるはずの部分を、自分が曇らせてしまっていたのかもしれない。

(ダメだな……)

莉子のことを考えながら暗闇《くらやみ》の住宅街を歩いていると、アキは急にあの焼き鳥屋のことを思い出した。初めて出会った日に行った場所だ。

アキは足を止める。行ってみようか。しかし、クリスマスの夜に一人で莉子と出会った場所に行くなど、あまりにセンチメンタルがすぎるような気もする。

(いや……誰かに見られているわけでもないか)

お腹《なか》だってちょうど空《す》いている。あの場所に行って、あの日から自分に起こった色んな出来事を整理して考えてみるのもいいかもしれない。そう思い、そちらへ足を向けた。

久しぶりにやってきた焼き鳥屋は、あの時と何も変わらない様子で営業していた。

「いらっしゃい！」と元気に歓迎してくれる鉢巻《はちまき》をした大柄の店長も、あの時と同じだった。

アキと莉子が以前座った一番奥の席に、一人の女性が座っている。それを確認し、アキはカウンター席に座ろうとした。

「え……莉子？」

アキは自分の目を疑った。

「アキ……？」

信じられない。奥の席に座っている女性は、間違いなく莉子だった。彼女はベージュのセーターを着て、髪を後ろで束《たば》ねていた。串《くし》に刺さった焼き鳥をかじりながら、こちらを見て固まっている。まるで、お化けでも見たような顔で驚いていた。

「アキ、なんでここにいるの？」

莉子は串を皿に置きながら言った。

「それは僕のセリフだよ」

アキは驚きの後に、恥ずかしさを感じ始めていた。クリスマスの夜に、こんな場所で会うなんて。それは莉子も同じなのか、顔が赤くなっていた。

「えっと……。よく来るの？」

アキは尋ねた。

「いや、あの時以来だよ。アキは？」

「僕もだよ。すごい偶然だ」

同じタイミングでここに来たのだ。本当にすごい偶然だ。

「……そこに座っていい？」

「もちろん」

このまま別々のテーブルにつくのも変だ。気まずさを感じながらも、アキは莉子の正面に座った。目の前に莉子がいる、あの日と同じ景色がそこにあった。

「なんで莉子はここに来ようと思ったの？　それも、クリスマスの夜に」

「さっき、ライブ観てたの」

「ライブ？　それってもしかして……お台場？」

「え、そうだよ。なんでわかったの？」

「僕も同じライブ観てたから」

「嘘、それもすごい偶然。でも、同じ事務所の人か」

「うん。莉子はファンだったの？」

「違う、誘われただけ。だけど途中で抜けてきた」

「どうして？　焼き鳥が食べたくて？」

「そんなわけないでしょ。考え事をしてたら、ここに来てた。アキはどうして？」

「僕も考え事をしてたらここに来てた。でもあのライブのどこかに、焼き鳥が食べたくなるようなサブリミナルメッセージでもあったのかもしれない」

「二人ともここに来てるんだもんね」

なんだか可笑しくなって、アキは笑った。莉子も笑う。焼き鳥が食べたくなるようなライブなんて存在するのだろうか。

「この場所、懐《なつ》かしいよね」

莉子はそう言ってまわりを見渡した。あれは五月で、今はもう年末だ。もうそんなに時間が経ったのかという驚きと同時に、なんだかもっと前のことのような気持ちになった。

「僕も何か注文していい？」

「うん」

アキは何かの仕込みで慌ただしそうにしている店長に、数種類の焼き鳥とウーロン茶を注文した。それからすぐ左手側の壁に貼《は》られてある、毎日おすすめされている「今日のおすすめ！」の揚げ出し豆腐も注文した。

料理がきて、少しの間二人は何も話さずに食事をした。何を話せばいいのか、適切な言葉が思いつかない。互いにあまりにも準備できていなかった。こんな偶然会った思い出の場所で、何を話しても変な気がした。代わりにこの場所でアキの頭に浮かんできたのは、出会ったあの日のことばかりだった。

「あの日、アキがここに連れてきてくれたんだよね」

どうやら彼女も同じで、あの日のことを思い出していたみたいだった。

「そうだね、道端で寝てた莉子を連れて。最初ここに来た時、しばらくの間莉子はほとんど話さなかった。質問しても単語しか言わなかった」

「やめてよ恥ずかしい。あの時は本当にお腹が空きすぎて、それどころじゃなかったの」

「注文したものを、美味しそうにばくばく食べてた。鶏ガラスープのラーメンも、一人で全部食べてた」

「よく覚えてるね。アキだって、アキのくせに『ハルです』とか言ってたよね」

莉子は「ハルです」のところを悪意のある表情をしながら言った。そんな顔して言ってないし、とアキは反論した。

「あの頃莉子はずっと、敬語で話してた」

「そりゃそうだよ。まず雰囲気で年上だと思ってたし」

「こっちは年下だと思ってたよ」

二人は小さく笑った。これまで未来の話をあまりしたことがなかったけど、思い出話もしたことがなかったなと気づいた。二人は常に、今を生きていたのかもしれない。

「あれから色々あったね」

莉子の言葉がひらひらと、花びらのように胸の中へと落ちていった。

——色々

そう、二人の間には色々あった。

アキは音楽を作るために、莉子から刺激を得ようとした。莉子自身にも複雑な背景があっただろう。アキの知らないことも含めて。

そして、恋に落ちて、キスをした。

色々という言葉でなければ、語り切れないほどのことがあった。

二人は互いに足りない部分を埋め合うように抱き合った。互いに持っていないものに憧れて。

「あの時は、こんな人だと思ってなかったよね。ハルって言ってたサラリーマンは、アキという名前のミュージシャンだった」

「それについては申し訳ないと思ってたよ。でも、莉子はそれを知った時、ちょっとだけ楽しそうに見えた」

「うん、なんかワクワクしてたよ。こんなに真面目な雰囲気のミュージシャンって面白いなって」

「僕も、こんなに自由な雰囲気の会社員、面白いと思った」

アキが言うと、莉子は首を横に振った。

「でも私、多分自由じゃなかったんだ。自分でそう思っていただけだった」

「どういうこと？」

アキは尋ねたが、莉子はうまく言葉にできないようだった。莉子は少し考え込むような顔をして、テーブルの上のスマホに目をやった。

「……この場所に来ようと思った理由、さっき考え事してたからって言ったでしょ？　その考え事のうちの一つは、仕事のことなんだ」

「仕事のこと？」

「うん。私、声優の仕事に誘われたの。この前は電話で、今日は長いメール。私にぴったりの役があるって」

「前に一緒に仕事してた人から?」

「そう」

「どうするの?」

「わからない。でもやりたいなって気持ちはある」

「じゃあ、『John Smith』の仕事も辞めるってこと?」

「それもまだわからない。でも、本気で戻るなら辞めないといけない」

アキの頭にはいくつもの疑問が浮かび上がった。海外にまで連れていってもらったはずなのに、彼女は仕事を辞めようとしている? 今の仕事が自分に合っていると言っていたはずなのに。

だけどアキは何も言えない。諦《あきら》めに近い感情だった。自分には理解できない、莉子のこういうところ自体が莉子の魅力なのだ。変なことを言って、もう彼女を否定するようなこともしたくなかった。

「どうしたらいいかわからなくなってたら、この場所が思い浮かんだの。ここに来て考えてみたいと思った」

「そう」

アキはウーロン茶に控えめに口をつけた。自分と莉子との間には、埋めようのない価値観の違いがある。そもそも、相手の全てを理解しようとすること自体が間違いなのかもしれない。

「ねぇ、前に私たちが渋谷にいた時の写真……見た?」

「見たよ。驚いたよね」

「本当にごめんなさい。まさか、アキに迷惑かけることになるなんて思わなかった」

「莉子が謝ることじゃないよ。こちらこそ、ごめん」

「大丈夫だった？」

「大丈夫。問題ないよ」

アキは言った。

「ここ最近、色んなことがあって、それで、僕も時間をかけて考えたんだけど……」

アキは息を大きく吸う。あれから考えた。だけど一人でいくら考えても結論は出なかった。そして今、莉子と話をしたことで、アキはちゃんと結論を出し、それを伝える決心がついた。

自分たちの価値観の差、立場の難しさ。そして、自分が一緒にいても莉子の魅力を引き出せていないところ。そうした困難を乗り越えるだけの力が、握りしめたアキの手の中にはない。

「……僕らはこれ以上一緒にいるべきじゃないのかもしれない」

おそらく自分たちは、この先もまた似たような問題を繰り返すだけだろう。それなら互いのことを思いながら、離れ離れでいる方が互いのためなのだと、アキは思った。

「……私もそう思う」

莉子はまるで、そう言われることがわかっていたみたいに、落ち着いた表情で言った。そしてアキも、莉子がそう返事することが、わかっていたような気がした。

「今こんなこと言うべきじゃないかもしれないけど、ごめん、僕はまだ莉子のことが好きだ」

「私も、アキのことが好き」

「でも、好きって言葉には、好きって気持ちは含まれてないんだよね？」

「そうだったね」

莉子は小さく笑った。

互いに好きだけど、彼氏彼女じゃなくなる。とても変なことだけど、そういうことだってあるか、とアキは思う。

「僕らは互いに抱えている問題を、ここからは一人で解決しなければならない」

「そうだね」と莉子は深く頷いて同意する。

自分たちはこれまで、互いに抱えていた問題を、重なり合うことでただ隠し合っていただけだった。

「勝手かもしれないけど、いつか胸を張れる自分になれたら、私はもう一度アキに会いたいって思う」

莉子はアキをまっすぐ見つめて言った。

「うん。もしいつか、互いに胸を張れる自分になったら、その時はもう一度会おう」

そんな日がくるかどうかもわからない。自分は今とは違う音楽の方向性について考えなければいけないし、彼女はどんな仕事をしていくのかさえ、まだ迷っているのだから。

二人が一度黙ると、その後はもう、互いに話すことはなかった。

体の大きな店長がやってきて、テーブルの上の空になった皿を運んでいった。そのタイミングでアキが会計をしようとすると、莉子もお金を出した。二人はだいたい半分ずつのお金を払って外に出た。

外は真っ暗で、まだ電車が動いてる時間だった。人通りはなく、とても静かな夜だった。

「駅まで送るよ」

「いいよ。大丈夫」

そう、とアキは言った。それから「会えてよかった」という言葉が浮かんだ。だけどそんなことはもう言うべきではない気がした。

別れる。僕らはもう、会う理由がなくなる。

「またいつか」

アキは言った。

「またどこかで」

莉子はそう言って歩き出した。彼女はちゃんと歩いていく。自分のお金で、電車に乗って帰る。そんな当然のことを思った。彼女は振り返ることなく、暗闇の住宅街に消えていった。姿が見えなくなってから、アキも歩き出す。家はすぐそこだ。

――またいつか
――またどこかで

音のない夜だった。さっき交わした言葉が、ぐるぐると頭を巡る。

角を曲がって、彼女が最初に寝ていた場所を通った時に、アキの目の前の景色が滲《にじ》んだ。蹴《け》飛《と》ばしそうになって避《よ》けたこと、眠そうな目、その声。ここで出会って、付き合うようになって、出かけて、話して、抱き合ったこと。

思い出すと、アキの視界は涙で滲んだ。莉子は莉子しかいない。当たり前のことなのに、自分でどうしていいのかわからないくらい、涙が止まらなかった。


「デート」という言葉は二人に似合わない気がしたけれど、「別れる」という言葉も、アキはどこか二人の間にしっくりこない気がした。

アキは過去に、同じように辛い別れを経験したことがあった。その時は何度もふとした折に思い出し、寂しさに襲われるばかりだった。だけど今回は、その「ふと」のせいで何も手につかなくなるなんてことはなかった。彼女と過ごした日々はあまりに日常と呼べるものではなかったからだ。アキはお酒を飲むこともなくなったし、もう玄関にお酒の空き瓶がたまることもなくなった。だからアキが莉子と出会う前の日々に戻ることは、そう難しいことではなかった。

莉子がアキにもたらしたものは、もっとアキの根元的なところの変化だった。なんでもない景色が綺麗に見えたり、明日がくるのが楽しみだと思えたりすること。そして、こんな普通の自分でもいいのではないかと少し思えるようになったという、ささやかな自信。それはつまり、暮らしの中ではっきりと見える種類のものではなかった。

アキの年内の仕事は、三十日に大型フェスに出演することが決まっているだけだった。直前にリハーサルはあったが、年の瀬はそこまで忙しくなかった。

一年の最後のライブが終わった後、例年同様にアキは神戸の実家に帰省した。年が明けて三日まで、アキは実家で家族と緩やかな時間を過ごした。父と母は変わらず元気で、地方銀行で働いている四つ歳下の妹は、二年付き合った彼氏とそう遠くない未来に入籍するらしかった。

地元の風景は何も変わらないように見えるが、確実に時間は経過していた。辺りを散歩してみると、昔あった公園の遊具がなくなっていたり、海に繋がる川沿いの道が綺麗に舗装《ほそう》し直されていたりした。アキはそうした景色を眺《なが》めながら、年末に美智子と打ち合わせで話したこれからの活動について、じっくり時間をかけて考えてみた。

美智子から方向性という言葉が出てきたが、テコ入れとも言えることだろうと思う。事務所もビジネスだ。結果が伴わないアーティストを、ずっとそのままにしておくわけにもいかない。アキはこれまでもいい音楽を真摯《しんし》に作ってきたつもりだった。いいライブだってしてきたつもりだった。結果がついてくる音楽とそうでないものは、何が違うのだろうかと思う。才能、運、タイミング。考えても明確な答えは見つけられない。問題を解決するためにやるべきことが何かわからず、考え出すとまるで霧の深い海の上で遭難《そうなん》しているような気分だった。

今年で二十九歳になる。気がつけばすぐ三十歳になっているだろう。三十歳なんて、もっと立派な大人だと思っていた。

人生は長い。この先もずっと続く。自分はいつまでこの仕事を続けられるだろうか。これまで考えないようにしていたことを、アキは今リアルに考えてしまう。両親はあまりそうした現実的なことを、アキに押し付けてはこなかった。ただ楽観的なだけなのかもしれないし、そうした心配を感じさせないようにしているのかもしれない。いずれにせよ、アキはそんな家族の雰囲気に救われるところがあった。

しかし、先送りにしてもいつかは現実的な問題が押し寄せてくる。年齢を重ねてもずっと人気のアーティストなんて、デビューできたアーティストのうちの、さらにわずか数パーセントしかいない。もし自分が幸運にもまだしばらく音楽を続けられたとして、それでも三十代、四十代になってそこで続けられなくなってしまったら、自分はどうすればいいのだろうか。どこかの会社に就職できるのだろうか。

と、こんな想像をしてしまっている時点で、自分はなんて平凡な発想の持ち主なのだろうと思う。本当に音楽が好きなアーティストなら、もっと今を夢中で過ごしているはずなのに。

やはり自分は、この世界に向いていないのだろうか。

アキはまるでメリーゴーラウンドに乗せられたように、同じ悩みの中を回り続ける。

そして、莉子。

大晦日《おおみそか》や正月と、連絡をとる口実はあったが、互いにそれをしなかった。僕らはもう、彼氏彼女ではないのだ。

これまで一緒にいた時間を思い返すと、莉子に振り回されてばかりだった気がする。どこかに飲みに行って、連絡がつかなくなる。急に海外に行くと言い出し、最後には浮気をしたと告げられる。本当に自由な人だ。

だから、僕らは別れた。

わかっているのに。

どうして、自分はまだこんなにも莉子のことを考えてしまうのだろう。

東京に戻ってきてから数日後、アキは代々木上原《よよぎうえはら》にある高級な寿司屋《すしや》のカウンターに一人座っていた。まだ年が明けて数日だからか、店内は混んでおらず静かで、アキは初めて来た慣れない空間に少し緊張していた。

「すまん、待たせたな」

しばらくすると、ボサボサの髪の祐介《ゆうすけ》が姿を見せた。高級な寿司屋には似合わない、クタクタのジーンズに毛玉のついたセーターというラフな格好でやってきた。

「明けましておめでとうございます」

「明けましておめでとう」

アキは立ち上がって新年の挨拶をした。祐介は座るなり、早速ビールを注文する。アキはお茶をもらった。

「プライベートでアキと会うのは久しぶりだなぁ」

すぐに出されたビールを飲みながら、祐介は言った。

今日ここで会うことになったのは、アキが昨日、二人でちょっとした新年会をさせてもらえませんかと連絡したからだった。年が明けて東京に戻ってきてからも、アキの頭の中は解決していない問題でいっぱいだった。一月はライブもなくスケジュールが空いていることもあって、いらないことまで考えてしまう。このまま一人で考え込んでいても何もいいことはないと思ったアキは、何か行動を起こさなくてはいけないと思った。

それで、祐介に連絡をしたのだった。こういう時に適切なアドバイスをくれるのは、いつも祐介だった。アキが連絡するとすぐに返事がきた。そして早速今日、祐介が予約してくれた寿司屋にきている。

「あらためて、この前はツアーファイナルお疲れ様」

「ありがとうございます。観に来てもらえて本当に嬉しかったです」

「こちらこそ、いいライブを楽しませてもらったよ。アキの雰囲気も大きく変わったように見えたぞ。別人みたいだった。やっぱり、数の多いツアーはアーティストを成長させるな」

祐介が話し出すと、握られた寿司がカウンターの向こうから差し出された。祐介と店の大将は顔馴染みらしく、いいタイミングで美味しい寿司が出てくる。

「色んな人に変わったと言ってもらいました。きっとこれまでと違う何かがあったんだと思います」

「もちろんアルバムのツアーで新しい曲ばかりだから、雰囲気が変わるというのもあるけど……アキも自信がついたんじゃないか？　ステージの様子を観て、そう思ったけどな」

「自信……あったのかもしれません。新しい自分に成り切ることができたと思いました……少なくともあの瞬間は。でもまた今は、このまま進んでいいのか悩んでいます。『Ignite』は僕の中で、等身大の自分というよりは、少し背伸びしたものを表現した作品だったと思うんです。サウンドも、曲によっては八〇年代のエレクトロ・ポップからインスピレーションを受けたものもあります。ハワード・ジョーンズっぽい曲を、現代らしく解釈したものです」

「それが今の若い子にとって新しいからいいんでないの？」

「でも恥ずかしい話、売り上げや動員数は減少傾向にあるのが現実です。今後の方向性とか考えないといけないと、年末に言われてしまい……。今日祐介さんに相談したかったのは、そのことです」

「そんなこと、誰に言われたんだ？」

「美智子さんです。事務所での会議で、彼女も上に色々言われてるみたいで」

「なるほどな。で、アキはどう思ったの」

アキは下を向いて、あの日の会議室の景色を思い出す。

「その時は裏切られたような気持ちになりました。彼女は僕の音楽を認めてくれていたはずだったのに、上に言われたらそうなるのかと。でも現実的に、続けていくためには会社も利益を出さないといけないので……これからどんな音楽をやればいいか、僕も方向性をちゃんと考えないといけないなと思いました」

「くだらねぇな」

「え？」

祐介は腕を組んだ。

「いいかアキ。事務所から、この方向性でいこうって提案されたか？」

「されてないです」

「だろ？　あのな、何が売れるかなんて誰もわかってないんだよ。偉《えら》そうに『方向性が』とか言ってる連中もそうだ。責任取れないから具体的な案を言わない。だから、そんな言葉は全部気にしなくていい」

「気にしなくていい、ですか？」

「そうだ。アーティストはいいと思ったことをやる。だろ？　それ以外に何もないんだよ。もちろんプロなら利益を出さなきゃいけない。これも正しい。だけど方向性とかそんなくだらねえもん気にすんな。どんな音楽をやっても、文句を言うやつは言うんだよ。もちろん全部後からな。だからアキはこれまで通り、いいと思う新しい曲作って出せばいいんだよ。それをサポートするのがマネジメントってもんだ。アーティストが自分が信じたことをできなくてどうする」

祐介は真剣な眼差《まなざ》しでアキを見つめる。

「一つアキは勘違いしてるみたいだけど、ファンは事務所についてるんじゃなくて、アキについてるんだからな。本人がしっかりしないと、歌が泣いてるぞ」

「歌が」

「そうだ。自分で作った歌だろ？　責任持って歌わないと。アキは、本当になりたい自分を歌えばいいんだよ。憧れの姿になりたいのならそれでいい。等身大でいたいのならそれもいい。どちらも、アキはアキだ。大切なことは、自信を持ってやれるかどうかなんだよ。まわりに流されちゃダメだ。それが何よりも、アキのことを応援してるファンの期待に応《こた》えることになる。ファンは、アキが思っている以上にアキのことを見てるし、見抜いてると思うぞ」

「……ありがとうございます」

言葉の一つ一つが、胸に染《し》み渡っていくようだった。祐介の言葉には、アキを励まそうとして出てきたものではなく、ただ本当に思っていることを述べているような、そういう力強さがあった。アキの頭には、ずっと長く応援してくれているファンや、いつも手紙をくれるファンの顔が思い浮かんでいた。

そんなことより食べるぞ、と祐介は言って目の前の寿司に手を伸ばした。アキも一緒にそうする。一つ一つの寿司が、口に入れただけで誰かに感謝したくなるくらいに美味しい。

「ところでアキ、結構前に言ってた、好きな人とはどうなってるのよ」

急な祐介の言葉に、思わず寒ブリが喉に詰まりそうになった。

「え、その会話覚えてるんですか？」

アキはお茶に手を伸ばしながら言った。

「もちろんさ。あれからどうなった？」

「……年末に別れました。きっと彼女は、自分とは根本的に違う種類の人だったんだと思います」

アキはもっとちゃんと説明しようと言葉を探したが、うまく話すことは難しそうだった。二人には二人だけのストーリーがある。誰にも共感されない、特別なものが。

「宇宙人だっけか？」

「そうですね」

「忘れられない？」

アキは小さく頷く。

「……彼女は変な人でしたが、自分をずっと違う場所まで連れていってくれるような、変わった力がありました。彼女の言った言葉は、時々不思議な形で僕にいい影響をもたらしてくれて」

「興味深いね」

祐介は伸ばしたボサボサの髪を、後ろでまとめながら言った。

「ま、育ってきた環境が違うんだ。家庭の環境も違えば、見てきた景色も、食べてきたものも違う。だからきっと、そうだな、彼女とアキでは表現の仕方も違うんだろうな。彼女は彼女なりに伝えようとしていたものがあったかもしれないし、アキが伝えようとしてたことも、伝わっていなかったかもしれない。宇宙人って言ったのは俺だけど、男女の間なんて理解できないことばかりなもんだ。わかるか？　いや、もうわかってるか」

祐介は言葉を続ける。

「まぁいいや。アキに今、言いたいことがある」

「なんですか？」

「まず、お前には才能がある」

「やめてくださいよ」と言ってアキは首を横に振った。

「今の僕は、素直に祐介さんの励ましの言葉を受け入れられるほどの、自信がないです」

「いやいや、励ましってわけじゃない。それに自信なんてな、そんなの時間の問題なんだよ。人は誰だって、少しずつ自分を騙《だま》しながら本物になっていくんだ。誰かの彼氏になる、夫になる、父親になる。何だってすぐってわけにはいかねぇ。時間がかかるんだよ。プロミュージシャンだって、お前はまだ五年とかだろ？　若い若い。ゆっくり、本物のミュージシャンになっていけるよ」

祐介はビールを一度口に含んでから続ける。

「で、今話しながら思ったんだよ。アキはな、そんな自分のことをちゃんと歌にしたらいいんだ」

「自分のこと、ですか？」

「そう、福原亜樹じゃなくて、アキの話」

どうしてこの人は、いつも自分の悩みがちゃんとわかっているのだろう。アキは不思議でたまらなかった。

「今感じてることを、歌で伝えるんだよ。それがアーティストだろう。その才能がちゃんとあるんだよ」

いつになく彼は真面目な顔つきをしていた。

「でも……」

アキの中に迷いはあった。等身大の自分を歌っても、誰にも届かない歌になることはわかっていた。それこそ、間違った方向性のような気がする。

「アキはまだ知らないかもしれないけどな、世の中には、意外と誰か一人のために歌われた歌がたくさんあるもんだ。そして音楽の力は、不思議と物事を良い方向に導く」

音楽シーンを長く見ている祐介が言う言葉には、強い説得力があった。

「実際の二人のストーリーを描く必要はないんだよ。アキにとっての願望でもいい。色んな経験を混ぜて、歌を作れ。どんなに経験や知識を積んで、テクニックを身につけても、結局最後はハートなんだよ。今のアキにはそれがある」

自分に本当にそんな音楽が作れるかわからない。だけどアキは祐介の気迫に押されるように、「やってみます」と背筋を伸ばして答えた。

「いやでもさ、マジな話、なんかあったらいつでもこうやって連絡しろよな。音楽だけが人生じゃないんだぞ。俺も今回連絡もらえて嬉しかったしな」

ありがとうございます、とアキはお礼を言った。本当にこの人にはお世話になってばかりだと思う。

その後寿司を食べながら、二人で音楽の話をした。ビートルズと出会う前のジョージ・マーティンの人生について祐介は語り、それから彼は自分の過去の話を始めた。

「俺だって若い頃は、たくさん苦労したもんだぜ」と祐介は言う。

「バンドやって、解散して、一人でやってみたけど鳴かず飛ばずで。新人アーティストの世話をしてくれと頼まれたから、渋々《しぶしぶ》やってみたらヒットした。それからいくつもプロデュースを頼まれるようになって、たくさんの種類の才能を見てきた。それで俺は自分でやるより、誰かを助ける方に才能があったんだって、やっとわかった。人って何に向いてるか、自分じゃわかんねぇもんだな。アキはステージに立って人に音楽を届けられる才能がある側の人間だよ。それも、そのままの姿でな。その悩んでる姿を見ればわかる。頑張っていこうじゃないの」

そんな風に言ってくれる祐介のためにも、もっと自分は大きくなりたい。アキの頭の中で、微《かす》かにメロディが流れ始めていた。

春のツアー中にリリースする新しいシングル曲は、既存のデモの中から、すでにスタッフの話し合いの中で選ばれていた。前回のアルバム「Ignite」を作っていた時期にできたもので、曲の空気感としては、その延長線上にあるものだった。

しかしアキが今聴いてもらいたい新曲は、もう以前作ったものではなかった。祐介と話した日から、今の自分が感じていることを形にしたいと思い、アキは曲を作り始めていた。限られた時間しかないことはわかっていたが、それでも美智子に連絡して、別のシングル曲を作りたいと伝えて時間をもらった。

アキはいつものようにパソコンに向かい、楽曲制作に没頭した。時にギターを持ち、時にノートに向かい、自分の中から生まれてくるものと向き合った。暗く長い洞窟《どうくつ》の中で、懐中電《かいちゅうでん》灯《とう》の光だけを頼りに、姿形さえわからないものを探しているような感覚だった。

暗闇の中、ラブソングを書きたいと思っていたアキの頭には、優しいメロディが浮かんだ。それはまるで闇夜に咲いた、儚《はかな》い一輪の花のようだった。その花に触れると、微かに辺りが柔らかい光に照らされた。イメージは連なったフィルムのように次々と広がり、色とりどりの花畑がどこまでも続いている景色がアキの中に描かれていた。音楽には、頭の中の景色をいとも簡単に変えてしまう力がある。

アキの中でメロディとサウンドの指針は決まった。土台が組み上がると、そこから音を積み上げていくことは難しくなかった。あとはここに、どんな言葉をのせるかだ。

アキにはこれまで培《つちか》ってきた、歌詞を書くテクニックがあった。サビにキャッチーな言葉をのせ、それにうまく意味合いを持たせられるAメロとBメロにすればいい。だけど今そんなやり方に則《のっと》って書いても、本当に歌いたいことからは距離のある、ただのありきたりなラブソングにしかならなかった。

だからと言って、自分の経験したことだけを元に書いても、言葉には飛距離を感じられない。誰に向かって歌っているのかわからないような、言い訳のような歌詞ばかりが生まれてくる。

(どんな言葉を選ぶべきだろうか……)

時間に余裕はなかった。

行き詰まったアキは、ふと自分の過去の音楽データを参考にしようと思った。自分がこれまで作ってきたものの中に、ヒントがあるかもしれないと思ったのだ。デスクのそばにある、ハードディスクが入っている引き出しを開ける。すると、その引き出しの一番上には、意外なものが入っていた。

「これは……」

そこにあったのは、アキが半年前まで長い間かけていた眼鏡《めがね》だった。

どこかで失《な》くしたと思っていたが、必要なかったので探そうともしてなかった。きっと莉子が、適当にここに入れたに違いなかった。

久しぶりに手に取ってみる。銀のフレームのひんやりとした感触が指に伝わる。これをかけていた頃の自分が、ずっと遠くに感じられた。これを外《はず》した日、アキは小さな自由を手に入れた気がしたのだ。

莉子と一緒に過ごした、もう戻らない、あの頃の時間を思い出す。

ああ、どうしてだろう。

眼鏡を手に持ったアキの頭の中で、バラバラだった言葉や景色が組み合わさっていく。

自分たちはもう、彼氏彼女ではない。もう近くにもいない。それなのに、莉子はいつもこうして不思議な形で自分に力を与えてくれる。


莉子に聴いてもらいたいと思える歌を書こう。


そうすることに、一体どんな意味があるのかはわからない。

だけど祐介の言ってくれた言葉を信じて、アキはノートに向かう。

――音楽の力は、不思議と物事を良い方向に導く。

これまで作り上げてきた福原亜樹の歌う歌ではなく、ちゃんと次は自分の歌として、胸を張って想いを言葉にしよう。

アキは、やっとそう決心できた。

六章

街には所々に桜の花が咲き、立ち止まって眺《なが》めている人がいた。まだ肌寒い日もあるが、季節は確実に春へと姿を変えようとしていた。

去年から準備していた「John Smith」の、日本オリジナルラインの販売が間もなく始まる。「John Smith Pile-Up」と名付けられた新しいラインは、現代の日本の写真やイラスト、音楽といったカルチャーから受けたインスピレーションと、歴史ある「John Smith」の洗練されたイメージを融合させてデザインされた服になった。

今日、青山《あおやま》のオフィスに完成品のサンプルが届いた。木村《きむら》と一緒にプレスルームのハンガーラックに服を並べていく。シャツやカーディガン、デニムなど、男性も女性も着られるジェンダーレスなデザインになっている。莉子《りこ》は自分が作りたかったものが目の前に並んでいる光景に、感動を覚えていた。

「やっと形になったね」

服の細部を確認しながら木村が言った。

「これすっごく良くないですか？　すぐに完売して苦情がくるかもしれないですね……」

「あはは、莉子ちゃんにはもう少し客観的な意見を持ってもらわないと困るね。もちろんいいものだと思うけど、自分が関《かか》わったものって良く見えてしまうものだから」

「すみません。でも落ち着いて考えても、やっぱりいいものだって思います」

莉子も服を触《さわ》ってその質感を確かめた。

服を作る、それも仕事として責任を持って形にしていくことは簡単なことではなかった。莉子はインスピレーションを得るために、これまで以上に多くの服を見て勉強した。ファッションサイトを見るだけでなく、生地の質感を確認するために、様々なブランドの店舗に足を運んだ。大きな書店に行って、海外のファッション誌を買い集めて、今のトレンドの情報も吸収した。そうして得た知識を「John Smith」というブランドの新しいラインでどう発信できるかを考え、デザイナーとも何度も打ち合わせをした。

「莉子ちゃんが頑張ったからだよ」

木村はフィッティングのために置かれたスタンドミラーの前に立って、両手で持ったデニムを自分の体に合わせながら言った。

「いえ、デザイナーの方々の素晴らしいアイデアのおかげです」

「でも基本のコンセプトや、それぞれのデザインを一つのラインにまとめていったのは莉子ちゃんの功績《こうせき》だ。普段からファッションについてのアンテナをしっかり張ってるからできることだよ。それに、みんな会議で話している莉子ちゃんのことを見て驚いてたよ。茅野《かやの》さん、こんな風に話せる人だったんだって」

「それっていい意味ですか？」

「もちろん。変化を嫌う人は世の中にいる。莉子ちゃんは本来プレスの人だから、それをよく思わない人だっているかもしれない。だけど、ここは基本的には色んな文化を受け入れることのできる会社だからね。ちゃんと努力と実力を見せれば理解してもらえる」

「よかったです」

莉子はホッとしていた。知らない間に誰かに嫌われる経験は、これまでに何度もあったからだ。協調性と呼ばれる力は、自分にはあまりないことを知っている。

「成長っていうのかな」

木村は服をハンガーに戻し、呟《つぶや》くように言った。莉子は小さく首を傾《かし》げた。

「ごめん。そういう言葉を使うととても偉《えら》そうに聞こえるよね。俺《おれ》だってまだまだ未熟な一人の男だ。特に、ロンドンでは莉子ちゃんに嫌な思いをさせたこともあったと思う。だから俺なりに反省して、しっかり行動で誠実さを示してきたつもりだ。ああいう時は言葉で何を言っても、信頼してもらえないと思ったから」

木村は少し俯《うつむ》き加減になりながら、普段とは違う不器用な笑顔を見せながら言った。

「ともかく、莉子ちゃんは変わってるし、社会人として改善するべきところもあるかもしれない。だけど、そうしたところも含めた君の人柄が好きな人だっている。ロンドンでは、君は英語を話せないのに向こうのスタッフたちからの評判は良かった。そういうの、英語ではライカビリティって言うんだよね」

「ライカビリティ？」

「うん、人に好かれる能力のことだよ。相性はあると思うけど、君には特定の人に好かれる力があると思う」

木村はそう言って、優しい顔で微笑《ほほえ》んだ。そんなところを自分の能力として褒《ほ》めてもらえるなんて、莉子は胸に湧《わ》き上がってくるような嬉《うれ》しさを感じた。

「俺だって莉子ちゃんが好きだよ。仕事仲間としても……それから、やっぱり女性としても。もしいつか、莉子ちゃんが俺のことを少しでもいいなと思う時がきたら、教えてほしいと思ってる」

莉子は木村の直接的な言葉に驚いたが、すぐに落ち着いて首を振った。

「木村さん、すみません。木村さんには感謝していますし、素敵だとも思ってますが、私はしばらく恋愛のことは考えられないです。それでも、これからもここで仕事をさせてもらえますか？」

莉子のきっぱりした返事に、木村は少しだけ残念そうな顔をしてから、照れたように微笑んだ。

「いや、はっきり振られちゃったな。大丈夫だよ、莉子ちゃんが楽しく仕事ができるように、俺にできることをするよ。これからもね」

木村はもう、優しい上司の顔に戻っていた。

「ありがとうございます」と言って莉子は頭を下げた。木村はセンスがいいし、仕事もできる男だ。でも莉子は、今は誰かと恋愛をしたいと思わなかった。

「このカーディガン、羽織《はお》ってみますね」

莉子はこれから販売する服の中で、特に気に入っているカーディガンを自分で羽織ってみた。春・夏用の薄手のニットカーディガンは、糸に和紙が撚《よ》り込まれていて、肌に直接触れてもストレスがない。日本らしい素材を使ったものにしたいという莉子の提案に「John Smith」の本社も賛同してくれて、この素材が採用された。シルエットは大きめだが、裾《すそ》は引き締まっていてスタイルが良く見える。

莉子は鏡に映る服を見ながら、これは自分がいたから今ここにある服なのだと思うと、込み上げてくるものがあった。

プレスルームに流れるラジオからは、桜の情報をＤＪが話していた。それからしばらくすると、その番組にはゲストが登場した。莉子はいつものように、ただのＢＧＭとして特に気に留《と》めてもいなかった。しかしその音楽が流れ始めた時、それが聞き覚えのある声だと気がついた。莉子は服を整理する手を止めて、思わず聞こえてくる音楽に耳をすませた。

莉子がバーClosedに来るのは昨年末以来だった。これまで、こんなに期間を空《あ》けたことはなかったかもしれない。ずっと仕事で慌ただしかったからだった。

「なんか、雰囲気変わったね」

久しぶりにカウンターに座る莉子を見て、真紀子《まきこ》は言った。

「すみません、しばらく連絡もしてなくて」

「それはいいんだけどさ、色々と話してくれるんだよね？」

真紀子はニヤリとして言った。

「はい。色んなことがあって、何から話せばいいのかわからないですが……。まず、今日は真紀子さんに渡したいものがあるんです。受け取ってもらえますか？」

「え、何？」

莉子は持ってきた大きな紙袋をカウンター越しに渡した。今度新しく店に並ぶ「John Smith Pile-Up」の服の中から、真紀子に着てほしいと思った服を選んで持ってきたのだ。

「私がアイデアを出して、働いてるブランドで作らせてもらったものです。真紀子さんに着てほしいなと思って」

「え、莉子が作ったの？」

「作ったと言うと違う気もしますが、私が関わってます」

「へぇ、すごいね。そんなことができるようになったんだ」

真紀子は紙袋からシャツとカーディガンを取り出した。

「今着てみていい？　汚《よご》しちゃうかな」

「着てほしいです」

真紀子はその場でカーディガンを羽織る。サイズはぴったりだ。

「どう？」

「やっぱり、すっごく素敵です」

新しい服は莉子の想像通り、彼女の持つサバサバした空気感にとても似合っていた。

「あれ？　じゃあ前言ってた声優の仕事は？」

「断りました」

「え、うそ？」

真紀子には、仕事の誘いがあったところまでは話している。なんと言っても、ここにいる時に電話がかかってきたのだから。

「あれからちゃんと考えて、電話したんです」

莉子は連絡をくれた、以前のマネージャーに電話をした。彼は前回と同様に、優しい声で応《こた》えた。

「本当に茅野莉子しかいないんだよ。みんな待ってる。このアニメの、一回だけでいいから」

「お誘いいただけたことはすごく嬉しいです。でもあれから考えたんですが……やめておこうと思います」

「……本気か？」

まさか断られるとは思っていなかったのだろう。声に戸惑《とまど》いの色が混じった。

「はい」

「普通こんなチャンスないよ。こんなチャンスをわざわざくれる人もいない。うまくいけば今の仕事よりずっと収入はいいだろうし、色んな人に見てもらえる」

「わかっています。でも、もう決めたんです」

枝分かれした一つの道を、自分で塞《ふさ》いでしまうような怖さもあったが、一方で莉子は清々《すがすが》しい気分になっていた。

これは、自分が変わるための最後のチャンスだ。

自分はこれまで、自由というものの意味を間違えていた。これまではフラフラと、楽しそうな場所に引き寄せられるように、気ままに行動することが自由だと思っていたけれど、そうではない。自分でやりたいことを自分の意思で選択できることが、本当の自由なのだ。

「わかった。やりたい人は他にたくさんいるから、他の人に頼むことにするよ」

電話を切って、莉子はもうこれで声優に戻る機会はないのだろうと思った。

「どうして？　すごくいいチャンスだったんじゃないの？」

真紀子は莉子の話を真剣な面持《おもも》ちで聞いてから、尋ねた。

「きっとみんな、勿体《もったい》ないことしたねって言うと思います」

「わかってて断ったんだ？」

「はい。以前真紀子さんは、私は人の期待に応えようとして生きてるって言ったの、覚えてますか？」

「うん。覚えてるよ」

「その時、全然そんなわけないって思ったんです。的外《まとはず》れだって。でもあれから色々考えてみて、自分はそうだったって気づきました。その瞬間、誰かをがっかりさせたくないって気持ちが働いて行動しちゃうところがあるんです」

「そうだね。ある意味で優しいんだけど」

「きっと私は今まで、自分の意思なんて持ってなかったんです。自由に生きてると思ってたのは、ただ人に流されてただけでした。何かを判断するための、核みたいなものが自分にはなかったんです。だから、後から振り返ったら、人にうまく説明できないようなことをしてしまう」

「だけど、今回はちゃんと判断できた」

「はい。正しいかどうかはわからないですが……」

「もしかして、地球人代表の彼の影響？」

「……そうですね」

「彼とはあれからどうなったの？」

莉子は首を横に振った。

「もう、別れてしまいました」

「そっか」と言って真紀子は小さく頷《うなず》く。それからいつものようにハイボールを作ってくれて、莉子の目の前に差し出した。莉子はお礼を言ってハイボールを口に含んだ。

「でも今の私は、彼と出会う前の私と全然違うんです。前の私は、もっとぐらぐらしてた感じがします。地に足がついてないというか」

「そういう感覚だったんだね」

真紀子はそう言って、莉子の言葉を肯定するように小さく何度か頷く。

「それとも関係があるんですが、思うことがあって、私は今年の一月に久しぶりに実家に帰ったんです」

「あれ、ずっと帰ってなかったんじゃないの？」

真紀子は驚いた顔で言った。

「東京に出てきて以来でした」

「へぇ……それは勇気を出したね。何かあったの？」

「実はこれまでずっと、母から暮らしがギリギリだって聞いてたんで、毎月お金を送ってたんです」

「そうだったんだ。莉子、優しいね」

「それが、優しいとかじゃないんです。私はお金のことにずっと疎《うと》くて、よくわかってなかっただけです。彼と出会って、ちゃんとした暮らしをしたいと思うようになって、一度両親が実際にどんな暮らしをしてるのか確かめようと思って行ってみたんです」

「どうだった？」

「家に帰ってクローゼットを見たら、母が買った新しいブランドの服やバッグがありました。中にはまだタグが付いているものも。私が毎月送っていたお金で、母は結構贅沢《ぜいたく》してたみたいです」

「ありゃ。お金って、もらえるならもらっておこうって気持ちになっちゃうんだよね……」

「そういうものみたいです。それが確認できたから、母と話してもうお金を送るのはやめました。おかげで私の暮らしは、一年前よりずっと余裕のあるものになってます」

「それはよかったね。きっと、莉子にとっても、お母さんにとっても」

真紀子が言った。はい、と莉子は言った。

「で、そんなきっかけをくれたのも、彼だったんだね？」

「はい」

「彼とはこれからどうするの？」

莉子は少し考えてから答える。

「いつか成長した自分で会いたいなって思います。まだロンドンでのことも、ちゃんと許してもらったわけじゃないですし」

「別に嫌われたわけじゃないんでしょ？　過去は変えられなくても、自分は変えられるし、未来も変えられる。それがわかったから、こんな素敵な服を作れるようになって、莉子はここに来てくれたんでしょ？」

着ているカーディガンを見せつけるように、真紀子はポーズをとった。その通りだった。自分はこれまでの人生で、何かを成し遂《と》げたと思える、初めての経験ができたのだ。

「まったく。心配してたんだからね。ちゃんとご飯食べてたの？　そうだ、今日もオムライス食べる？」

「食べたいです。でも私、もうすぐ三十になるんですよ」

莉子は笑った。まるで母親のように振る舞う彼女のことを、莉子は可笑《おか》しく思う。

もっと普通になりたいと思っていたけど、自分のまわりにいる人はちょっとずつ変だと思う。変だけど、とても愛《いと》しい。

きっと自分も変なのだ。生まれ育った環境のせいにして、逃げたままではいけない問題もたくさんある。相変わらず苦手なことの多さに、この先も落胆《らくたん》することがあるだろう。

だけど莉子は、今ならこんな自分が私自身なのだと、胸を張ってアキに会える気がした。

新曲のレコーディングが終わって曲が完成すると、春のツアーのリハーサルが始まり、着々とライブの準備が進んでいた。

新しいシングル曲のリリースはツアー中だが、放送解禁日はツアーが始まる数日前に設定されていた。解禁日とは、その日からラジオなどでもその曲をかけてもいいと決められた日だ。撮影したミュージックビデオも、同じ日に動画サイトにアップされる。新曲はこれからラジオやライブで聴いてもらいながら、発売まで少しずつ広めていこうという方針だった。

新曲が最初に世の中に流れるタイミングとして、昨年のクリスマスシーズンにも出演した、全国ネットのFMラジオ番組に生出演することが決まった。

アキは昨年と同じ渋谷《しぶや》のスタジオにやって来た。DJから「桜の思い出はありますか」と尋ねられ、アキは学生時代に桜の木の下で弾《ひ》き語りをした青春の思い出を話した。

「ついに本日！　新曲が宇宙初解禁ですね！」

コーナーが変わり、DJが拍手をして盛り上げながら言った。

「どんな気持ちで作ったんですか？」

尋ねられて説明を始めるアキは、これまでのどの新曲が解禁される瞬間よりも緊張していた。

あれから完成した新曲は、アキの熱意に押されてスタッフも納得し、シングルとしてリリースされることになった。アキにとってはこれまで以上に自信のある曲に仕上がったが、その評価は実際に聴いてもらうまでわからない。等身大の自分の歌を、どんな風に受け止めてもらえるだろうか。

「僕は長い間、どんな音楽を作ればいいのかと悩んできました」

話し出したアキの声が、電波を通じて全国に放送される。

「悩むことは、もう自分の日常となっていて、答えの出ない苦しみを抱《かか》えてずっと生きてきた感じがします。……そんな中、去年一緒にツアーを回っていたメンバーが、愛する人と結婚しました。好きな人と出会って、気が合って、これからも一緒に過ごそうと約束できるのは、本当に奇跡のようなことだと思います。そのプロポーズのエピソードも可愛くて、僕はまずそこからインスピレーションを受けました。きっとみんなも好きな人や、好きだった人がいると思います。……僕自身も、恋愛をしたことがあります」

さっきまで緊張していたはずなのに、今はもう落ち着いていた。大切な曲をついに聴いてもらえるという、喜びの方が大きくなっていた。

「大切な人との思い出や記憶はいつまでも残ります。たとえ相手との関係がこれまでと変わったとしても、大切なことは変わりません。……僕はそんな想いを歌という形にしたいなと思いました。そういう意味ではすごくパーソナルな曲です」

電波が、アキの声を届ける。

「僕はこの歌を、誰かを励《はげ》ますつもりで書いていないですし、決意を促《うなが》す応援歌でもありません。だけど作ってみて、そういう歌でも、人の力になることはできるかもしれないと思いました」

アキは一呼吸置いて、曲のタイトルを告げた。

「聴いてください。『言葉のいらないラブソング』」

アキが言うと、曲の前奏が流れ始めた。ＤＪが手元にあるカフをオフにして、スタジオ内の音を遮断《しゃだん》する。

伝えてしまおうと
心に決め込んだ
はち切れそうな想いが
直前でゆらぐ
どうしようもない僕だ

君と出会ってから
時を重ね合って
いくつもを知ったけど
愛を渡すのに
時間は経《た》ちすぎたかい？

今日の日を　特別な日にしたくて
ポケットに隠した宝石
言葉に詰まってる
僕を見透かして
君は優しく微笑んだ

「何も言わずに抱きしめ合えば
そのぬくもりこそが愛だよ」と
君の言葉　その仕草《しぐさ》
その全《すべ》てで　満たされていく

言葉のいらない
ラブソングをもし
歌える日がいつかくるのなら
誰よりも愛しい君に
一番に聴いてほしい

愛を伝えるのに、言葉なんていらない。

あの時面倒くさそうに言った莉子の言葉を、いつか歌にしたいと思っていた。

だけど、それだけでは歌を書くことはできなかった。

どんな歌を歌えばいいのか、どんな自分になっていけばいいのか悩んできた。だけど考えてみれば、色んなところにヒントが散りばめられていた。

莉子との出会い。うっちーとえーこの結婚式。祐介の言葉。

色んなものの力を借りて、かっこ悪くても気持ちを形にした。

これが、今の自分の作る歌なのだと、胸を張って。


ツアーが始まると、ライブで歌うことで「言葉のいらないラブソング」は着実に成長していった。幸福感のあるメロディと言葉に、客席には涙を流す人もいた。

ツアーは公演の直前で、なんと全会場ソールドアウトを達成していた。前回のツアーよりも会場の規模が小さいということもあるが、リリースされたばかりの新曲の影響があったことは間違いなかった。

YouTubeで公開された「言葉のいらないラブソング」は、まず初めにSNS上で話題になった。優しい曲調とまっすぐな言葉は、派手な音楽が好まれる現代の流行《はや》りのテイストとは言い難かった。しかし音楽のトレンドとは面白いもので、だからこそ、珍しいものとして人の耳に引っかかったようだった。話題になり始めた頃、結婚雑誌のCMにも曲が起用されることが決まった。今をときめく女優が出演する映像との相性の良さも話題に拍車をかけた。ミュージックビデオの再生回数は伸び続け、ここ数年のアキの活動の中では、最も世の中に広まりつつある一曲になった。

これまで四箇所を回ってきたツアーの最終日である東京公演は、渋谷公会堂で行われた。偶然にも日付は昨年のツアーファイナルと同じ日で、後から気づいた美智子《みちこ》も驚いていた。昨年は土曜日、今年は日曜日で、大抵週末にライブが行われるので、こんな偶然もあるのかと思った。

アキはいつも通りリハーサルを終えた後、本番用の衣装に着替え、楽屋で一人ライブの最終確認を行う。セットリストは完全に体に馴染《なじ》んでいて、心と体がとてもいい状態にあることが自分でもわかった。

「間もなく本番です！」

スタッフに声をかけられ、アキは舞台袖《そで》へと移動する。

落ち着いてやろう。自分にそう言い聞かせながら、アキはSEが流れる中、ステージの上に立つ。照明に照らされながら、一曲目の演奏を始める。これまで回ってきた会場と同様に、アキはアルバム「Ignite」の曲を中心に演奏していった。

曲の演奏はもう慣れていたが、アキがこの日、いつもと違う緊張感を抱《いだ》いていたのには理由があった。今日のライブで、いつも応援してくれているファンの人たちに、伝えようと決めていたことがあったからだ。

二つ目のブロックが終わったところで、アキは息を整え、客席を見つめる。そして、ステージの上から語り始めた。

「……みんなごめん。僕の今日のライブは、いつもと様子が違うかもしれないです」

アキは何度もこの言葉を伝えるために、頭の中で練習してきた。

「僕はずっと、ステージに立つには、自分はあまりにパッとしない人間なんじゃないかと悩んでいました。だからずっと、違う自分になりたいと思って、背伸びをしていたところがありました。本当の僕はとてもちっぽけで、呆《あき》れるくらいに普通の人です」

客席にいる人はみな、アキの言葉に集中して耳を傾けていた。会場は静かだった。

「でも今日は、そんな僕自身のままでライブをしようと思います。ただそれだけのことです。今まで奏《かな》でてきた音楽が形を変えてしまうわけではないです。どんな僕でも僕だから。でももしそれが、みんなが期待した福原亜樹《ふくはらあき》じゃなかったら、申し訳なく思います」

このMCで、アキはこれまで作り上げてきた福原亜樹像を、自分で壊してしまうことになると思った。期待してくれていたファンへの裏切りになる可能性もあると思った。

しかし客席からは、まるでアキを励ますかのような拍手が起こった。なかなか鳴り止まない、長い拍手だった。

アキはその拍手の音の温かさに、胸がいっぱいになった。そして、自分はこれまでこの人たちに支えられていたから、この場所に立てているのだと改めて思った。こんなに迷いながら進んできた自分のことを、ずっと応援してくれていたこの人たちに、誠心誠意、歌を歌いたいと思った。

「ありがとうございます。こんな僕が届ける歌を、どうか受け取ってください」

アキが奏でるアルペジオのフレーズから、曲が始まった。

全国で五公演のツアー。アキはライブに来てくれたファンの前で五回目の「言葉のいらないラブソング」を歌った。丁寧《ていねい》に、感情を込めて音楽を紡《つむ》いだ。

光が溢《あふ》れるステージの上で、瞬間が永遠に引き延ばされる。後ろで頼れるミュージシャンたちが鳴らしてくれる音、注がれるファンからの優しい視線、指先のギターの感触。それら全てがこの場所で絡《から》まり合い、一つになって存在していた。

ライブの時間は進む。アキは昔の曲から新しい曲までを演奏していく。音の波間に揺られながら、自分の心にまとわりついていた必要のないものが、まるで鱗《うろこ》のように剝《は》がれていくのを感じた。自分の音楽が、自分らしくなることを助けてくれているみたいだった。

軽くなった心で、アキはギアをあげていく。アキの熱量につられ、バンドのグルーヴも高まっていく。最後のブロックには最高潮を迎え、全ての楽曲を演奏し終えると、客席からはまた長い拍手が起こった。

アキはステージの上で、深々と頭を下げた。初めて、自分が自分のままでステージに立てているという事実に、頭を下げたまま涙が出そうになっていた。

何日も前から、莉子は迷っていた。チケットはもう取ってしまった。でも、自分が彼のライブをこっそり観《み》に行くなんて、またまともじゃない行動をしているような気もする。

だけど、どうしてもこのライブに行きたい。きっとあの曲をやってくれるから。

当日、渋谷公会堂に来た莉子は、自分のチケットを握りしめながら、誰よりも緊張していた。福原亜樹のツアーファイナル。まわりにはライブを心待ちにしているファンたちが席についていた。莉子のように一人で来ている人も多いようだった。

莉子は自分が一階の前から十列目くらいの、なかなかいい席を引き当てていたことに会場に着いてから気がついた。どこで運を使っているんだと、一人で小さく笑った。そもそも自分でチケットを買ってライブを観に行くなんて、初めての経験かもしれない。

観に行こうと思ったきっかけは、ラジオから流れてきた「言葉のいらないラブソング」だった。メロディが、サウンドが、歌詞が、莉子にはたまらなく愛《いと》しいと思えるものだった。

(この曲を、生で聴いてみたい)

きっと同じように思った人が、自分のまわりにもいるのではないかと思う。

開演の時間まで、莉子は落ち着かない気持ちだった。自分がステージに立つわけではないのに、時間が近づくにつれ、なぜかさらに緊張が高まっていた。

開演五分前に注意事項のアナウンスが流れ、開演時間になると、客席の照明が暗転した。莉子のまわりからは歓声が起きる。真っ暗になったステージに、ほの明るいオレンジ色の照明が照らされる。音楽が鳴り、ついにアキがステージに姿を見せた。

(アキ……)

その姿を見ただけで、莉子はなぜか感動して涙が溢れ出そうだった。

彼はギターを持ち、歌を歌う。莉子はアキがライブをしている姿を生で観るのは初めてだった。堂々とステージの上で演奏する姿は、素直にかっこよかった。

ライブの前半は、自分が緊張していたせいで冷静に音楽が聴けていなかったが、時間が経つにつれ、徐々に音が体に馴染んでいくような感覚があった。

今日の彼は、動画で観た時よりもどこか余裕があるように見えた。圧倒されるような歌と音の迫力に驚かされる一方で、表情や振る舞いは、莉子の知っているアキがそこに立っているみたいだった。

ライブの時間はあっという間に過ぎていく。アキは静かなステージの真ん中に立って、客席に向けて話し出した。莉子はアキと目が合った気がしてどきりとする。ファンの人ってこんな気持ちなんだろうなと思った。

彼は間《ま》をとって、ゆっくりと長い言葉を紡いだ。真摯《しんし》でまっすぐな言葉だった。彼がその言葉を伝えるのに、大きな勇気が必要だったことが莉子にはわかった。

彼が話し終えた後、まわりから大きな拍手が起こった。アキがもう一度話し出すまで鳴り止まない、長い拍手だった。

(よかったね、アキ。本当によかった)

莉子は今日二度目の涙を流しながら、こんなに純粋な気持ちで誰かの幸せを喜び、より良い未来を願ったことはなかったと思った。

アキはずっと遠くにいて、もう手を伸ばしても届かない場所に立っている。

莉子には、そんなアキの存在が誇らしかった。


ライブを観終わった後、莉子は弾《はず》んだ心のせいで、まっすぐ家に帰る気持ちになれなかった。だからと言って、いつものバーに行って酔っ払いたいとも思わなかった。

(あれはちょうど一年前だったんだ)

莉子がそれに気づいたのは、帰りの電車に乗っている時だった。スマホを見た時に、ふと日付が目に入って思い出した。迷子になって、道端で寝てしまったあの夜。

(それなら、やっぱり……)

莉子の頭に思い浮かんだのは、あの場所だ。

今日という日に、行ってみたいと思った。

前回はあまり美味《おい》しく食べることができなかった。

今なら一人でも、温まった心で食事を楽しみ、お腹《なか》いっぱいになれる気がする。

莉子は三軒茶屋《さんげんぢゃや》駅で降りて、あの焼き鳥屋に行くことにした。

ライブ後の流れはいつも通りだった。関係者挨拶《あいさつ》の時間があり、アキは来てくれた人たちと順番に短い会話をした。いつもお世話になっている音楽雑誌のライターには「本当にいい曲を書いたね」と言われた。

ツアーを通して「言葉のいらないラブソング」は、アキにとってもより大切な存在になっていた。まわりにいるスタッフやファンからの評判も良く、さらにこの楽曲が今までのファンの枠を越えて広まっていることも実感できた。

ライブの片付けが終わると、去年と同じように打ち上げが行われた。気のせいかもしれないが、いつもよりまわりの人が温かいように感じる。みんなアキが作った曲を喜んでくれているようだった。

結果が出る音楽とそうではない音楽の違いを、未《いま》だにアキは理解できない。今回の曲は、ただ自分らしくやったから上手《うま》くいったという、そんな単純なことでもない気がする。結局は運やタイミングも大切だから。でもいずれにしても、自分が後悔しない音楽を作りたいとアキは思う。

打ち上げの最後に、坂上《さかがみ》と話す機会があった。

「アキらしいライブだったな」と彼は言った。

「もしかすると、今日みたいな雰囲気のライブの方が、アキには合ってるのかもな。会場の反応を見て、そう思った。これからは、そういう雰囲気の曲を増やしていくのがいいんじゃないか」

と彼は言った。そんな風に言わせることができたのが、アキは嬉しかった。

満たされた気持ちで時間は過ぎていく。それなのに、アキにはまだ何かが足りない気がした。

打ち上げは深夜に終わり、アキは二次会には参加しなかった。美智子が呼んでくれたタクシーに乗って、帰途に着いた。

タクシーの窓を開けると、生ぬるい風が飛び込んできた。ちょうど一年前の日を思い出す。

あの日は雨の匂《にお》いがしていて、今とはまったく違う気持ちでタクシーに乗っていた。

そして、家に帰る途中で、莉子と出会った。アキはあの時のことを思い出すと、自然と微笑んでしまう。道に迷って、路上で寝ていた彼女。一緒に食べた焼き鳥。

ああ、そうだ。

あそこで会えるかもしれない。

ライブの客席に、彼女に似ている女性の姿があった。もしそれが、見間違いじゃなければ……。

アキはタクシーを降りて、あの焼き鳥屋に向かった。

莉子に話したいことがあった。ライブの感想だって、一言でいいから聞きたい。

焼き鳥屋は遅い時間でも、変わらずに営業していた。

「いらっしゃい！」

店に入ると、いつもと同じ鉢巻《はちまき》をした店長が大きな声で歓迎してくれた。

カウンターの席に、男が二人、手前のテーブル席に男女が二人。

そしてアキは、一番奥のテーブル席に視線を向ける。

そこは空席になっていて、誰もいなかった。

アキは、小さくため息をついて微笑んだ。

(ここに、いるわけがないか)

アキは急に冷静な気持ちになって、その席に一人で座った。彼女がライブに来ていたかどうかもわからないのだ。ましてや、この場所にいるかもしれないなんて、都合のいい想像にすぎなかった。

アキは一人で奥のテーブル席について、料理を注文しようとした。

焼き鳥と、鶏ガラスープのラーメンと、それから……。

アキは自分の左手側の壁を見る。壁に貼《は》られている「今日のおすすめ！　揚げ出し豆腐」の紙の下に、派手なピンク色の千切られたメモ用紙が貼ってある。メモの端には魔法使いのアニメキャラがプリントされていた。

アキはその紙に見覚えがある気がして、手を伸ばしてメモ用紙を摑《つか》んだ。

[一年前のハルへ　今日のライブ、とても良かったよ]

アキはその文字を読んで、時間が止まったような気がした。自分がどこにいるのかも、一瞬わからなくなったみたいだった。

感情や記憶が体中を巡って、どこにも行けなくなったものが、アキの瞳《ひとみ》から涙となって溢れ出た。

きっと今日、ここに座っていたであろう、もう目の前にいない女性のことを思い描く。

——またいつか
——またどこかで

アキは、最後に二人が交わした言葉を思い出していた。

僕は自分に正直になれた。あなたのおかげで。

一緒に過ごした大切な時間が、未来の自分までも包み込んでくれている気がした。

エピローグ

「最後に、人生を変えた出会いについてお伺いしたいのですが……」

雑誌のライターからの問いかけに、莉子《りこ》は少し時間をかけて考える。

昔からあるカルチャー誌の取材で、莉子もよく知っている雑誌だった。様々なジャンルのクリエイターのインタビューを載せているページがあって、そこに「John Smith Pile-Up」のディレクターとして、莉子を紹介してくれるらしかった。仕事のできる木村《きむら》が、ブランドを宣伝するためにこうした機会を作ってくれたのだが、莉子はまさか自分が雑誌のインタビューを受けることになるなんて思ってもみなかった。

女性のライターは、声優だったという自分の変わった経歴に興味を持ってくれていて、どうしてアパレルの世界に足を踏み入れたのかなどを中心に尋ねられた。莉子は自分の辿《たど》ってきた道筋を、自分で確認するように質問に答えた。

そして最後の質問はこのコーナーの決まりで、みんなに同じ質問をしているらしい。

人生を変えた出会い。

困ったな。

最初に頭に浮かんだ人の話を、莉子はすることはできない。

「私は……」

頭を切り替えて、莉子は同じくらい大切な、バーのマスターをしている女性の話をすることにした。

納得するライターの顔を見て、これでよかったんだ、と思う。

「では、撮影に移らせていただきますね」

莉子は立ち上がって、お気に入りのカーディガンの裾《すそ》を伸ばした。

プレスルームの一階で、並べられた服とともに写真を撮ってもらうことになっていた。何枚か写真を撮り、撮影は五分ほどで終わった。パソコンの画面に映し出された写真の確認をしながら、ライターが言った。

「まだ新しいラインが立ち上がって一年ですが、多くの人に支持されていますね。さっきここで服を見せてもらって気づいたんですが、先月インタビューした方も『John Smith Pile-Up』を着ていましたよ」

「え、どなたですか?」

「福原亜樹《ふくはらあき》というミュージシャンです。ご存知ですか?」

そう言ってライターは、持ってきていた先月号のページを開いた。

そこには彼が「John Smith Pile-Up」の服を着て写真に写っていた。少し緊張した面持《おもも》ちで、シャツを着こなしている。莉子が、アキの音楽からインスピレーションを受けて、作ろうと思ったデザインだった。白の生地に前面に弾《はじ》けるようなオレンジのペイントがプリントされていて、彼の音の広がりと温《ぬく》もりをイメージしたものだ。彼に似合わないはずがない。

莉子はアキの姿を見て、お腹《なか》の底から温かい気持ちが湧《わ》き上がってきた。

「知ってます。すごく好きです」と莉子が言うと、「いい曲ですよね」とライターは言った。

莉子は彼と過ごした時間を思う。

今そばにいない人が、どうしてこんなに力になるんだろう。

一緒にいた時間は、ここにはもうない。

だけど、いつまでも消えない。

そしてこれからもずっと、優しく背中を押してくれる。

本書は書き下ろし作品です。

本書はフィクションであり、実在の人物・団体とは一切関係ありません。

〈著者略歴〉
河邉 徹（かわべ　とおる）
1988年兵庫県生まれ。関西学院大学文学部卒。バンドWEAVERのドラマーとして2009年にメジャーデビュー。バンドでは作詞を担当。2018年5月に『夢工場ラムレス』で小説家としてデビュー。２作目の『流星コーリング』が、第10回広島本大賞（小説部門）を受賞。
その他の著書に、『アルヒのシンギュラリティ』『僕らは風に吹かれて』『蛍と月の真ん中で』がある。

言葉のいらないラブソング

2023年３月15日　第１版第１刷発行
2023年４月７日　第１版第２刷発行

著　者　河　邉　徹
発行者　永　田　貴　之
発行所　株式会社ＰＨＰ研究所
東京本部　〒135-8137　江東区豊洲5-6-52
文化事業部　☎03-3520-9620（編集）
普及部　☎03-3520-9630（販売）
京都本部　〒601-8411　京都市南区西九条北ノ内町11
PHP INTERFACE　https://www.php.co.jp/
組　版　有限会社エヴリ・シンク
印刷所
製本所　図書印刷株式会社

ISBN978-4-569-85399-4

PHPの本

ユア・プレゼント

青山美智子 著／U－ku 絵

温かい物語と赤い水彩画が醸し出す感動。話題の二人によるアート×ショート・ショート集第二弾！　頑張るあなたを応援する至高の一冊。

定価　本体一、六〇〇円（税別）

PHPの本

ガラスの海を渡る舟

寺地はるな 著

「みんな」と同じ事ができない兄と、何もかも平均的な妹。ガラス工房を営む二人の10年間の軌跡を描いた傑作長編。

定価 本体一、六〇〇円（税別）

PHPの本

転職の魔王様

額賀 澪 著

この会社で、この仕事で、この生き方でいいんだろうか――。注目の若手作家が、未来が見えないと悩む全ての人に贈る〝最旬〟お仕事小説！

定価 本体一、六〇〇円（税別）

PHPの本

おはようおかえり

近藤史恵 著

小梅とつぐみは和菓子屋の二人姉妹。ある日、亡くなった曾祖母の魂がつぐみに乗り移ってしまい——少し不思議な感動の家族小説。

定価 本体一、五〇〇円（税別）

PHPの本

雨の日は、一回休み

坂井希久子 著

おじさんはつらいよ⁉　会社での板挟み、女性問題、家族の冷たい目……。日本の中年男性の危機をコミカルかつ感動的に描く連作短編集。

定価　本体一、六〇〇円（税別）

PHPの本

ガウディの遺言

下村敦史 著

サグラダ・ファミリアの尖塔に遺体が吊り下げられた⁉　前代未聞の殺人事件の裏には「未完の教会」を巡る陰謀が渦巻いていて――。

定価　本体一、八〇〇円（税別）

PHPの本

桜風堂夢ものがたり

村山早紀 著

桜風堂書店のある桜野町に続く道。そこには不思議な奇跡が起こる噂があった。田舎町の書店を舞台とした感動の物語。シリーズ最新作。

定価 本体一、五〇〇円
（税別）